中华经典藏书

古诗十九首 玉台新咏

刘玉伟　黄硕　评注

中华书局

图书在版编目(CIP)数据

古诗十九首·玉台新咏/刘玉伟,黄硕评注. —北京:中华书局,2016.3(2024.8重印)
(中华经典藏书)
ISBN 978-7-101-11560-4

Ⅰ.古… Ⅱ.①刘…②黄… Ⅲ.①古典诗歌-诗集-中国②《古诗十九首》-评注③《玉台新咏》-评注 Ⅳ.I222

中国版本图书馆 CIP 数据核字(2016)第 032899 号

书　　名	古诗十九首　玉台新咏
评 注 者	刘玉伟　黄　硕
丛 书 名	中华经典藏书
文字编辑	宋凤娣
责任编辑	胡香玉
责任印制	陈丽娜
装帧设计	毛　淳
出版发行	中华书局
	(北京市丰台区太平桥西里 38 号　100073)
	http://www.zhbc.com.cn
	E-mail:zhbc@zhbc.com.cn
印　　刷	河北博文科技印务有限公司
版　　次	2016 年 3 月第 1 版
	2024 年 8 月第 8 次印刷
规　　格	开本/880×1230 毫米　1/32
	印张 11⅝　插页 2　字数 200 千字
印　　数	60001-63000 册
国际书号	ISBN 978-7-101-11560-4
定　　价	24.00 元

前　言

　　汉魏六朝是我国诗歌由蒙昧发展至成熟的重要阶段。在这一时期内，诗歌创作由文人自主，诗风、诗体渐趋多样化；采自民间的乐府诗，更为诗坛保存了天然的生命力。五言组诗《古诗十九首》与选集《玉台新咏》是其中较具代表性的组成部分。

　　《古诗十九首》是南朝梁萧统编纂《昭明文选》时，从传世的古人诗中选录出的十九首。因作者湮没无考，故冠以"古诗"之名，以首句为题，列入"杂诗"一类。组诗的写作年代争议颇多，一般认为是东汉末年，也有人以为其产生自西汉末年至东汉初期，乃至有"词兼两汉"的说法。关于组诗的作者，亦有多种猜测。部分诗作被归于枚乘、傅毅、曹植、王粲等人名下，后人多疑其不确。当今学界一般认为，组诗为中下层文人作品，但并非一时一人之作，它的创作时代大约在东汉顺帝以后、献帝以前，即140年至190年之间。

　　《古诗十九首》的题材内容，不外乎相思离别与感时伤世，清代沈德潜于《说诗晬语》中总结为"大率逐臣弃妻，朋友阔绝，游子他乡，死生新故之感"，是比较中肯的。其中的部分作品，还表达了对立身扬名的渴望，宣扬了及时行乐的人生态度。汉末宦官、外戚把持朝政，政治社会环境动荡无定，思想多元化，游宦之风盛行，文人于去国怀乡、羁旅流离之时，对个人生存价值的关注明显提升，对天地自然与人的关系的感悟亦逐渐变得层次丰富、蕴意深沉。《古诗十九首》中抒发的情感，多不局限于一人一事，而是一种"人同有之情"（清陈祚明

《采菽堂古诗选》）。这使诗歌的艺术感染力得到了前所未有的提升，开启了魏晋时代文学自觉的先声。

汉代以来，五言诗以其更加灵活多变的抒情、叙事方式，奇偶相间、和谐而富节奏感的音乐美，逐步取替了四言诗的正统地位。《古诗十九首》的体制相似，长短相近，是文人五言诗趋于成熟的作品，同时又吸取了汉代民歌的汁液，善于用典而不失质直。它是《国风》之外"温柔敦厚，怨而不怒"诗教的又一代表，继承了《诗经》《楚辞》的抒情传统，下启建安诗风，情感发乎胸臆，风格高古，向为诗家尊奉，历代拟作层出不穷。南朝梁刘勰《文心雕龙》谓其为"五言之冠冕"，南朝梁钟嵘《诗品》谓其"惊心动魄，可谓几乎一字千金"，后人更有"千古五言之祖"（明王世贞《艺苑卮言》）、"风余"、"诗母"之誉（明陆时雍《古诗镜》），可见其在诗史上的地位。

历来为《古诗十九首》作注释的，最早的当属唐代李善与"五臣"之注。其后复有元代刘履《古诗十九首旨意》，为《古诗十九首》专书注释之始，注重阐释诗中之"比兴寄托"、"微言大义"。清代笺注之学兴起后，有朱筠《古诗十九首说》、刘光蕡《古诗十九首注》、张庚《古诗十九首解》、张玉穀《古诗十九首赏析》诸家之说。近人著作则有朱自清《古诗十九首释》、马茂元《古诗十九首初探》、隋树森《古诗十九首集释》。其中隋《释》包括考证、笺注、汇解、评论四部分，搜集了当时可见的各类《古诗十九首》相关资料，是研究《古诗十九首》必备的基础书籍。

《玉台新咏》，又名《玉台集》，最早著录于《隋书·经籍志》，是南朝梁陈间徐陵编纂的一部诗集，共十卷，收梁前诗869 篇（宋刻本不收者179 篇），涵盖汉至梁诗家凡131 人（宋刻本 111 人），是《诗经》《楚辞》之后的又一部重要的诗歌总集。从集名可知，"玉台"取东汉王逸《九思》"登太一兮玉台"，即帝王居所，主要选录的是艳情诗和宫体诗。

《玉台新咏》的编者徐陵，是南朝梁、陈之际著名宫廷文人。徐陵（507—583），字孝穆，东海郯（今山东郯城）人。博涉群书，善属文。梁时官东宫舍人，出入禁闼，颇得优遇。后仕陈，累官至中书监、太子少傅。诗文风格靡丽，与庾信并称，名重当世。有《徐孝穆集》。唐刘肃《大唐新语》云："梁简文帝为太子，好为艳诗，境内化之，浸以成俗，谓之'宫体'。晚年改作，追之不及，乃令徐陵撰《玉台集》以大其体。"则可见《玉台新咏》是奉萧纲之命编纂的，大约于梁中叶徐陵出使东魏前完成。由于《陈书》徐陵传未见编撰《玉台新咏》之记载，历来有人怀疑此集并非徐陵所编，关于作者，有简文帝说，张丽华说，梁元帝徐妃说，然皆不足以成定谳。

《玉台新咏》的序言以词藻精工、用典繁复而知名。徐陵于序中交代编纂缘起，乃是为"优游少托，寂寞多闲"的宫中丽人消闲遣闷之用。此集宗旨为"选录艳歌"，入选的大部分都是一些描写男女感情、闺房生活的轻艳之作，着力表现妇女的生活细节与内心世界。在诗风拣择上，舍弃典雅深奥者，选取浅显易解者，而不避俚俗，体现了适性怡情的娱乐性审美需求，反映了南朝贵族的审美情趣。其中，萧氏贵族、梁朝诸臣的作品占了很大比重，简文帝萧纲作品达 109 首之多。正因如此，过去对此集的评价是比较低的。但前两卷为古诗、古乐府，"词皆古意"（清吴兆宜《玉台新咏笺注》齐召南按语）；一些语言明白晓畅、韵致天然的童谣、民歌也得以入选。"乐府双璧"之一、长篇叙事诗《孔雀东南飞》即首见此集，可见此集的文学价值不仅局限于"艳歌"一体。

《玉台新咏》所选诗歌大致按时代排列，依诗体分卷，包含五言诗、歌行、五言二韵诗乃至四言、六言、杂言等体式，其中五言诗占八卷，数量最多。从中可见出汉至梁五言诗发展、演变的轨迹。与《昭明文选》不同，《玉台新咏》注重收录当世人作品，尤其重视新兴诗体，所收录的南朝时新生的五言二韵诗即有一卷之多，从中可窥见近体诗绝句的形成过程。《玉台新咏》选诗还注重突出诗歌的入乐性，选入了大量可吟唱的歌辞，如《文选》所不选的吴声歌、西曲歌、文人拟乐府等。有学者径谓之为"歌辞总集"，尚有待商榷。

《玉台新咏》的选诗标准虽有局限性，却具有一定程度上的文献学价值。许多诗人本集不收的诗歌赖以保存，如曹植《弃妇诗》、庾信《七夕诗》，皆未见于本集，而为《玉台新咏》所录；《饮马长城窟行》一诗，《文选》以为无名氏作，而《玉台新咏》以为蔡邕诗，可供学者考证。此集还选入了班婕妤、鲍令晖、刘令娴等女诗人的作品。

《玉台新咏》的版本众多，流布广泛。目前所能见到的最早版本为敦煌石室所藏唐写本（残本），自张华《情诗》第五篇起，至石崇《王昭君辞》止。最早刻本则为明五云溪馆铜活字本，其他重要版本有明崇祯赵均小宛堂覆宋陈玉父本，清纪容舒《考异》本，清吴兆宜《笺注》本，清程琰删补吴注本等。纪容舒所著《玉台新咏考异》将清前各本详加比勘，纠正了很多错漏。吴兆宜所著《笺注》为《玉台新咏》唯一注本，然该书出注较疏，所注又多止于引证来源，而于疏解文意未尝措意，似不惬人意。目前此书有中华书局1985年版穆克宏点校本。穆本据程本点校，并附各本序跋。

本书《古诗十九首》部分，以中华书局1977年《文选》所录《古诗十九首》为底本，《玉台新咏》部分则以中华书局1985年《玉台新咏笺注》本为底本，选取其中部分经典篇目共237篇。个别诗篇据作家别集和其他总集酌改，限于本丛书体例而未出校记。其中，在《玉台新咏》卷一《古诗为焦仲卿妻作》即《孔雀东南飞》后附录了《木兰诗》，以便于读者更好地欣赏和理解这两篇"乐府双璧"。《木兰诗》以中华书局1979年版《乐府诗集》为底本。

全书所选诗篇的第一个注释中简要说明该篇的思想内容、

写作手法、前人评价等情况；注释时侧重释词，并对难字加以注音，对难解的句子加以串讲。同时也尽量注释诗篇中的事典、语典，以辅助读者对诗篇韵外之致、味外之旨的领悟。由于学力所限，错漏在所难免，祈望读者指正。

刘玉伟　黄硕

2016 年 1 月

目　录

玉台新咏

卷一

古诗

古乐府

枚乘

李延年

苏 武

辛延年

班婕妤

宋子侯

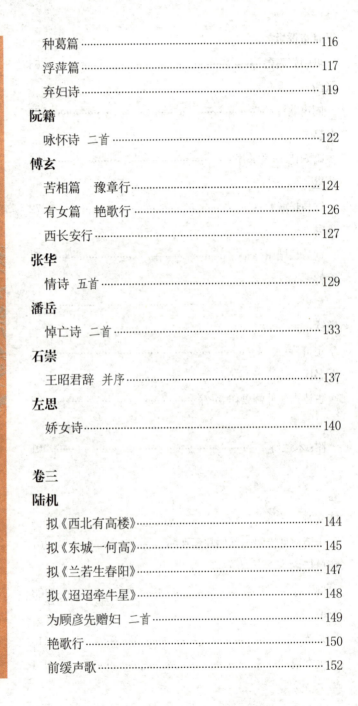

古诗十九首

行行重行行①

行行重行行②，与君生别离③。
相去万余里④，各在天一涯。
道路阻且长，会面安可知。
胡马依北风，越鸟巢南枝⑤。
相去日已远，衣带日已缓⑥
浮云蔽白日，游子不顾返。
思君令人老，岁月忽已晚。
弃捐勿复道，努力加餐饭⑦。

【注释】

①这首诗最早见于南朝梁萧统编《文选》，作者不可考。《玉台新咏》作枚乘诗，"相去日以远"以下别为一首。此处依《文选》所录。东汉末年，中原板荡，人民饱受乱离之苦。该诗以遭"弃捐"的女子的口吻，首先追述生别离的苦况、再度会面的不可期，随后细诉相思的磨折、容颜的瘦损，对忘返的"游子"似有怨尤。结尾处笔锋一转，将离愁别绪暂时抛开，惟望"游子"善自珍重，努力加餐，颇得诗教"哀而不伤"的情味。

②行行重（chóng）行行：谓行了又行，前路漫漫。重，再。

③生别离：谓硬生生地分离开来。

④相去：相距。

⑤胡马依北风，越鸟巢南枝：胡马与越鸟两物各依其

所，谓不忘本，引为思念故土之喻。胡马，胡地的
马。越鸟，南方的鸟。

⑥缓：宽松。

⑦弃捐勿复道，努力加餐饭：被抛弃之类的话，也不
必再提了，只望你能努力加餐。弃捐，抛弃。"勿复
道"三字煞住全诗，将对游子的思念、埋怨统归为
切切关怀，一片柔肠，动人心魄。

青青河畔草①

青青河畔草，郁郁园中柳②。
盈盈楼上女，皎皎当窗牖③。
娥娥红粉妆④，纤纤出素手⑤。
昔为倡家女⑥，今为荡子妇⑦。
荡子行不归，空床难独守⑧。

【注释】

①这首诗最早见于南朝梁萧统编《文选》，作者为无
名氏，《玉台新咏》作枚乘诗。汉末游宦之风盛行，
人心浮荡，该诗主人公是一位嫁为良人妇的倡家女
子，良人在外流连忘返，徒留女子当窗自怜。该
诗采取由远及近的视角，从春景入手，渐渐聚焦
到人物内心，以草青柳翠的韶光与少妇的曼妙姿容
相较，越发凸显出少妇空房独守的寂寞。写少妇丽
色，仅以"红粉"、"素手"两处局部概言之，动静
结合，笔墨经济而引人遐思。前六句各以叠字领起，

明顾炎武《日知录》谓"极自然，下此即无人可
继"。后四句将"倡家女"与"荡子妇"对举，突
出身份变化，使得接下来对"荡子"的控诉格外有
力，明陆时雍《古诗镜》谓此为"馨衷托出"之语。

②郁郁：草木繁茂的样子。

③窗牖（yǒu）：窗户。

④娥娥：女子姿容美好的样子。

⑤素手：形容女子的手光滑洁白如丝绸一般。素，未
经染色的生帛。

⑥倡家女：以歌舞、奏乐为职业的女子。

⑦荡子：谓羁旅在外、远游忘返的男子。

⑧荡子行不归，空床难独守：那辞家远游的夫君，一
去不返，徒留我孤零零地守着空床，这滋味可当真
难熬啊。

青青陵上柏①

青青陵上柏，磊磊涧中石②。
人生天地间，忽如远行客③。
斗酒相娱乐，聊厚不为薄④。
驱车策驽马⑤，游戏宛与洛⑥。
洛中何郁郁⑦，冠带自相索⑧。
长衢罗夹巷⑨，王侯多第宅。
两宫遥相望⑩，双阙百余尺⑪。
极宴娱心意，戚戚何所迫⑫。

【注释】

① 这首诗的写作时代大约在东汉末年，作者不可考。诗人将常青的松柏、常坚的涧石与肉身的渺小、人生的短暂相对比，表现出好生恶死、及时行乐的人生态度。接下来，运用大量笔触描摹京城的繁华景象，铺排王公贵族冠盖相属、设宴聚饮的华侈生活，面对这一切，哪怕只是骑着一匹劣马，手持一斗薄酒，也足够使人惬怀的了，何必为那些人力所不能改变的事情忧伤呢？结尾的反诘，再次点明了该诗的主题，即清毛先舒《诗辩坻》所谓"相羊玩世"。

② 磊磊：许多石头累积的样子。《楚辞·九歌·山鬼》："采三秀兮于山间，石磊磊兮葛蔓蔓。"

③ 人生天地间，忽如远行客：言人生在天地间，时间匆促得好像辞家远行的客子一样，很快就归于渺冥。忽，急速。

④ 聊厚不为薄：谓斗酒虽然味道淡薄，但为了行乐，姑且当它是醇厚的佳酿。聊，权且。

⑤ 驽（nú）马：低劣的马种。《周礼·夏官·马质》："马量三物，一曰戎马，二曰田马，三曰驽马。"

⑥ 宛与洛：宛县与洛阳，即今天河南的南阳与洛阳。宛县在汉代被称为"南都"，洛阳是东汉的京城，都是当时最繁华的都市。

⑦ 郁郁：气势旺盛的样子。

⑧ 冠带自相索：指达官贵人之间相互寻访。冠带，本义为帽子与腰带，借指身份显赫的人。索，寻求。

⑨长衢（qú）罗夹巷：宽广的大道两边罗列着小巷。长衢，大道。夹巷，狭窄的巷子。

⑩两宫：洛阳有两宫，一南一北。

⑪双阙（què）：古代宫门两旁的高台，左右各一，可以登高远望，中间通大道。

⑫极宴娱心意，戚戚何所迫：肆意欢宴只为使心情畅快，为什么还要迫使自己忧惧重重呢？极宴，豪奢的宴饮。戚戚，忧惧的样子。

今日良宴会①

今日良宴会，欢乐难具陈②。

弹筝奋逸响③，新声妙入神。

令德唱高言④，识曲听其真⑤。

齐心同所愿，含意俱未申⑥。

人生寄一世，奄忽若飙尘⑦。

何不策高足⑧，先据要路津⑨。

无为守穷贱，辘轲长苦辛⑩。

【注释】

①这首诗最早见于南朝梁萧统编《文选》，作者为无名氏。唐虞世南《北堂书钞》作曹植诗。该诗截取了一个宴会的片段，嘉宾们听人弹筝唱曲，领会贤者所作曲中真意，心有所感，含而未发。对此诗人直抒胸臆：人生苦短，务必先踞要位、显达得志方能享受快乐，没必要安守贫贱、蹉跎岁月。王国维

《人间词话》以"何不策高足"四句为"鄙之尤"。在汉末动荡腐败的政治环境中，这样直露而近于鄙陋的对于权势富贵的追求是可以理解的，一方面也反射出中下层贫士的悒郁不平之气。清贺贻孙《诗筏》即谓该诗："无端感慨，不情不绪，全是一肚皮愤世语。"

②具陈：一一地描述出来。

③奋逸响：发出激越的弦声。奋，振发。逸响，奔放激越的声音。

④令德唱高言：作曲词的贤者唱出了高明的言论。令德，有着美好品德的人，这里指为曲子写词的人。

⑤识曲听其真：意为懂得欣赏曲子的人领会到了其中的真意。

⑥齐心同所愿，含意俱未申：意为曲词中所唱的是在座嘉宾的共同心声，只不过大家都未当众申明自己所想。申，表明。

⑦人生寄一世，奄忽若飙尘：意为人生一世，仿佛在天地间寄居，匆促得仿佛被大风扬起的尘埃。奄忽，急速。飙尘，狂风扬起的尘沙。

⑧策高足：鞭策骏马，向前奔驰。策，鞭打。高足，上等的马种。

⑨要路津：重要的路口与渡口，借指显赫的权位。

⑩无为守穷贱，轗轲（kǎnkě）长苦辛：不要安守贫贱，让自己长期处于困顿、辛苦的境地。无为，不要。轗轲，抑郁不得志。

西北有高楼①

西北有高楼，上与浮云齐。
交疏结绮窗②，阿阁三重阶③。
上有弦歌声，音响一何悲④。
谁能为此曲，无乃杞梁妻⑤。
清商随风发⑥，中曲正徘徊⑦。
一弹再三叹⑧，慷慨有余哀⑨。
不惜歌者苦，但伤知音稀⑩。
愿为双鸿鹄⑪，奋翅起高飞。

【注释】

①这首诗最早见于南朝梁萧统编《文选》，作者不可
考。《玉台新咏》作枚乘诗。诗人首先勾勒出一座高
渺入云、装潢精致、恍如仙境的高楼，随后引出高
楼上悲凉的歌声与身份未明的歌者，最后在无尽的
低回怅惘中，抒发他对歌者"知音难遇"的同情，
表明其愿与歌者一同化作鸿鹄、远离尘世、振翅高
飞的渴望。曲高者和必寡，在当时的政治环境下，
高楼歌者应是诗人理想的化身，这首诗则是诗人自
伤自悼的哀音。全诗造虚渺之境，发伤世之音，哀
怨缠绵，意蕴隽永。清贺贻孙《诗筏》云："一种幽
怨，全从言外得之。"
②交疏结绮窗：雕刻着如丝绣花纹一般交错花格的窗
子。交疏，窗子交错的花格。结绮，有花纹的丝织品。
③阿阁：四面都有檐溜的阁子。

④一何悲：多么的悲伤。

⑤无乃杞梁妻：恐怕是范杞梁的妻子吧。无乃，表不敢肯定的测度语气。杞梁妻，即后世传说中"孟姜女哭长城"中孟姜女的原型，春秋时期齐国大夫杞梁的妻子，因丈夫战死而悲泣，城为之崩。据晋崔豹《古今注·音乐》，杞梁妻的妹妹明月尝为其作歌。

⑥清商：音调凄清的商声。商，五音之一。《韩非子·十过》："公曰：'清商固最悲乎？'师旷曰：'不如清徵。'"

⑦中曲：一首曲子的中间段落。

⑧一弹再三叹：一人弹奏，三人相和。叹，和声。《荀子·礼论》："清庙之歌，一倡而三叹也。"

⑨慷慨：指情绪悲愤激昂。

⑩知音：指能识得曲中真意的人，借喻为知己。

⑪鸿鹄（hú）：即大雁与天鹅，皆善高飞，常借以比喻远大的志向。

涉江采芙蓉①

涉江采芙蓉②，兰泽多芳草③。
采之欲遗谁④，所思在远道。
还顾望旧乡⑤，长路漫浩浩⑥。
同心而离居⑦，忧伤以终老。

【注释】

①这首诗最早见于南朝梁萧统编《文选》。《玉台新咏》

作枚乘诗。这是一首思乡诗。游子将自己对故乡人事的深深眷恋寄托于芙蓉芳草，遥望归途漫漫，如何才能让故乡的"同心人"感知到这份深情呢？思念的无力感被时间和距离无限拉长，使得游子发出了"忧伤以终老"的慨叹。而守候在故乡的人，既谓"同心"，想必也是"心同此理"的吧。此诗纯用赋法，承袭了《楚辞》采芳草赠人的传统，并能得其神髓，将采芳、寄远（而不得）、望乡、伤怀递次写来，情感富于层次。清张玉毂《古诗赏析》谓此诗虽为"短章"，"势却开展"。

② 芙蓉：即莲花。《楚辞·离骚》："制芰荷以为衣兮，集芙蓉以为裳。"

③ 兰泽：长有兰草的沼泽。

④ 遗（wèi）：赠与。

⑤ 还（huán）顾：回过头看。

⑥ 浩浩：没有边际的样子。

⑦ 同心而离居：谓情投意合的两人却散居在两地。

明月皎夜光①

明月皎夜光，促织鸣东壁②。

玉衡指孟冬③，众星何历历④。

白露沾野草⑤，时节忽复易⑥。

秋蝉鸣树间，玄鸟逝安适⑦。

昔我同门友⑧，高举振六翮⑨。

不念携手好，弃我如遗迹⑩。

南箕北有斗⑪，牵牛不负轭⑫。
良无磐石固，虚名复何益⑬。

【注释】

①这首诗作者不可考，最早见于南朝梁萧统编《文
选》。这首诗主要感叹交情的凉薄。前半部分细致地
描绘了种种秋天特有的事物，营造出凄凉衰飒的氛
围，暗示诗人彼时中夜不寐，徘徊庭中。后半部分由
悲秋转入对人事变迁的感慨。昔日同门受业的朋友，
一朝得志，便全然忘却旧好，交情变得有名无实，这
简直比凛冽的秋风更令人寒心。全诗状写秋景，善于
从人的感受出发，涵盖了视觉、听觉两方面；后半部
分引星宿为喻体，恰与前文写历历众星相照应，可见
后文感情的兴发，正是诗人中夜观星玄想所致。元刘
履《风雅翼》谓该诗以星宿之空有其形而不适用，兴
旧友之"无贞固之心而徒事虚名"，"虽不言其所以怨
望，而责其不援引之意亦可见矣"。亦是合理的猜想。

②促织：蟋蟀的别名。

③玉衡指孟冬：北斗星中的玉衡指向了孟冬的方位。
古时，人们习惯以北斗斗柄所指的方位判定节令。
《文选》李善注以为，汉之孟冬与夏之孟冬不同，应
等同于今之七月，恰好是初秋的时节。玉衡，北斗
七星中的第五星，也是斗柄三星中的第一星。《晋
书·天文志上》："魁第一星曰天枢，二曰璇，三曰
玑，四曰权，五曰玉衡，六曰开阳，七曰摇光。"

④历历：清晰分明的样子。

⑤白露：秋天的露水。《礼记·月令》："孟秋之月，……凉风至，白露降。"

⑥时节忽复易：季节又很快地变迁了。时节，时令、季节。易，变换。

⑦玄鸟逝安适：燕子将飞往何处去。玄鸟，即燕子。逝，去，往。安，哪里，何处。适，去。

⑧同门友：同在一师门下学习的朋友。

⑨高举振六翮（hé）：鼓起双翼高飞。高举，即高飞。《楚辞·九辩》："凫雁皆唼夫粱藻兮，凤愈飘翔而高举。"六翮，指善高飞的鸟类双翼中的正羽。

⑩遗迹：脚印。谓抛弃旧友如走路的人抛弃脚印。

⑪南箕（jī）北有斗：箕宿在南，而斗宿在北，虽然这两座星宿的形状像箕与斗，并因此被命名为箕斗，但却不能筛米糠、舀酒浆，可谓是有名无实。这一句化用了《诗经·小雅·大东》："维南有箕，不可以簸扬；维北有斗，不可以挹酒浆。"意谓旧友有名无实。

⑫牵牛不负轭（è）：牵牛星虽然名为牵牛，但不能拉车。牵牛，星座名。负轭，即驾车。轭，架在牛马颈上的横木。这一句化用了《诗经·小雅·大东》："睆彼牵牛，不以服箱。"寓意与上句同。

⑬良无磐（pán）石固，虚名复何益：这同门情谊实在没有磐石的坚固，徒具同门友的虚名，又有什么用处呢？这一句承上文"有名无实"的譬喻而来，充

满了悲愤的情绪，表明诗人已看破"同门友"的虚伪绝情。磐石，巨石。

冉冉孤生竹①

冉冉孤生竹②，结根泰山阿③。
与君为新婚，菟丝附女萝④。
菟丝生有时，夫妇会有宜⑤。
千里远结婚，悠悠隔山陂⑥。
思君令人老，轩车来何迟⑦。
伤彼蕙兰花，含英扬光辉⑧。
过时而不采，将随秋草萎。
君亮执高节，贱妾亦何为⑨。

【注释】

①这首诗最初见于南朝梁萧统编《文选》，作者为无名氏。南朝梁刘勰《文心雕龙·明诗》以为傅毅所作。该诗的女主人公已有婚约，而男方却迟迟不来迎娶。她在闺中每日盼望迎亲的轩车到来，自伤婚姻迟暮、韶华虚掷。譬喻的修辞手法在这首诗中被广泛应用，赋予了诗歌哀怨、含蓄、缠绵不尽的意蕴。女子先自比为孤竹，将父母比作泰山；订婚之后，又自比为菟丝，将夫君比为女萝；在闺中待嫁日久，又自比为秋节将至而尚未被采撷、即将同秋草零落的蕙兰。比喻的同时，夹以自叙，将《诗经》"六艺"中的"赋"与"比"巧妙结合，以独白

的方式，充分展现了人物的内心世界。明钟惺《古诗归》谓该诗"相思中极敦厚之言"。

②冉冉：枝叶柔嫩、下垂的样子。

③结根泰山阿（ē）：在泰山下一角扎根。比喻女子未订婚前依傍父母生活。结根，扎根。阿，角落。《楚辞·山鬼》："若有人兮山之阿。"

④与君为新婚，菟丝附女萝：我与夫君订立了婚约，就如菟丝与女萝相互依附、缠绕。菟丝，一种寄生草本植物，后世多用以代指妻子。女萝，即松萝，与菟丝相类，多依附松树生长。

⑤有宜：即适宜的时间和地点。

⑥山陂（bēi）：即山坡。

⑦轩车：有屏障的车。这里代指迎亲的队伍。

⑧含英：花含苞待放。

⑨君亮执高节，贱妾亦何为：夫君你诚信地秉持着高洁的操守，那么贱妾我又何必如此自伤呢？女子于漫长无望的等待中，以对夫君品格的信任为自我安慰。亮，诚信。亦何为，反诘语气，意谓不必自伤如此。

庭中有奇树①

庭中有奇树，绿叶发华滋②。
攀条折其荣③，将以遗所思④。
馨香盈怀袖⑤，路远莫致之⑥。
此物何足贵，但感别经时⑦。

【注释】

①这首诗首见于南朝梁萧统编《文选》,作者为无名氏。《玉台新咏》作枚乘诗。该诗写辞家远行的游子对故乡人的思念。庭中嘉树枝叶繁茂,将正盛的花朵映衬得愈发美好,惜乎这美景良辰不能与心中思念的那个人同赏。游子不觉攀下枝条,折下一朵,想寄回故乡,又想到路途迢迢,空留花香沾满衣袖,正如思念般浓郁而难以消散。在诗的最后,他不禁慨叹:"这花儿纵好,又有什么矜贵之处呢?我只是感慨离别的时间竟有这样久了。"全诗将怀人之情寄托于花叶微物,情思婉转,细致动人。清朱筠《古诗十九首说》谓该诗乃"与'涉江采芙蓉'一种笔墨","看他因人而感到物,由物而说到人,忽说物可贵,忽又说物不足贵,何等变化。……数语中,多少婉折,风人之笔"。

②华滋:形容枝叶繁茂的样子。

③荣:即花朵。

④遗(wèi)所思:赠送给心中所思念的人。遗,给予,馈赠。

⑤盈:满。

⑥莫致之:不能送达。致,送。

⑦经时:时间过了很久。

迢迢牵牛星①

迢迢牵牛星,皎皎河汉女②。

纤纤擢素手③，札札弄机杼④。
终日不成章⑤，泣涕零如雨⑥。
河汉清且浅，相去复几许⑦。
盈盈一水间⑧，脉脉不得语⑨。

【注释】

①这首诗初见于南朝梁萧统编《文选》，作者不可考。
《玉台新咏》作枚乘诗。该诗以著名的牛郎织女传说
故事为题材，将相思而不得相亲的痛苦展现得纤毫
毕至。诗中的织女终日纺织，却终不成章，脉脉含
愁，泪落如雨，亦奠定了中国文学中思妇的典型形
象。全诗广泛运用叠音词，赋予了诗歌一种缠绵哀
怨的声韵之美。清方东树《昭昧詹言》谓："此诗佳
丽，只陈别思，旨意明白。妙在收处四语，不着论
议而咏叹深致，托意高妙。"

②迢迢牵牛星，皎皎河汉女：牵牛星在路途遥远的地
方，对岸是皎洁的织女星。牵牛与织女两星座隔银
河相对，传说织女为天帝孙女，终日纺织云锦，连
修整仪容的空闲都没有，天帝可怜她，许其嫁与牵
牛星，未料织女因此而辍织，天帝大怒，责令二人
隔河而居，每年七月初七之夜相见一次，以乌鹊为
桥。迢迢，形容路途遥远。皎皎，洁白明亮。河汉
女，即织女星。

③擢（zhuó）：伸出。

④札札弄机杼：吱吱嘎嘎地操作着织布机。札札，拟

声词。机杼，即织布机。

⑤不成章：不能织成什么花样，谓因思念过度，不能
投入到织布中去。章，丝织品上的花样。

⑥零：落下。

⑦相去复几许：相距又能有多远呢？相去，相距。几
许，多少，若干。

⑧盈盈：女子姿态美好的样子。这里用来形容织女隔
河与牵牛星相望的样子。

⑨脉脉：凝望的样子。

回车驾言迈①

回车驾言迈②，悠悠涉长道③。

四顾何茫茫④，东风摇百草。

所遇无故物⑤，焉得不速老⑥。

盛衰各有时，立身苦不早⑦。

人生非金石，岂能长寿考⑧。

奄忽随物化⑨，荣名以为宝⑩。

【注释】

①这首诗首见于南朝梁萧统编《文选》，作者不可考。
诗人从远方归来，看到茫茫天地，草木枯荣，一切
非去路所见，从而体味到人生短暂，生死无常，须
趁早立身扬名。悠悠长道象征了无垠的时间，空间
的广袤又让诗人产生了茫然无措的孤立感，东风年
复一年摇撼着百草，百草却新不复旧，这很容易让

诗人想到，人柔脆的肉身也不过如同百草一样，很快便湮灭在时间与空间中，于是便顺理成章地引出了对荣名的渴望。诗歌的主题是自警自励，也有劝导世人的意味在，之所以不显得枯燥无味，还是得益于开篇以景物起兴的修辞手法。"东风摇百草"句尤为后人称道，明王世贞《艺苑卮言》谓"摇"字"稍露峥嵘"，清方东树《昭昧詹言》谓"极其警动"。

② 回车驾言迈：调转车子，驾驶向远方。言，语助词。迈，远行。

③ 涉：跋涉。

④ 四顾：环顾四周。

⑤ 故物：之前遗留下的事物。

⑥ 焉得不速老：怎么能不很快地衰老。

⑦ 立身：立足，安身。谓成就一番事业。

⑧ 寿考：寿命。

⑨ 奄乎随物化：生命很快便会消逝。奄乎，疾速地。随物化，即随周遭的事物而变化，最终归于死亡，是死亡的隐晦说法。《庄子·刻意》："圣人之生也天行，其死也物化。"

⑩ 荣名以为宝：可宝贵的是身后美名。荣名，美名。

东城高且长①

东城高且长，逶迤自相属②。
回风动地起③，秋草萋已绿④。

四时更变化，岁暮一何速。
晨风怀苦心⑤，蟋蟀伤局促⑥。
荡涤放情志⑦，何为自结束⑧。
燕赵多佳人⑨，美者颜如玉。
被服罗裳衣⑩，当户理清曲⑪。
音响一何悲，弦急知柱促⑫。
驰情整中带⑬，沉吟聊踯躅⑭。
思为双飞燕，衔泥巢君屋⑮。

【注释】

① 这首诗首见于南朝梁萧统编《文选》，作者为无名氏。《玉台新咏》作枚乘诗。后世有将"燕赵多佳人"以下十句分出，另成一首者。此诗伤年华易逝、未得施展抱负。诗人登东城而远眺，触景生情，感慨人生苦短，提倡及时行乐。"行乐"的具体方式，则是流连于美女如云的燕赵之地，听佳人手挥五弦。而佳人的心思早已通过琴声与沉吟传达出来，那便是与诗人双双化作飞燕，过朝夕相见的家常日子。在苦闷动荡的年代，得一如花美眷，沉溺于温柔乡中，已足以慰藉诗人寂寥的心灵了。

② 逶迤（wēiyí）自相属（zhǔ）：城墙曲折而绵长，自相连缀。逶迤，长而曲折的样子。属，连接。

③ 回风：即旋风。

④ 萋：草茂盛的样子。

⑤ 晨风怀苦心：这里化用了《诗经·秦风·晨风》中

的句子："鴥彼晨风，郁彼北林。未见君子，忧心钦钦。"谓怀人而心中愁苦。晨风，鸟名。

⑥蟋蟀伤局促：这一句源自《诗经·唐风·蟋蟀》："蟋蟀在堂，岁聿其莫。今我不乐，日月其除。"深秋之时，蟋蟀鸣叫，证明岁暮将至，令人感慨时光易逝，人生短促。局促，匆促，短促。

⑦荡涤放情志：谓应一扫忧怀，舒放情志。荡涤，洗去，清除。

⑧结束：约束。

⑨燕赵：即战国时燕、赵两国的所在地，在今天河北、山西一带。

⑩被服：即穿着。

⑪当户理清曲：对着门户练习演奏清商曲。理，温习，练习。清曲，即清商曲，声调清越，故名。

⑫弦急知柱促：听那急促的弦声，便知道弦柱调得紧了。柱，琴上用以固定琴弦、调节声音的物体，每弦一柱。

⑬驰情整中带：佳人带着向往的神情整理衣服带子。驰情，即神往。中带，即中衣带，古代妇女的内衣带。

⑭踯躅（zhízhú）：犹豫不前的样子。

⑮巢：即筑巢。

驱车上东门①

驱车上东门②，遥望郭北墓③。
白杨何萧萧④，松柏夹广路⑤。

下有陈死人^⑥，杳杳即长暮^⑦。
潜寐黄泉下^⑧，千载永不寤^⑨。
浩浩阴阳移^⑩，年命如朝露^⑪。
人生忽如寄^⑫，寿无金石固^⑬。
万岁更相送^⑭，圣贤莫能度^⑮。
服食求神仙，多为药所误^⑯。
不如饮美酒，被服纨与素^⑰。

【注释】

① 这首诗首见于南朝梁萧统编《文选》，作者为无名氏。诗人体味到生死无常，无论愚、智、贤、不肖都不能超脱于外，因此劝导世人饮美酒、着纨素，纵情享乐，切莫服食所谓的不死丹方、追求长生之术。该诗的前八句着重烘托凄凉阴森的外部环境，先以萧萧白杨、森森松柏渲染死亡的无常与可怖，而后直接将视角移向地下"千载永不寤"的"陈死人"，毫无闪烁回避，给人以极强的冲击力。后十句在感叹人生短暂的同时，表达了对求仙的反对与对行乐的支持。这表明在当时黑暗动荡的社会环境下，人们开始直面生死问题，并总结出一种消极、颓废的人生态度。清陈祚明《采菽堂古诗选》谓该诗："感慨激切甚矣，然通篇不露正意一字，……愈淋漓愈含蓄。"

② 东门：洛阳城东边的城门。

③ 郭北墓：洛阳城北有北邙山，是当时比较集中的墓

葬之地。郭，外城。

④白杨何萧萧：墓地的白杨树发出萧萧的响声。古代
　平民没有坟墓，下葬时以杨柳为标识。萧萧，草木
　摇落的声响。

⑤广路：即大路。

⑥陈死人：死去多年的人。

⑦杳杳即长暮：死去即意味着堕入昏暗的漫漫长夜。
　杳杳，昏暗貌。长暮，长夜。

⑧潜寐黄泉下：长眠于黄泉之下。潜寐，即深眠。黄
　泉，指地下埋葬死人之所。

⑨不寤：不醒。

⑩浩浩阴阳移：四季阴阳无穷地轮转。浩浩，广大无
　垠貌。阴阳，古人以春夏为阳，秋冬为阴，这里代
　指四时流转。

⑪年命如朝露：人的寿命就如同朝露一样短暂。年命，
　寿命。朝露，早上的露水，太阳一出来就干了，用
　以形容事物存在时间短暂。

⑫如寄：如同短暂地借住。

⑬寿无金石固：人的寿命不像金石那样坚固长久。

⑭万岁更相送：千秋万岁相继着度过。更相，相继。

⑮圣贤莫能度：圣人和贤者也不能超越其外。度，越过。

⑯服食求神仙，多为药所误：那些服食仙方，企图求仙
　的人，多半被仙药搞坏了身体。服食，即服用丹药和
　草木药以求长生。

⑰纨与素：都是精致的丝织品，这里指华美的衣服。

去者日以疏①

去者日以疏，生者日以亲②。
出郭门直视，但见丘与坟③。
古墓犁为田④，松柏摧为薪⑤。
白杨多悲风，萧萧愁杀人⑥。
思还故里闾⑦，欲归道无因⑧。

【注释】

①这首诗首见于南朝梁萧统编《文选》，作者已不可考。这首诗的主人公是一位远游在外的客子，所表达的主题却不仅仅是思乡怀人，更多的是对生死问题的思考。曾经亲密的人死去了，影像渐渐模糊，化作层层叠叠的坟墓，而坟墓也未必能留存久远，终有被犁为农田的一天，连墓地中种植的松柏，也要被砍去作柴火烧。面对着萧萧的悲风，客子起了归家的念头，却又"欲归道无因"，究竟是怎样的缘故，诗中并没有交代，徒留下无尽悲凉的情味。"白杨多悲风，萧萧愁杀人"两句向为后人称道。宋张戒《岁寒堂诗话》谓："古诗'白杨多悲风，萧萧愁杀人'，'萧萧'两字处处可用，然惟坟墓之间，白杨悲风，尤为至切。"

②去者日以疏，生者日以亲：死去的人一天天疏远了，新生的人一天天亲近起来。

③丘与坟：即坟墓。

④犁：耕种。

⑤摧为薪：折断来做柴火。摧，折断。

⑥愁杀：形容忧愁的程度极深。

⑦里闾（lǘ）：即乡里。

⑧无因：没有因缘。

生年不满百①

生年不满百，常怀千岁忧②。

昼短苦夜长，何不秉烛游③。

为乐当及时，何能待来兹④。

愚者爱惜费⑤，但为后世嗤⑥。

仙人王子乔⑦，难可与等期⑧。

【注释】

①这首诗首见于南朝梁萧统编《文选》，作者不可考。旧说认为此诗与《诗经·唐风·蟋蟀》主旨相似，乃劝人及时行乐之作。诗人勘破了人生的短暂与"远虑"的无谓，认为那些不懂享乐、吝惜财物的人，都是可笑的愚者；而求仙得道、长生不死的企图，更是虚妄无比。因此他极力主张秉烛游乐，有酒且醉。全诗以狂放的口吻、犀利的笔调，宣扬了纵情享乐的人生态度，另一方面，也反衬出现实的无望与理想的破灭。清尤侗《艮斋杂说》谓："'生年不满百，常怀千岁忧'，此语唤醒痴愚多少。"王国维《人间词话》谓"生年不满百"四句曰："写情如此，方为不隔。"

②生年不满百，常怀千岁忧：人生一世不足百年，却总怀抱着远至千年的忧虑。千岁忧，即为子孙后代打算，忧虑重重。

③昼短苦夜长，何不秉烛游：谓人们苦于白昼短暂而黑夜漫长，无法尽情游乐，何不持烛照明，将黑夜化为白昼呢？

④来兹：日后，将来。

⑤爱惜费：谓吝惜钱财。

⑥蚩：嘲笑。

⑦王子乔：古代传说中的仙人。《列仙传》云："王子乔者，周灵王太子晋也。好吹笙作凤凰鸣。游伊洛之间，道士浮丘公接以上嵩高山。三十余年后，求之于山上，见柏良曰：'告我家：七月七日待我于缑氏山巅。'至时，果乘鹤驻山头，望之不可到。举手谢时人，数日而去。"

⑧等期：作同样的期待，谓成仙而不死。

凛凛岁云暮①

凛凛岁云暮②，蟋蟀夕鸣悲③。

凉风率已厉④，游子寒无衣。

锦衾遗洛浦⑤，同袍与我违⑥。

独宿累长夜⑦，梦想见容辉⑧。

良人惟古欢⑨，枉驾惠前绥⑩。

愿得常巧笑⑪，携手同车归。

既来不须臾⑫，又不处重闱⑬。

亮无晨风翼⑭，焉能凌风飞。
眄睐以适意⑮，引领遥相睎⑯。
徙倚怀感伤⑰，垂涕沾双扉⑱。

【注释】

①这首诗最早见于南朝梁萧统编《文选》，作者不可
考。这是一首思妇诗。开篇便云时近岁暮，凉风凛
冽，女子听着秋虫的悲鸣，心中惦念的是远游的良
人没有冬衣。分别日久，思念日笃，女子终于在梦
中望见良人的容颜，"良人惟古欢"以下四句便是
对往日亲密欢乐的场景的描绘，而梦醒后却是更深
刻的寂寥，只能继续倚门怅望，默默垂泪。诗中现
实与梦境的穿插叙写，营造出了情绪的起伏跌荡，
使得现实中的感伤愈加浓烈且余韵悠长。清陈祚明
《采菽堂古诗选》谓："相见无期，托之于梦，一则
见我之怀思，虽梦不忌；再则见彼之弃我，非梦不
接。"

②凛凛岁云暮：寒风凛冽，将到年末了。凛凛，谓寒
冷。云，语助词。

③蝼蛄（lóugū）：一种穴居的昆虫，昼伏夜出。

④率已厉：疾速而猛烈。

⑤锦衾遗洛浦：将锦缎的被子送与美人，谓男女定情、
结婚。洛浦，洛水之滨，传说洛水之神名宓妃，后
成为美女的代称。

⑥同袍与我违：曾经跟我同一副衾枕的那人如今与我

分别了。同袍，即同衾之人。违，离别。

⑦累长夜：一个又一个长夜。

⑧容辉：风采容光。

⑨良人惟古欢：良人他念着往日的欢好。良人，古代
妇女对丈夫的称谓。惟，思念。古欢，过去的欢爱。

⑩枉驾惠前绥：良人前来将登车用的索子递过来，这
是古代婚礼迎亲时的风俗。枉驾，过去对他人前来
拜访的敬辞。惠，对他人赠与的客气说法。前绥，
登车用的挽绳。

⑪巧笑：美好的笑。

⑫须臾：片刻。

⑬重闱：谓闺中。

⑭亮无晨风翼：实在是没有飞鸟的翅膀。亮，信。晨
风，鸟名。

⑮眄睐（miǎnlài）以适意：只能靠遥望来自己宽怀。
眄睐，顾盼。适意，宽心。

⑯引领遥相睎（xī）：伸长脖子远望。引领，伸长脖
子。睎，远望。

⑰徙倚：谓徘徊。

⑱垂涕沾双扉：倚门垂泪，泪水沾湿了门板。涕，眼
泪。扉，门扇。

孟冬寒气至①

孟冬寒气至②，北风何惨栗③。

愁多知夜长，仰观众星列。

三五明月满，四五詹兔缺④。
客从远方来，遗我一书札⑤。
上言长相思，下言久离别。
置书怀袖中，三岁字不灭。
一心抱区区⑥，惧君不识察。

【注释】

①这首诗最早见于南朝梁萧统编《文选》，作者不可
考。这是一首思妇诗。前六句写女子思念远游的丈
夫，中夜不寐，只能仰观星月排遣忧愁，月圆月缺
尚有时，游子的归期却无定准。后八句写游子从远
方寄来书信，也无非是一些"长相思"、"久离别"
之类的话，女子却当作宝物一样贴身收藏，以至于
经年如新。这也暗示了当时关山隔阻，通信不便。
女子思念愈笃，忧惧愈深。这样的殷殷深情，游子
究竟能否体察得到呢？清张玉穀《古诗赏析》谓该
诗"三岁字不灭"句"用笔最妙"，"盖置书怀袖，
至三岁之久而字犹不灭，既可以作区区之证，而书
来三岁，人终不归，又何能不起不能察识之惧。古
诗佳处，一笔当几笔用，可以类推"。

②孟冬：冬季的第一个月，即夏历的十月。

③惨栗：形容极度寒冷。

④三五明月满，四五詹兔缺：谓每月十五月圆，二十月
缺。三五，农历每月十五日。四五，农历每月二十
日。詹兔，月亮的代称。传说月中有蟾蜍与玉兔。

⑤书札：即书信。

⑥区区：真挚的情意。

客从远方来①

客从远方来，遗我一端绮②。

相去万余里，故人心尚尔③。

文彩双鸳鸯④，裁为合欢被⑤。

著以长相思⑥，缘以结不解⑦。

以胶投漆中⑧，谁能别离此。

【注释】

①这首诗初见于南朝梁萧统编《文选》，作者不可考。这是一首思妇诗，通篇只从得绮、制被一事写来。诗中的女子与良人分隔万里，却毫无相思的悲苦，尽是热恋的欣喜，只因良人托人捎来了半匹绣着鸳鸯的罗绮。这使女子确定了良人的心意并无转移，因而忙不迭地将它做成了合欢被，期待着良人归来，能同鸳鸯一般同栖同宿。诗中运用双关手法，将丝棉比作"长相思"，装饰边缘的花结又正如两人难解的情结，可谓纤巧妩媚，情致盎然。

②一端：即半匹。在古代，一匹丝织品，由两端向中心卷，一端则为半匹。

③尚尔：谓犹然如此。

④文彩：谓丝织品的花纹交错，色彩艳丽。

⑤合欢被：夫妻合盖的被子，通常绣有对称的花纹，

是男女欢好的象征。

⑥著以长相思：以长长的丝棉填充被子，象征相思绵
　绵。著，往被子里充棉絮。思，谐音"丝"。

⑦缘：装饰被子的边缘。

⑧以胶投漆中：谓把胶投入漆中，寓意情投意合，难
　分难解。

明月何皎皎①

明月何皎皎，照我罗床帏②。

忧愁不能寐，揽衣起徘徊③。

客行虽云乐④，不如早旋归⑤。

出户独彷徨，愁思当告谁。

引领还入房⑥，泪下沾裳衣。

【注释】

①这首诗首见于南朝梁萧统编《文选》，作者不可考。
《玉台新咏》作枚乘诗。这是一首思妇诗。良人远
行，女子独宿，唯有明月相照，这使本就忧心如捣
的她愈加难以入睡。女子索性披衣而起，出门望
月，口中喃喃着："客居在外的生活虽然快乐，哪里
比得上早点回家好呢。"徘徊了半晌，满腔的愁思
还是无人可诉，只有皎洁的明月依旧殷勤地照着她
那空空的床帐。思妇的曲折心事通过"徘徊"、"出
户"、"彷徨"、"还入房"等一系列动作展现出来，
细致入微而富有层次感。清方玉润《诗经原始》谓

　　该诗与《诗经·召南·草虫》一篇意旨相类，皆为"虚想"、"善言情"之作。

②罗床帏：丝罗做的床帐。

③揽衣：提起衣裳。

④虽云：即虽然。

⑤旋归：返回，回归。《诗经·小雅·黄鸟》："言旋言归，复我邦族。"

⑥引领：伸长脖子。

玉台新咏

卷一

古诗

"古诗"在成为专名之前，是后人对前代诗的通称。汉代有一部分作者无考的五言诗，非一人之辞，非一时之作，流传至晋代，便被称为"古诗"。其中或有被指为枚乘、傅毅、曹植、王粲等人所作者，皆不能确考。有些作品从其题材内容及遣词造句看，可以认定是东汉时期的文人作品；有些则来自民间。古诗的主题，不外乎相思离愁、人生感慨，表现方法则上承《诗经》、《离骚》而来，比兴兼用，含蓄婉转。晋宋时期，"拟古"之作风行，陆机、陶渊明、鲍照等人均有对"古诗"的拟作，甚或有逐句拟写的现象产生。南朝梁萧统编纂《文选》时，选录了十九首古诗，成为古诗的代表之作，颇为后世推崇。

上山采蘼芜①

上山采蘼芜②，下山逢故夫③。

长跪问故夫④："新人复何如⑤？"

"新人虽言好，未若故人姝⑥。

颜色类相似⑦，手爪不相如⑧。

新人从门入，故人从阁去⑨。

新人工织缣，故人工织素⑩。

织缣日一匹⑪，织素五丈余。

将缣来比素，新人不如故。"

【注释】

①这是一首弃妇诗，写弃妇与故夫离异后重遇的情景。弃妇以"长跪"相慰问的郑重，表明其对故夫并无怨恨，而故夫"将缣来比素"时流露出的明显的褒贬态度，亦说明其并非喜新厌旧之人，二人恩情未泯，离异实属无奈。诗歌采取对话体，表意显豁，用墨经济，浑然如天成。明许学夷《诗源辩体》对此诗的评价仅次于《古诗十九首》，谓该诗"虽有优劣，要亦非用意为之也"。

②蘼芜（míwú）：一种香草，叶子晒干可以充香囊。晋郭璞《尔雅图赞》："蘼芜善草，乱之蛇床。不陨其实，自别以芳。"用在这里可以看作弃妇被遣后高洁自适的象征。

③故夫：即前夫。

④长跪：双膝跪地而上半身挺直，以示庄重。

⑤新人复何如：新妇怎么样。新人，新娶进来的女子。

⑥新人虽言好，未若故人姝（shū）：新妇虽然貌美，但还是比不上故人你的好。以下十二句是故夫的回答。言，语助词。姝，美好。

⑦颜色：即姿色。

⑧手爪：手指，这里指女子做活的技巧。

⑨新人从门入，故人从阁（gé）去：新妇从正门被迎进来时，故人从小门被送出去。阁，旁门，小门。

⑩新人工织缣（jiān），故人工织素：新人擅长织缣，故人擅长织素。工，善于，做得好。缣，双经双纬

的细绢，须另加染色。素，纯白的生帛，织成即用，不另加装饰。素比缣实用，故夫以为织缣不如织素，新人不如故人。

⑪匹：古代布帛的计量单位，一匹等于四丈。

四坐且莫喧①

四坐且莫喧②，愿听歌一言③。
请说铜炉器④，崔嵬象南山⑤。
上枝似松柏，下根据铜盘⑥。
雕文各异类，离娄自相联⑦。
谁能为此器，公输与鲁班⑧。
朱火然其中⑨，青烟飏其间⑩。
从风入君怀⑪，四坐莫不叹⑫。
香风难久居，空令蕙草残⑬。

【注释】

①这是一首咏物诗。全篇致力于描摹香炉的形状、表面雕镂的花纹乃至其中香料的燃烧形态，最末宕开一笔，言香炉之香虽好，却难久聚，终不如蕙草之香天然浑成，寄托了诗人的重质朴而厌雕琢的审美态度，颇得汉大赋以铺陈为手段、以讽劝为旨归的精髓。开篇写歌者肃静四坐，篇末写听众对香风的赞叹，首尾呼应，极富现场感。明胡应麟《诗薮》："古诗自质，然甚文；自直，然甚厚。……《四坐且莫喧》等皆闾巷口语，而用意之

妙，绝出千古。”

②四坐：即四座。以下两句是歌者对在座听众所言。

③一言：一番话。

④铜炉器：铜制的香炉。

⑤崔嵬（wéi）象南山：谓香炉上部烟气蒸腾，仿佛云
　雾中的巍巍终南山。崔嵬，高耸的样子。南山，终
　南山，在今陕西西安。

⑥上枝似松柏，下根据铜盘：香炉表面雕镂的花纹向
　上伸展，好似松柏的枝叶，花纹下部如同松柏的根
　一般盘踞在香炉之下的铜盘。据，依仗。

⑦雕文各异类，离娄自相联：香炉上雕刻的花纹各不
　相同，交错分明地连在一起。雕文，雕刻的花纹。
　离娄，雕镂的花纹交错分明的样子。

⑧公输与鲁班：春秋时期鲁国有巧匠名公输班，“公
　输”与“鲁班”实指一人。用在这里极力夸赞香炉
　的工巧。

⑨朱火然其中：红色的火在香炉中燃烧。朱火，红色
　的火焰。然，同“燃”。

⑩飏（yáng）：因风扬起。

⑪从风：随风。

⑫叹：赞叹。

⑬香风难久居，空令蕙草残：香炉产生的香气难以长
　久停留，白白地毁掉了一些蕙草。古人有以蕙草炼
　制香膏以供香炉燃烧者。三国魏张揖《广雅》：“蕙
　草，绿叶紫华，魏武帝以为香烧之。”

悲与亲友别①

悲与亲友别，气结不能言②。
赠子以自爱③，道远会见难。
人生无几时，颠沛在其间④。
念子弃我去，新心有所欢⑤。
结志青云上⑥，何时复来还。

【注释】

①这是一首送别诗。亲密的朋友即将远行，诗人伤心
　到说不出话来，不仅是因为人生几何，路途阻隔，
　再难会面，更多的是因为友人"新心有所欢"，背
　弃了自己以及之前的信念，转而追求高官显爵。全
　诗直陈肺腑，毫无矫饰，生离之痛，令人动容。明
　陆时雍《古诗镜》谓："恳款特至，语语披情，'赠
　子以自爱'一语特珍。"
②气结：呼吸梗阻，形容极度悲伤。
③自爱：自我珍重。
④颠沛：挫折，困顿。
⑤新心有所欢：谓朋友另有所爱好的事物在心。
⑥结志青云上：谓朋友立志平步青云，谋求高位。

穆穆清风至①

穆穆清风至②，吹我罗裳裾③。
青袍似春草，长条随风舒④。
朝登津梁上⑤，褰裳望所思⑥。

安得抱柱信⑦，皎日以为期⑧？

【注释】

①这首诗的主人公，是一位思念自己心上人的女子。春日来临，和风吹动她的罗裙，使她想起那长身玉立的心上人，他的青袍随风舒展。她每天清晨站在桥梁上，痴痴地眺望，企图窥见心上人前来与她相会的身影。然后并不是每个人都能指皎日为誓，如抱柱的尾生一样信守承诺的。女子在期待与怀疑之间日复一日地徘徊。明胡应麟《诗薮》谓首二句为"千古言景叙事之祖"，"结构天然，绝无痕迹，非大冶熔铸，何能至此"。

②穆穆：和顺貌。

③裾（jū）：衣襟。

④青袍似春草，长条随风舒：谓心上人的青袍如同春草，长长的茎叶随风舒展。

⑤津梁：即桥梁。

⑥褰（qiān）裳：撩起衣裳以方便行走。

⑦抱柱信：谓信守承诺，多用于男女之间。《庄子·盗跖》："尾生与女子期于梁下，女子不来，水至不去，抱梁柱而死。"

⑧皎日：古人常指白日发誓。此处代指誓言。

古乐府

乐府是汉代朝廷所设的音乐官署。《汉书·礼乐志》：

"至武帝定郊祀之礼，……乃立乐府，采诗夜诵，有赵、代、秦、楚之讴。以李延年为协律都尉，多举司马相如等数十人造为诗赋，略论律吕，以合八音之调，作十九章之歌。"古乐府诗即为汉代乐府保存的可供演唱的歌诗。这些作品有的搜集自民间，有的则来自贵族、文人的创作。南朝梁沈约所编撰的《宋书·乐志》中即收录了大量的古乐府诗。宋代郭茂倩搜集唐以前的乐府诗，编成《乐府诗集》，并分为十二类：郊庙歌辞、燕射歌辞、鼓吹曲辞、横吹曲辞、相和歌辞、清商曲辞、舞曲歌辞、琴曲歌辞、杂曲歌辞、近代曲辞、杂歌谣辞、新乐府辞，古乐府诗大部分保存于郊庙歌辞、鼓吹曲辞、相和歌辞和杂歌谣辞中。

日出东南隅行①

日出东南隅②，照我秦氏楼。

秦氏有好女③，自言名罗敷④。

罗敷善蚕桑⑤，采桑城南隅。

青丝为笼系⑥，桂枝为笼钩⑦。

头上倭堕髻⑧，耳中明月珠⑨。

绿绮为下裙⑩，紫绮为上襦⑪。

行者见罗敷⑫，下担捋髭须⑬。

少年见罗敷，脱巾著帩头⑭。

耕者忘其犁，锄者忘其锄。

来归相喜怒，但坐观罗敷⑮。

【注释】

①这是一首古乐府诗，又名《陌上桑》、《艳歌罗敷行》，首见于《宋书·乐志》，属相和歌辞。唐吴兢《乐府古题要解》云："旧说邯郸女子秦姓名罗敷，为邑人千乘王仁妻。仁后为赵五家令。罗敷出采桑陌上，赵五登台见而悦之，置酒欲夺焉。罗敷善弹筝，作《陌上桑》以自明，不从。案其歌词，称罗敷采桑陌上，为使君所邀，罗敷盛夸其夫为侍中郎以拒之，与旧说不同。"可知此诗是在旧题本事基础上重新创作的新故事。全诗分为三解，解是乐章段落的专称。第一解由开头至"但坐观罗敷"，细致刻画采桑女秦罗敷的衣着妆饰，并以各类行人见到罗敷后近乎忘形的反应侧面烘托她的美貌；第二解至"使君一何愚"，使君出场，发出"共载"的邀请，被罗敷严词拒绝；余下为第三解，写罗敷对夫君的夸耀。全诗叙事层次分明，语言清新流丽，使得秦罗敷这一集美丽、坚贞、智慧于一身的妇女形象深入人心，明许学夷《诗源辩体》谓该诗"篇幅虽长，不害为天成"；清王士禛《带经堂诗话》谓该诗"叙事措语之妙，爱不能割"。

②隅（yú）：角落。

③好女：美貌的女子。

④自言：自称。

⑤蚕桑：养蚕、采桑，是旧时女子的专长。

⑥笼系：系篮子的绳子。

⑦笼钩：篮子的提手。

⑧倭堕髻：古代女子的一种发式，是堕马髻的变种，发髻侧在一边。

⑨明月珠：光彩如明月一般的珠子，耳饰的一种。

⑩下裙：下襟。

⑪上襦（rú）：上身穿的短衣。

⑫行者：出行在路上的人。

⑬下担捋髭（zī）须：把行李放下，捻着胡须。谓看得出神。髭须，胡子。

⑭帩（qiào）头：古代男子向上拢头发的纱巾。

⑮来归相喜怒，但坐观罗敷：谓耕者与锄者有的高兴，有的懊恼，都因为贪看罗敷的美貌。坐，因。

使君从南来①，五马立踟蹰②。
使君遣吏往③，问此谁家姝④？
"秦氏有好女，自名为罗敷⑤。"
"罗敷年几何⑥？"
"二十尚未满，十五颇有余⑦。"
使君谢罗敷⑧："宁可共载不⑨？"
罗敷前置辞⑩："使君一何愚！
使君自有妇，罗敷自有夫。

【注释】

①使君：汉代对太守的称呼。

②五马立踟蹰（chíchú）：谓使君的车马停下来，徘

徊不前。五马，汉时太守的车驾由五匹马驾辕。踌
躇，即"踟蹰"，犹豫不前貌。

③吏：指太守管辖下的小官。

④姝：美女。

⑤秦氏有好女，自名为罗敷：这两句是罗敷回答使君
　的问话。

⑥年几何：年纪多大了。这句是使君的追问。

⑦二十尚未满，十五颇有余：这两句是罗敷对使君追
　问的回答。

⑧谢：以言辞相问询。

⑨宁可共载不（fǒu）：愿意跟我坐同一辆车吗？宁可，
　表询问对方意愿。共载，同车。不，同"否"。

⑩前置辞：走上前去声明。

　　　"东方千余骑，夫婿居上头①。
　　　何用识夫婿②？白马从骊驹③，
　　　青丝系马尾，黄金络马头④；
　　　腰间鹿卢剑⑤，可直千万余。
　　　十五府小吏⑥，二十朝大夫⑦。
　　　三十侍中郎⑧，四十专城居⑨。
　　　为人洁白皙⑩，鬑鬑颇有须⑪。
　　　盈盈公府步，冉冉府中趋⑫。
　　　坐中数千人，皆言夫婿殊⑬。"

【注释】

①夫婿居上头：我的夫君次序在前。

②何用：用什么，凭什么。

③骊驹（lí jū）：纯黑色的马。

④络：这里指用马笼头兜住马头。

⑤鹿卢剑：古剑名。《汉书·隽不疑传》晋灼注："古长剑首以玉作井鹿卢形，上刻木作山形，如莲花初生未敷时。"鹿卢，即井辘轳。

⑥府小吏：汉代地方官的属吏。

⑦朝大夫：泛指可议论政事的朝中大夫。

⑧侍中郎：古代官名，汉代的侍中为正规官职之外的加官，可侍从皇帝左右，与闻朝政。

⑨专城居：即太守、州牧等地方官。

⑩为人洁白皙：谓夫君肤色洁白。

⑪鬑鬑（lián）：胡须长长的样子。

⑫盈盈公府步，冉冉府中趋：谓夫君仪态美好地在公府里行走。

⑬殊：谓出类拔萃。

相逢狭路间①

相逢狭路间，道隘不容车②。
如何两少年③，挟毂问君家④？
君家诚易知，易知复难忘。
黄金为君门，白玉为君堂⑤。
堂上置樽酒，使作邯郸倡⑥。

中庭生桂树，华镫何煌煌⑦。

兄弟两三人，中子为侍郎⑧。

五日一来归⑨，道上自生光⑩。

黄金络马头，观者满道傍。

入门时左顾，但见双鸳鸯⑪。

鸳鸯七十二，罗列自成行。

音声何噰噰⑫，鹤鸣东西厢⑬。

大妇织绮罗，中妇织流黄⑭。

小妇无所为，挟瑟上高堂⑮。

丈人且安坐⑯，调丝未遽央⑰。

【注释】

①这是一首古乐府，又名《相逢行》、《长安有狭斜行》，属相和歌辞。该诗从来宾的视角入手，故意说道路狭窄，反衬往来车辆众多、门庭若市，通过对厅堂陈设、嘉木珍禽的描绘，极力渲染了大富之家聚会宴饮、豪奢享乐的铺张场面。结尾处对三位女主人各自擅场的描述，以看似不经意的笔墨，突出了这一户人家日常生活的富贵安闲。

②隘（ài）：狭窄，窄小。

③如何：为何。

④挟毂（gǔ）：即"夹毂"，谓少年站在两车中间相间。毂，车轮中心的部位。

⑤堂：房屋的正厅。

⑥使作邯郸倡：役使的是赵国的倡伎。使作，役使。

邯郸倡，即来自赵国的女乐，赵国女乐当时很有名，邯郸当时是赵国的国都。

⑦华镫何煌煌：华美的灯饰是多么辉煌。华镫，雕饰精美的灯。镫，同"灯"。煌煌，明亮夺目的样子。

⑧中子为侍郎：第二个儿子是侍郎。中子，排行居中的儿子。侍郎，汉代官名，是郎中令的属官。

⑨五日一来归：汉代官制，朝官每五日休假洗沐一次。

⑩道上自生光：谓侍郎归来的途中，威仪显赫，引人注目，仿佛自生光彩一般。

⑪双鸳鸯：一双又一双的鸳鸯。鸳鸯是雌雄偶居的鸟。

⑫雍雍（yōng）：鸟声和鸣貌。这里指鹤的鸣叫声。

⑬东西厢：正房东西两侧的房屋。

⑭大妇织绮罗，中妇织流黄：长子的妻子织罗绮，次子的妻子织黄绢。流黄，褐黄色的绢帛。

⑮小妇无所为，挟瑟上高堂：小儿子的妻子没有事情做，就拿着瑟到厅堂上去了。瑟，一种弦乐器。

⑯丈人：指丈夫。

⑰调丝未遽（jù）央：乐曲还没这么快就弹奏完。调丝，弹奏弦乐器。未遽央，未完。

陇西行①

天上何所有，历历种白榆②。
桂树夹道生③，青龙对道隅④。
凤凰鸣啾啾⑤，一母将九雏⑥。
顾视世间人，为乐甚独殊⑦。

好妇出迎客，颜色正敷愉⑧。

伸腰再拜跪⑨，问客平安不⑩。

请客北堂上⑪，坐客毡氍毹⑫。

清白各异樽⑬，酒上正华疏⑭。

酌酒持与客，客言主人持⑮。

却略再拜跪⑯，然后持一杯。

谈笑未及竟⑰，左顾敕中厨⑱。

促令办粗饭，慎莫使稽留⑲。

废礼送客出⑳，盈盈府中趋。

送客亦不远，足不过门枢㉑。

取妇得如此，齐姜亦不如㉒。

健妇持门户㉓，胜一大丈夫。

【注释】

①这是一首古乐府，属相和歌辞，又名《步出夏门行》。唐吴兢《乐府古题要解》谓此诗："始言妇有容色，能应门承宾，次言善于主馈，终言送迎皆合于礼。"全诗写一位善于操持门户的健妇殷勤待客的过程，盛赞她的干练周到，较大丈夫尤过之。前八句写天上景象，以成对的事物反兴人间健妇的自出待客。中间写主妇与客人之间的酬酢，笔触细腻，一丝不苟。后四句是作者的议论，认为若娶得这样的妻子，比娶那些名门之女还要强许多。清陈祚明《采菽堂古诗选》认为迎客非妇人之事，此诗乃"寓讽于颂"，"中间逗出'废礼'二字，乃是正

意，隐藏不露"。亦可备一说。

②白榆：指星星。榆荚成串，色白而形圆，因而用来
　比拟众星。

③桂树：指传说中月中的桂树。

④青龙：星宿名。属二十八星宿中的东方七宿。

⑤啾啾：象声词，鸟兽的鸣叫声。

⑥一母将九雏：谓一雌鸟保育九只雏鸟。将，携带。

⑦为乐：取乐。由此引出人世间的好妇待客。

⑧敷愉：和颜悦色的样子。

⑨伸腰：挺直腰杆，谓行礼庄重。

⑩不（fǒu）：同"否"。

⑪北堂：古代主妇的居所。

⑫坐客毡氍毹（qúshū）：请客人坐在毡子上。氍毹，
　一种毛织的坐褥。

⑬清白各异樽：清酒和白酒分开盛放，随客人取饮。

⑭酒上正华疏：这一句"上"或作"止"，"正"或作
　"玉"，皆不可解，疑有误字。

⑮酌酒持与客，客言主人持：这一句写主客互相辞让。

⑯却略：谦恭地退身。

⑰竟：终止。

⑱敕（chì）中厨：吩咐内厨房。敕，命令。中厨，内
　厨房。

⑲慎莫使稽留：小心不要耽搁了。稽留，延迟。

⑳废礼：谓整套礼仪程序进行完毕。

㉑门枢：门扇的转轴，这里指门户。

㉒取妇得如此，齐姜亦不如：这里化用了《诗经·陈
风·衡门》"岂其取妻，必齐之姜"句。齐姜，齐国
大姓姜氏的女儿，这里借指名门闺秀。

㉓健妇持门户：健壮能干的女子管理家事。

艳歌行①

翩翩堂前燕，冬藏夏来见②。

兄弟两三人，流荡在他县③。

故衣谁当补，新衣谁当绽④。

赖得贤主人⑤，览取为吾绽⑥。

夫婿从门来⑦，斜柯西北眄⑧。

语卿且勿眄，水清石自见⑨。

石见何累累⑩，远行不如归。

【注释】

①这是一首汉代乐府古诗，属相和歌辞。全诗以寥寥
数笔，勾勒出了一个戏剧化的生活场景。流荡在异
乡的游子们，衣裳破旧，幸得贤惠的女主人为他们
缝补，恰好被男主人撞见，不免疑心。真相当然很
快便水落石出了，然而若不是客居在外，自有妻子
操持针线，又怎么会无端生出这样的波澜呢？由此
点出"远行不如归"的主题，可谓匠心独运。明陆
时雍《古诗镜》谓"水清石自见"句："浅浅托喻，
人情大抵可见。"

②冬藏：指候鸟冬天迁徙至南方。这里以候鸟来去有

定时，反兴游子漂流在外，归期无定。

③流荡：谓远游。

④绽：缝补，连缀。

⑤贤主人：这里指女主人。

⑥览取为吾绽（zhàn）：拿过来替我们缝补。览，同"揽"。绽，同"绽"。指缝补裂开之衣。

⑦夫婿：指女主人的丈夫。

⑧斜柯西北眄（miǎn）：侧着身子向西北看。这里是说丈夫起了疑心。斜柯，侧着身子。眄，斜视。

⑨语卿且勿眄，水清石自见：游子对他说，你且不必疑心，真相终会水落石出。

⑩累累：分明貌。

皑如山上雪①

皑如山上雪②，皎若云间月③。
闻君有两意④，故来相诀绝⑤。
今日斗酒会⑥，明旦沟水头⑦。
蹀躞御沟上⑧，沟水东西流⑨。
凄凄复凄凄⑩，嫁娶不须啼。
愿得一心人⑪，白头不相离。
竹竿何袅袅，鱼尾何簁簁⑫。
男儿重意气⑬，何用钱刀为⑭。

【注释】

①这是一首乐府古诗，又名《白头吟》，传说为卓文

君所作。汉刘歆《西京杂记》载："司马相如将聘茂陵人女为妾。卓文君作《白头吟》以自绝。相如乃止。"这种说法未能考实，恐为假托。该诗讲述一名女子与变心的男子绝交的故事。开篇以白雪、皓月等高洁之物比拟女心之坚贞，而男子竟有两意，则女子断不肯隐忍求全，于置酒对饮之后决然出走。后八句劝谏世间女子，勿为嫁娶之事悲啼，得一心人共白首，则万事足矣。全诗情调哀而不伤，气韵高古，托意婉切。

②皑（ái）：霜雪洁白貌。

③皎：白而明亮貌。

④两意：谓异心。

⑤诀绝：谓断交。

⑥斗酒会：即诀别的酒会。

⑦明旦：明晨。

⑧蹀躞（xièdié）御沟上：缓慢行走在御沟的岸上。蹀躞，小步行走的样子。御沟，古代流经宫苑的水沟。

⑨沟水东西流：谓二人关系如沟中之水般一去不复返。

⑩凄凄：悲伤的样子。

⑪一心人：谓心意相通的爱人。

⑫竹竿何袅袅，鱼尾何蓰蓰（xǐ）：这里以垂钓兴男婚女嫁之事。竹竿，即钓鱼竿。袅袅，摇动的样子。蓰蓰，摇曳的样子。清张玉穀《古诗赏析》谓其乃"借鱼之贪饵，点明男子贪色之非"，亦可备一说。

⑬重意气：谓重视男女之间的感情，信守然诺。

⑭何用钱刀为：谓男女之间的感情比金钱重要。钱刀，
指金钱。刀，古代的一种刀形货币。

双白鹄①

飞来双白鹄②，乃从西北来。
十十将五五③，罗列行不齐。
忽然卒疲病④，不能飞相随。
五里一反顾，六里一徘徊。
吾欲衔汝去，口噤不能开⑤。
吾欲负汝去，羽毛日摧颓⑥。
乐哉新相知，忧来生别离⑦。
峙嵝顾群侣⑧，泪落纵横垂。
今日乐相乐，延年万岁期⑨。

【注释】

①这是一首古乐府，又名《飞鹄行》、《艳歌何尝行》。
该诗以拟人手法，写一对白鹄远飞中途，雌鸟疲
病，雄鸟于是不得以之下舍弃它独自远飞，而终哀
哀不能忘。篇末以群侣欢聚之乐，反衬雄鸟丧偶之
痛，愈见凄凉悲慨。诗歌以哀怨缠绵的笔调，状雄
鸟之情深义重，感人肺腑。

②白鹄：即天鹅。

③十十将五五：谓鸟儿结伴远飞，互相扶助。将，扶助。

④卒：疾速。谓病起突然。

⑤口噤：口紧闭。

⑥摧颓：疲惫无力貌。

⑦乐哉新相知，忧来生别离：谓新相知诚可乐，生别离则可忧。《楚辞·九歌》："悲莫悲兮生别离，乐莫乐兮新相知。"

⑧峙踌：同"踟蹰"，徘徊不前的样子。

⑨今日乐相乐，延年万岁期：这一句为乐府诗配乐演唱时的祝语，与上文无关。

枚乘

枚乘（？—前140），字叔，淮阴（今江苏淮阴）人，汉初文人。工辞赋，文词瑰丽。初为吴王刘濞郎中，曾上书劝谏刘濞谋反，濞不听，遂转投梁孝王刘武。汉景帝即位后，刘濞起兵叛乱，枚乘再度上书劝阻，濞仍不纳，终被诛。枚乘由此闻名，拜为弘农都尉，称病辞官不就。武帝立，以安车召入长安，卒于途中。《汉书·艺文志》著录有赋九篇，今存《七发》、《柳赋》、《菟园赋》三篇，以《七发》为代表。近人辑有《枚叔集》。

兰若生春阳①

兰若生春阳②，涉冬犹盛滋③。

愿言追昔爱④，情款感四时⑤。

美人在云端，天路隔无期⑥。

夜光照玄阴⑦，长叹恋所思。

谁谓我无忧，积念发狂痴⑧。

【注释】

①这是一首怀念所爱之人的诗，作者为无名氏。《玉台新咏》作枚乘诗。开篇以兰若经冬犹发，兴心中爱恋历四时而无所变更；后六句极言所思之人之不可及，思念之切，而不可向人言，忧愁累积，已达到了发狂的地步。

②兰若生春阳：兰草与杜若生于阳春时节。

③盛滋：谓草木茂盛生长。

④愿言：思念殷切。言，语助词。

⑤情款：诚挚的深情。

⑥美人在云端，天路隔无期：这一句极言所恋之人相隔遥远，会面无期。美人，指所恋之人。

⑦夜光照玄阴：月光照在幽暗的地方。夜光，即月光。玄阴，极幽暗之地。

⑧积念：长久得不到纾解的相思。

李延年

　　李延年，生年不详，中山（今河北定州）人，汉武帝时著名宫廷音乐家。出身于倡优世家，精通音律，善歌舞。早年因触犯律法受腐刑，其妹李夫人得宠，遂由此致显贵，任乐府协律督尉，朝夕侍奉皇帝左右。后因李夫人故去而失势，又因其弟李季秽乱后宫而被灭族。今存诗一首。

歌诗① 并序

　　李延年知音②，善歌舞，每为汉武帝作新歌变曲③，闻者莫不感动。延年侍坐上，起舞，歌曰：

> 北方有佳人，绝世而独立④。
>
> 一顾倾人城，再顾倾人国⑤。
>
> 宁不知倾城复倾国⑥，佳人难再得。

【注释】

①这是一首乐府诗，首见于《汉书·外戚传》，为汉武帝时宫廷乐人李延年所作。这首诗用夸张的笔墨，勾勒出一位倾国倾城、举世无双的佳人形象，使得武帝怅望不已："世上哪有这样的人呢！"这时平阳公主适时地举荐了李延年的妹妹，武帝召见了她，果然如诗中的美人般绝世独立。李家兄妹从此荣宠不衰。该诗起句平平，愈显得末句如平地惊雷，波澜顿起。晋傅玄《美女篇》："美人一何丽，颜若芙蓉花。一顾乱人国，再顾乱人家。未乱犹可奈何。"全由此诗化来，而不及其自然流宕。

②知音：即通晓音律。

③新声变曲：新创作的乐曲，迥异于宫廷音乐的曲调。

④绝世而独立：谓佳人的美貌冠绝当世，超凡脱俗。

⑤一顾倾人城，再顾倾人国：谓佳人顾盼之间可引发君主之间的争夺，导致失城亡国的灾祸。

⑥宁不知：难道不知。此三字据《汉书》补。

苏 武

苏武（前140—前60），字子卿，杜陵（今陕西西安）

人，西汉名臣。汉武帝时由郎官入仕。天汉元年（前100），以中郎将身份奉命出使匈奴，被单于扣留，因拒不归降，被流放到北海（今俄罗斯贝加尔湖）牧羊。苏武历十九年苦寒，至始元六年（前81），汉昭帝与匈奴和亲，终于获释归汉。汉宣帝时位列麒麟阁十一功臣。

留别妻①

结发为夫妇②，恩爱两不疑。
欢娱在今夕，嬿婉及良时③。
征夫怀远路，起视夜何其④？
参晨皆已没⑤，去去从此辞⑥。
行役在战场，相见未有期。
握手一长叹，泪为别生滋。
努力爱春华⑦，莫忘欢乐时。
生当复来归，死当长相思⑧。

【注释】

①这是一首赠别诗，首见于南朝梁萧统编《文选》，为苏武出使匈奴时留赠妻子之作。该诗将夫妻恩情、远别愁绪、临行嘱托娓娓道来，明白如家常闲话。末句立下生死之约，读来令人泣下。

②结发：谓束发成人，男冠女笄。

③欢娱在今夕，嬿（yàn）婉及良时：谓良辰吉日，夫妇尽欢，和美融洽。这里化用了《诗经·唐风·绸缪》"今夕何夕，见此良人"与《诗经·邶风·新

台》"燕婉之求"句。燕婉，和美貌。

④夜何其：即"夜何时"。其，语助词。《诗经·小
　雅·庭燎》："夜如何其，夜未央。"

⑤参（shēn）辰皆已没：谓星星都已隐去，证明天色将
　曙。参，古代二十八星宿之一，属西方白虎七宿，参
　星酉时（下午三点至五点）现于西方。晨，即辰星，
　古代二十八星宿之一，属东方苍龙七宿。也叫商星、
　大辰、大火，一般卯时（上午五时至七时）现于东方。

⑥去去：远去。

⑦春华：即春天的花，喻青春年少的好时光。

⑧生当复来归，死当长相思：言此去匈奴，生死未卜。
　若我活着，定会返来；若我死了，也当相思不忘。

辛延年

辛延年（前220—？），东汉时诗人，有《羽林郎》诗
一首存世。

羽林郎①

昔有霍家奴②，姓冯名子都③。
依倚将军势，调笑酒家胡④。
胡姬年十五，春日独当垆⑤。
长裾连理带⑥，广袖合欢襦⑦。
头上蓝田玉⑧，耳后大秦珠⑨。
两鬟何窈窕⑩，一世良所无。
一鬟五百万，两鬟千万余⑪。

不意金吾子⑫，娉娉过我庐⑬。
银鞍何昱爚⑭，翠盖空踟蹰⑮。
就我求清酒⑯，丝绳提玉壶。
就我求珍肴，金盘脍鲤鱼⑰。
贻我青铜镜⑱，结我红罗裾⑲。
不惜红罗裂，何论轻贱躯⑳。
男儿爱后妇，女子重前夫㉑。
人生有新故，贵贱不相逾㉒。
多谢金吾子，私爱徒区区㉓。

【注释】

①这是一首乐府诗，讲述了一位酒家胡姬拒绝豪奴调
　戏的故事。开篇简要交代了事情的缘起，随后即以
　大量笔墨描写胡姬的美艳及其容饰的华贵，青春年
　少，卓然独立，实在是值得男子为其一掷千金。接
　着宕开一笔，以胡姬自叙的口吻，再次细述豪奴前
　来调戏的经过，末六句则申明不相从的原因，乃是
　已有夫君，誓不背离。全诗结构严整，笔法铺张，
　与《日出东南隅行》有异曲同工之妙。

②霍家奴：大将军霍光的家仆，这里借指权贵家的奴仆。

③姓冯名子都：冯子都为霍光的奴仆。这里依旧为借
　指。《汉书·霍光传》：“百官以下，但事冯子都、王
　子方等。”服虔注曰：“皆光奴。”

④酒家胡：卖酒的胡女。

⑤当垆（lú）：卖酒。垆，旧时酒家放酒坛的土台。

⑥连理带：有连理枝花纹的衣带。

⑦广袖合欢襦：袖子宽大的、有合欢花样的短衣。

⑧蓝田玉：用蓝田所产的玉做成的首饰。蓝田，著名玉产地，在今陕西西安蓝田。

⑨大秦珠：大秦国出产的珠子，《后汉书·西域传·大秦》："（大秦）土多金银奇宝，有夜光璧、明月珠。"

⑩窈窕（yǎotiǎo）：娴静美好的样子。

⑪一鬟五百万，两鬟千万余：极言胡姬身价。

⑫金吾子：即执金吾，是汉代掌管京师治安的禁卫军长官。这里是对官员的泛称，表尊敬。

⑬娉（pīng）婷：仪态美好的样子。

⑭昱爚（yùyuè）：光辉灿烂的样子。

⑮翠盖：以翠鸟的羽毛装饰的车盖，后泛指华美的车驾。

⑯就：靠近。

⑰脍（kuài）：切细的鱼肉。

⑱贻（yí）：赠送。

⑲结我红罗裾：谓豪奴以赠红罗裾为凭借，欲结交胡姬。

⑳不惜红罗裂，何论轻贱躯：谓胡姬既然不惜撕裂红罗这样珍贵的物品，自然也不会吝惜自己的性命。

㉑男儿爱后妇，女子重前夫：谓男子都是喜新厌旧的，唯有女子不忘旧好，情深义重。

㉒人生有新故，贵贱不相逾：谓人生知遇有新有故，不会因为贵贱不等就弃此顾彼。

㉓多谢金吾子，私爱徒区区：谓胡姬郑重地告诉豪奴，

您的一番诚挚的钟爱白费了。多谢，郑重宣告。私爱，偏爱。

班婕妤

班婕妤（前48—2），汉成帝妃，雅善诗赋。出身勋臣之家，入宫初为少使，不久即得宠幸，立为婕妤，生有一子，早夭。后遭赵氏姊妹诬陷而失宠，自请往长信宫供奉王太后。作品有《自伤赋》《捣素赋》《怨歌行》三篇存世。

怨诗[①] 并序

昔汉成帝班婕妤失宠[②]，供养于长信宫[③]，乃作赋自伤，并为怨诗一首。

　　新裂齐纨素[④]，鲜洁如霜雪。
　　裁为合欢扇[⑤]，团团似明月[⑥]。
　　出入君怀袖，动摇微风发。
　　常恐秋节至[⑦]，凉飙夺炎热[⑧]。
　　弃捐箧笥中[⑨]，恩情中道绝[⑩]。

【注释】

①这是一首乐府古辞，又名《怨歌行》，相传为班婕妤所作。该诗托咏扇以言志，谓男子恩宠无常，女子容颜正盛，可享一时欢爱，韶华渐老，则旋遭弃置。比拟恰切，感怀深痛。

②汉成帝：名刘骜（前51—前7），在位二十五年，荒淫无道，不理朝政，导致外戚擅权。

③长信宫：古代宫殿名，位于汉代长安城内东南隅，为太后居所。班婕妤失宠后曾长期居住此地，奉养太后。

④新裂齐纨素：刚从织布机上扯下来的纨素。裂，扯下来。齐纨素，轻薄精细的生帛，以齐国所产为最优。

⑤合欢扇：一种织有合欢花纹的扇子，象征男女欢好。

⑥团团：圆貌。

⑦秋节：秋天的节令。

⑧凉飙夺炎热：凉风替代了炎热。凉飙，一作"凉风"。秋风，比喻男子弃置不理。炎热，喻宠爱。

⑨箧笥（qièsì）：装衣物的箱子。

⑩中道：半中腰。

宋子侯

宋子侯，东汉诗人，生平无考，存诗《董娇饶》一首。

董娇饶①

洛阳城东路，桃李生路傍。

花花自相对，叶叶自相当②。

春风东北起③，花叶正低昂④。

不知谁家子⑤，提笼行采桑。

纤手折其枝，花落何飘飏⑥。

请谢彼姝子："何为见损伤⑦？"

"高秋八九月⑧，白露变为霜⑨。

终年会飘堕⑩，安得久馨香⑪？"

"秋时自零落，春月复芬芳。
何如盛年去，欢爱永相忘⑫。"
吾欲竟此曲，此曲愁人肠。
归来酌美酒，挟瑟上高堂⑬。

【注释】

①这是一首乐府诗，为东汉时人宋子侯所作。《董娇饶》疑为乐府旧题，与诗歌内容无关。该诗将枝头春花拟人化，通过其与采桑女的对话，表达了惜春芳易落、伤流光易逝、叹盛年不再的主题。诗歌语言齐整流畅，意蕴深远，是较早的文人五言诗，对后世的创作有深刻的影响。

②相当：即相对。

③春风东北起：谓春风从东北方吹来。

④低昂：谓随风起伏。

⑤谁家子：即谁人。

⑥飘飏（yáng）：即随风飘扬。

⑦"请谢彼姝子"两句：那个美丽的姑娘，我请问你："为什么弄伤我？"请谢，请问。姝子，美女。这里是模拟花的口吻与采桑女对话。

⑧高秋：深秋。以下四句是采桑女回答花的问话。

⑨白露变为霜：秋天的露水结成霜。

⑩会：必定。

⑪安得：岂能。

⑫"秋时自零落"四句：这四句是花答采桑女的话，

谓花尚有重开之日，而你青春一过，欢爱也随之衰弛，永不再来。盛年，青春年少的时光。

⑬"吾欲竟此曲"四句：这是诗人的议论，谓花与人的对话令人心伤，不如归去畅饮高歌。竟，终。

汉时童谣歌

旧时民间常借童谣歌来表达对现状的不满，发表对政治的评论乃至预测，有时统治阶级也会拟作童谣，以达到自己的政治目的。童谣歌具有语言简明直白，善用譬喻等特点，通常借史书以保存并流传后世。汉代的童谣歌主要记载于《汉书》、《后汉书》中。

城中好高髻①

城中好高髻，四方高一尺②。
城中好大眉，四方眉半额③。
城中好广袖，四方用匹帛④。

【注释】

①这是一首汉代的童谣，又名《城中谣》，出自《后汉书·马援传》，为马援之子马廖上疏时所引，意在说明"改政移风，必有其本"，上有所好，下必甚焉。因而统治者须躬行节俭，端正言行，以为万民表率。

②城中好高髻，四方高一尺：谓京城中流行高发髻，周遭地方的人的发髻便都高一尺。四方，京城以外的地方。

③城中好大眉，四方眉半额：谓京城中流行画大眉毛，周遭地方的人的眉毛便画得几乎占去了半个额头。广眉，大眉。

④城中好广袖，四方用匹帛：谓京城中流行穿宽袖子的衣服，周遭地方的人便用整匹布帛做衣袖。全匹帛，整匹的布帛。

张衡

张衡（78—139），字平子，南阳（今河南南阳）人，东汉名臣。少年时游学两京，通五经六艺、天文历算。永初五年（111）拜为郎中，历任太史令、侍中、河间王国相，晚年入朝任尚书。《隋书·经籍志》有《张衡集》十四卷，已佚。明人张溥辑有《张河间集》。诗作今存《怨篇》、《同声歌》、《四愁诗》。

同声歌①

邂逅承际会②，得充君后房③。

情好新交接，恐栗若探汤④。

不才勉自竭⑤，贱妾职所当。

绸缪主中馈⑥，奉礼助烝尝⑦。

思为莞蒻席⑧，在下蔽匡床⑨。

愿为罗衾帱⑩，在上卫风霜。

洒扫清枕席，鞮芬以狄香⑪。

重户结金扃⑫，高下华灯光⑬。

衣解巾粉御⑭，列图陈枕张⑮。

素女为我师⑯，仪态盈万方⑰。
众夫所希见⑱，天老教轩皇⑲。
乐莫斯夜乐⑳，没齿焉可忘㉑

【注释】

①这首诗的诗题取自《周易·乾》"同声相应，同气相求"，以喻妇人事夫；臣子事君，如影追躯。该诗以妇人诚惶诚恐勉供妇职，甚至甘愿化身衾枕，庇护左右，托喻臣子一片赤诚，忠事其君，对后世影响深远。元陈绎曾《诗谱》谓该诗"寄兴高远，遣词自妙"。

②邂逅（xièhòu）承际会：谓夫妻经婚礼而遇合。《礼记·大传》："异姓主名，治际会。"郑玄注："际会，昏礼交接之会也。"

③后房：旧时女眷居住的处所。

④恐暧若探汤：诚惶诚恐，如以手探试开水。恐暧，恐惧战栗。汤，沸水。

⑤不才勉自竭：妇人自谓不才，愿勉为其难，竭尽全力。

⑥绸缪（chóumóu）主中馈：谓妇人衣衫齐整，主持家中膳食诸事。绸缪，指古代妇女衣服上的带结。这里指整理仪表。中馈，指家中饮食供应诸事。

⑦奉礼助烝（zhēng）尝：依照古礼，协助操持祭祀之事。烝尝，冬祭为烝，秋祭为尝，后成为祭祀活动的泛称。

⑧莞蒻（guānruò）：柔嫩的蒲草，可编为席子。

⑨蔽匡床：盖住床。匡床，舒适的床。

⑩衾帱（qīnchóu）：被子和床帐。

⑪鞮（dī）芬以狄香：用香料熏屋子。鞮芬、狄香，都是产自西域的香料。

⑫重户结金扃（jiōng）：关好内室的门。重户，谓内室。金扃，金饰的门闩。

⑬高下华灯光：谓根据夫君的要求调整灯的多少和亮度。

⑭衣解巾粉御：谓服侍夫君除下衣服，侍候夫君梳洗、傅粉。巾，拭布，代指盥洗诸事。御，进呈，服侍。

⑮列图陈枕张：谓将画图陈列到夫君枕边。

⑯素女：传说中通晓房中术的神女。

⑰仪态盈万方：谓容貌、仪态各方面都很美好。万方，多方面。

⑱众夫所希见：一般人所难见到的。众夫，即众人、一般人。希，同"稀"。

⑲天老教轩皇：谓妇人要如天老辅黄帝一般协助夫君。天老，传说中的黄帝七辅之一。轩皇，即黄帝轩辕氏。

⑳乐莫斯夜乐：意谓再没有比这夜的快乐更快乐的了。

㉑没齿焉可忘：谓一生也不能忘。没齿，终身。

秦嘉

秦嘉，字士会，陇西（今甘肃临洮）人，东汉时人，生卒年不详。汉桓帝时为郡吏，岁末被选为上计吏赴东京，其妻徐淑因病归母家，不及返回面别，遂赋诗以志离情。
后任黄门侍郎，早卒。其妻拒不改嫁，守节终老。

赠妇诗^① 三首并序

秦嘉，字士会，陇西人也，为郡上计^②。其妻徐淑，
寝疾还家^③，不获面别，赠诗云尔^④。

人生譬朝露，居世多屯蹇^⑤。

忧艰常早至^⑥，欢会常苦晚。

念当奉时役^⑦，去尔日遥远。

遣车迎子还，空往复空返。

省书情凄怆^⑧，临食不能饭^⑨。

独坐空房中，谁与相劝勉？

长夜不能眠，伏枕独展转^⑩。

忧来如寻环，匪席不可卷^⑪。

【注释】

①这三首诗是秦嘉赠别妻子之作。第一首诗，写自己
接到官府的任务，想到分别日久，会面艰难，遂遣
车往妻子母家相迎，未料妻子尚未痊愈，只得空车
而返。诗人看着病中的妻子捎来的书信，忧愁得寝
食难安。第二首写想起自己与妻子少年孤苦，成婚
后欢聚日少，如今又面临分别，欲亲自往岳家探视
妻子，无奈道路隔阻，未能成行，只能暗自在心中
立下"笃终始"、"属恩义"的誓言。第三首写即将
启程赴京时，回顾空房，仿佛想见妻子的姿容，不

能当面道辞，只能托人捎去礼物，以通款曲。诗歌风格清淡、平易，情辞动人，是东汉文人五言抒情诗中较具代表性的作品。秦嘉与其夫人情事，亦传为千古佳话。南朝梁钟嵘《诗品》谓秦嘉夫妇"事既可伤，文亦凄怨"。

②上计：秦汉时郡国的奏使，岁末入京上报郡国户口、赋税等情况，以资考绩。

③寝疾还家：即卧病归母家。

④云尔：用于句尾，表示如此而已。

⑤屯蹇（jiǎn）：《易经》中屯卦与蹇卦，谓艰难、困顿。

⑥忧艰：忧愁困苦。

⑦时役：谓被任命为上计吏。

⑧省（xǐng）书：看信。

⑨饭：吃饭。

⑩展转：即辗转。翻来覆去，难以入眠。

⑪忧来如寻环，匪席不可卷：这一句乃化用《诗经·邶风·柏舟》"我心匪席，不可卷也"。原意指心意不可转移，这里指忧愁弥漫于心，难以排遣。寻环，回旋，周而复始。

皇灵无私亲，为善荷天禄①。
伤我与尔身，少小罹茕独②。
既得结大义③，欢乐苦不足。
念当远离别，思念叙款曲④。
河广无舟梁⑤，道近隔邱陆。

临路怀惆怅，中驾正踯躅⑥。
浮云起高山，悲风激深谷⑦。
良马不回鞍，轻车不转毂⑧。
针药可屡进，愁思难为数⑨。
贞士笃终始⑩，恩义不可属⑪。

【注释】

①皇灵无私亲，为善荷天禄：谓上天公正无私，做善事的自然能得到福禄。皇灵，天帝。荷，承蒙。天禄，天赐的福禄。

②少小罹茕（qióng）独：谓幼年孤苦伶仃。少小，少年时。罹，遭受。茕独，孤苦。

③结大义：谓男女结婚。

④款曲：衷肠，殷勤的心意。

⑤舟梁：船只与桥梁的并称。

⑥中驾：驾车行进途中。

⑦悲风激深谷：谓寒风在深深的山谷中激荡。悲风，凄厉的寒风。

⑧良马不回鞍，轻车不转毂（gǔ）：谓良种的骏马不肯调头，轻快的好车却不肯驶进，形容中道踯躅，进退两难。回鞍，即回马。转毂，谓车轮转动。

⑨针药可屡进，愁思难为数：谓针药医得好疾病，却医不好数不尽的愁思。针药，针灸和药物。

⑩贞士笃终始：谓品行高洁的君子志行专一，对人对事都是有始有终。贞士，品行方正的君子。笃，专

一。终始，有始有终。

⑪不可属：乃"可不属"之倒，谓不可不属。属，连续。

　　肃肃仆夫征①，锵锵扬和铃②。
　　清晨当引迈③，束带待鸡鸣④。
　　顾看空室中，仿佛想姿形⑤。
　　一别怀万恨，起坐为不宁。
　　何用叙我心，遗思致款诚⑥。
　　宝钗好耀首，明镜可鉴形。
　　芳香去垢秽⑦，素琴有清声⑧。
　　诗人感木瓜，乃欲答瑶琼⑨。
　　愧彼赠我厚，惭此往物轻⑩。
　　虽知未足报，贵用叙我情⑪。

【注释】

①肃肃仆夫征：这一句化用了《诗经·召南·小星》
　"肃肃宵征，凤夜在公"。谓驾车人疾速地行进在路
　上。肃肃，疾速貌。仆夫，驾驭车马的人。

②和铃：车铃。

③引迈：上路。

④束带：衣着庄重。

⑤仿佛想姿形：谓诗人隐约想象出了妻子平日在家时
　的身形体态。

⑥遗思致款诚：谓希望我送的礼物能向你传达我的殷
　勤志诚。款诚，忠诚。

⑦垢秽：肮脏的东西。

⑧素琴：无装饰的琴。

⑨诗人感木瓜，乃欲答瑶琼：这句化用了《诗经·卫风·木瓜》"投我以木瓜，报之以琼琚"，谓相互馈赠，彼此倾心。瑶琼，美玉。

⑩愧彼赠我厚，惭此往物轻：谓诗人心中惭愧，钗、镜、香、琴四物太轻，不足以报答妻子平日相待的深情厚谊。

⑪虽知未足报，贵用叙我情：谓明知这礼物不足以报答妻子，好在可以借此表达我的衷肠。

蔡邕

蔡邕（133—192），字伯喈，陈留圉（今河南杞县）人，东汉时人。博涉经史，通晓天文音律，兼善辞赋、书法。汉灵帝时任郎中，校书于东观，迁议郎。曾因弹劾宦官流放朔方。献帝时，董卓篡国，被迫出任左中郎将，世称"蔡中郎"。董卓事败后被逮，死于狱中。明人张溥辑有《蔡中郎集》。

饮马长城窟行①

青青河边草，绵绵思远道②。
远道不可思，宿昔梦见之③。
梦见在我旁，忽觉在他乡。
他乡各异县④，展转不可见⑤。
枯桑知天风，海水知天寒⑥。

入门各自媚，谁肯相为言⑦。

客从远方来，遗我双鲤鱼。

呼儿烹鲤鱼，中有尺素书⑧。

长跪读素书，书中竟何如。

上有加飧食，下有长相忆。

【注释】

①这是一首乐府古诗，首见于南朝梁萧统编《文选》，不署作者。《玉台新咏》作蔡邕诗。秦汉时，古长城下有泉窟，泉水可供饮马，题目即由此而来。这首诗表达的是妻子对远行丈夫的思念。前八句采用顶针句法，读来文气贯通，朗朗上口，将思妇由思入梦、由梦至醒的过程完整地表现出来。随后写收信、拆信、读信的过程，亦与开篇相类，思妇手捧书信、郑重而急不可耐的形象跃然纸上。明陆时雍《古诗镜》谓其"华而婉"、"委折稠叠"。

②远道：远路，借指辞家远游的丈夫。

③宿昔：夜晚。

④异县：外地。

⑤展转不可见：谓思妇醒来后，辗转难眠，再难梦见丈夫。展转，同"辗转"。

⑥枯桑知天风，海水知天寒：谓枯桑纵然没有叶子，也能感受到风吹；海水纵然不结冰，也能感受到天寒；然则游子身在异乡，怎能不感到寒冷呢？枯桑，老桑。

⑦入门各自媚，谁肯相为言：谓来客每每只顾自寻乐趣，没有人肯代为传话。自媚，自乐。

⑧"客从远方来"四句：这里用的是《史记》"鱼腹中书"的典故，指游子来信，思妇拆信。《史记·陈涉世家》："（陈涉、吴广）乃丹书帛曰'陈胜王'，置人所罾鱼腹中。卒买鱼烹食，得鱼腹中书。"尺素，谓小幅的绢帛，古人常用来写信。

陈琳

陈琳（？—217），字孔璋，广陵（今江苏扬州）人，"建安七子"之一。汉灵帝时任何进主簿。何进欲入京诛宦官，陈琳劝阻，不被纳，终致大祸。陈琳避难冀州，袁绍使之掌管军中文书。袁氏败后，陈琳归降曹操，曹操爱其才，署为司空军师祭酒，后又任丞相门下督。建安二十二年（217）卒于时疫。其诗文最著称者乃《为袁绍檄豫州文》，历数曹操罪状，文笔锋芒毕露，极具煽动性。《隋书·经籍志》著录有集十卷，已佚。明人张溥辑有《陈记室集》，收入《汉魏六朝百三家集》中。

饮马长城窟行①

饮马长城窟②，水寒伤马骨。
往谓长城吏："慎莫稽留太原卒③。"
"官作自有程，举筑谐汝声④。"
"男儿宁当格斗死⑤，何能怫郁筑长城⑥。"
长城何连连⑦，连连三千里。

边城多健少⑧，内舍多寡妇⑨。

作书与内舍⑩："便嫁莫留住。

善事新姑嫜⑪，时时念我故夫子⑫。"

报书往边地："君今出语一何鄙⑬。"

"身在祸难中，何为稽留他家子⑭。

生男慎莫举，生女哺用脯⑮。

君独不见长城下，死人骸骨相撑拄⑯。"

"结发行事君⑰，慊慊心意关⑱。

明知边地苦，贱妾何能久自全⑲。"

【注释】

①这是一首乐府诗。通过修筑长城的太原卒与妻子的往来书信，展现了一幕繁重徭役所造成的人间悲剧。面对同伴的累累白骨，在求告官吏无用的情况下，太原卒写信给妻子，真诚地劝她为自己打算，另嫁他人，私心却又希望她时时念着自己；而妻子却回信嗔怪他怎么说出这样的话，发誓若他死在长城下，自己也决不苟活。诗人借太原卒的口，喊出了"生男慎莫举，生女哺用脯"的怨声，揭露了统治者的残暴无道。全诗格调苍劲悲凉，怨怒之气充盈其内。

②饮马长城窟：古长城下有窟，窟中有泉，可供饮马用。

③慎莫稽留太原卒：这是筑长城的役夫对督管工程的官吏说的话："千万不要迁延太原卒的服役期限。"慎莫，千万不要。稽留，阻留，拖延。太原卒，太原郡的役夫。

④官作自有程，举筑谐汝声：这是长城吏的答话："官府的工程自有期限，快去打夯，号子要喊整齐。"官作，谓筑长城的任务。程，期限。举筑，打夯。谐汝声，谓齐声喊劳动号子。

⑤格斗：搏斗。

⑥怫（fú）郁：沉郁，愤懑。

⑦连连：连绵不断的样子。

⑧健少：即健儿，健壮的男子。

⑨内舍：内室，妇女的居所。

⑩作书：写信。

⑪新姑嫜（zhāng）：谓妻子改嫁之后的新公婆。姑嫜，婆婆、公公。

⑫故夫子：旧丈夫，太原卒自谓。

⑬君今出语一何鄙：这是妻子的回信："你说话怎么如此难听。"嗔怪丈夫不该劝她改嫁。鄙，粗俗。

⑭他家子：别家的女儿，指妻子。

⑮生男慎莫举，生女哺用脯（fǔ）：生儿子不要抚养他，生了女儿要好好地用肉干喂养。谓男子要被征去筑长城，死在长城下，还不如不养大。举，抚养。脯，干肉。

⑯撑拄：支拄。这里是形容骸骨遍地的惨象。以上六句是太原卒再写信给妻子说的话。

⑰结发行事君：结婚后我就服侍你。行，助词。事，服侍。以下四句是妻子再回信给太原卒的话。

⑱慊慊（qiàn）：诚敬貌。

⑲贱妾何能久自全：谓一旦丈夫有事，妻子何能苟全
性命。

徐幹

徐幹（170—217），字伟长，北海郡剧县（今山东寿光）人，"建安七子"之一。少年时专志于学，性秉恬淡，轻官忽禄，曹丕《与吴质书》称其"怀文抱质，有箕山之志"。建安中，被召为司空军谋祭酒，后授上艾长，以疾辞归。建安二十二年（217），染时疾而卒。其诗冲淡典雅，然不为南朝梁钟嵘《诗品》所赏，列为下品，评为"平典"。《隋书·经籍志》著录有五卷，后散佚。今存诗九首。

室思①

沉阴结愁忧，愁忧为谁兴②。
念与君生别，各在天一方。
良会未有期，中心摧且伤③。
不聊忧飧食，慊慊常饥空④。
端坐而无为，仿佛君容光⑤。

【注释】

①这是一组思妇诗，分为六章，各章之间并无承续关系。组诗写一女子于枯坐无聊中思念远方良人，展现其在期待、犹疑、失望中辗转往复的情绪，有的纯为冥想式的自语，有的则借浮云、兰草、夜星以抒幽怀。由对良人的衷心恋慕，生发出自怜的情

绪，使得组诗声调凄怨，风韵隽永，语言不假雕
饰，天然浑成。

②兴：起。

③摧：悲痛。

④不聊忧餐食，慊慊（qiàn）常饥空：这句化用了
《诗经·周南·汝坟》"未见君子，惄如调饥"。谓
并不须忧愁餐食，心中却总觉饥饿，因为思念良人
所致。聊，略。慊慊，心有不足貌。

⑤仿佛君容光：谓爱人的容颜仿佛浮现在眼前。

> 峨峨高山首①，悠悠万里道。
> 君去日已远，郁结令人老②。
> 人生一世间，忽若暮春草。
> 时不可再得，何为自愁恼。
> 每诵昔鸿恩③，贱躯焉足保④。

【注释】

①峨峨：高高的样子。

②郁结：形容极度沉郁，纠结不解。

③每诵昔鸿恩：每念起昔日的恩情。鸿恩，大恩。

④贱躯焉足保：我这微躯又何足保爱。谓女子甘愿为
情瘦损。

> 浮云何洋洋①，愿因通我辞②。
> 飘飖不可寄③，徙倚徒相思④。

人离皆复会，君独无返期。
自君之出矣，明镜暗不治⑤。
思君如流水，何有穷已时⑥。

【注释】

①洋洋：浩渺无垠貌。

②愿因通我辞：愿借浮云把我的心里话带给远方的人。

③飘飖（yáo）：飘荡。

④徙倚：徘徊貌。

⑤自君之出矣，明镜暗不治：自良人远走，妆台上的明镜晦暗，而我并不拿去修整。意谓没有必要再去修饰仪容。

⑥穷已：终结。

惨惨时节尽①，兰华凋复零。
喟然长叹息②，君期慰我情③。
展转不能寐，长夜何绵绵。
蹑履起出户④，仰观三星连⑤。
自恨志不遂⑤，泣涕如涌泉。

【注释】

①惨惨时节尽：天色晦暗，一岁将终。惨惨，昏暗貌。

②喟（kuì）然：长叹的样子。

③君期慰我情：希望你能体慰我的深情。期，读如"其"，表恳求语气。

④躡（niè）履：趿拉着鞋。

⑤三星：即参星。古代二十八星宿之一，属西方白虎
　　七宿，参星一般酉时（下午五时至七时）现于西方。
　　《诗经·唐风·绸缪》："绸缪束薪，三星在天。"

⑥遂：称愿。

> 思君见巾栉①，以益我劳勤②。
> 安得鸿鸾羽，觏此心中人③。
> 诚心亮不遂，搔首立悁悁④。
> 何言一不见，复会无因缘。
> 故如比目鱼，今隔如参辰⑤。

【注释】

①巾栉（zhì）：手巾、梳子，以代指盥洗用具。

②劳勤：忧愁，思念。谓见到良人的巾栉，更增添了
　对他的想念。

③觏（gòu）：见。

④搔首立悁悁（yuān）：以手搔头，愁闷地独立。搔
　首，愁闷的样子。悁悁，忧愁貌。

⑤故如比目鱼，今隔如参辰：谓从前如比目鱼般形影
　不离，今朝如参辰星般互不相见。比目鱼，旧说此
　鱼眼睛长在身体一侧，非两两相并不能游动，比喻
　夫妻恩爱。参辰，即参星和辰星，参星酉时（下午
　五时至七时）现于西方，辰星卯时（上午五时至七
　时）现于东方，参、辰一西一东，出没各不相见。

人靡不有初，想君能终之^①。
别来历年岁，旧恩何可期。
重新而忘故^②，君子所尤讥^③。
寄身虽在远，岂忘君须臾^④。
既厚不为薄，想君时见思^⑤。

【注释】

①人靡不有初，想君能终之：这句化用《诗经·大雅·荡》："靡不有初，鲜克有终。"意谓人做事皆能善始，未能善终，我想你是可以善始善终的。

②重新而忘故：谓喜新厌旧。

③尤讥：谴责。

④岂忘君须臾：谓须臾不敢忘。须臾，片刻。

⑤既厚不为薄，想君时见思：谓我们的感情曾经深厚，不会淡薄，想来你还是时时挂念我的。见，助词，表被动。

繁钦

繁钦（？—218），字休伯，颍川（今河南许昌）人，东汉时人。曾任丞相主簿，以诗赋文才闻名，建安二十三年（218）卒。存诗四首。

定情诗^①

我出东门游，邂逅承清尘^②。
思君即幽房^③，侍寝执衣巾^④。

时无桑中契⑤，迫此路侧人⑥。

我既媚君姿⑦，君亦悦我颜。

何以致拳拳⑧，绾臂双金环⑨。

何以致殷勤，约指一双银⑩。

何以致区区，耳中双明珠。

何以致叩叩⑪，香囊系肘后。

何以致契阔⑫，绕腕双跳脱⑬。

何以结恩情，佩玉缀罗缨⑭。

何以结中心，素缕连双针⑮。

何以结相于⑯，金薄画搔头⑰。

何以慰别离，耳后玳瑁钗⑱。

何以答欢悦，纨素三条裙⑲。

何以结愁悲，白绢双中衣⑳。

与我期何所㉑，乃期东山隅。

日旰兮不至㉒，谷风吹我襦㉓。

远望无所见，涕泣起踟蹰。

与我期何所，乃期山南阳。

日中兮不来，飘风吹我裳㉔。

逍遥莫谁睹㉕，望君愁我肠。

与我期何所，乃期西山侧。

日夕兮不来，踯躅长叹息。

远望凉风至，俯仰正衣服㉖。

与我期何所，乃期山北岑㉗。

日暮兮不来，凄风吹我衿㉘。

望君不能坐，悲苦愁我心。

爱身以何为，惜我华色时㉙。
中情既款款，然后克密期㉚。
褰衣蹑茂草㉛，谓君不我欺㉜。
厕此丑陋质㉝，徙倚无所之㉞。
自伤失所欲，泪下如连丝㉟。

【注释】

①这是一首乐府诗，"定情"乃"镇定其情"之意。该诗以女子口吻，叙写其与所恋慕的君子初遇、定情、失恋的全过程。全诗可分为四个段落。前八句交代遇合缘起，随后大笔铺陈互相馈赠定情信物，运用排比修辞，效法《国风》，句法重杳而不显枝蔓。接着便以一次次约会与失约宣告女子的被弃，后十句则以女子的自伤自悼作结。全诗章法严整，才思逸发，是东汉五言乐府诗的长篇佳作。

②邂逅承清尘：很荣幸能与你不期而遇。邂逅，不期之会。承清尘，得以亲近你的车驾扬起的尘土，用一"清"字，以表尊贵。

③幽房：幽暗的房间，这里指幽会之所。

④侍寝执衣巾：陪侍枕席，服侍穿衣洗漱。侍寝，女子自荐枕席。

⑤桑中契：男女幽会的约定。《诗经·鄘风·桑中》："云谁之思？美孟姜矣。期我乎桑中，要我乎上宫，送我乎淇之上矣。"

⑥迫：近。

⑦媚：爱悦。

⑧拳拳：诚挚。

⑨绾（wǎn）：盘绕。

⑩约：环束。

⑪叩叩：殷勤恳切。

⑫契阔：勤苦。《诗经·邶风·击鼓》："死生契阔，与
子成说。"

⑬跳脱：镯子。

⑭罗缨：丝质的冠带。

⑮素缕连双针：针线的美称。

⑯相于：相亲。

⑰金薄画搔头：用金箔装饰的发簪。金薄，即金箔，
极薄的金片。

⑱玳瑁（dàimào）：一种类龟的爬行动物，壳可作装
饰品。

⑲条裙：长裙。

⑳中衣：内衣。

㉑期：约会。

㉒日旰（gàn）：日暮。

㉓谷风：东风。《诗经·邶风·谷风》："习习谷风，以
阴以雨。"

㉔飘风：旋风。飘风，一作"凯风"，指南风。

㉕逍遥：徘徊貌。

㉖正：读如"整"。

㉗岑（cén）：小而高的山。

㉘凄风：寒风。

㉙华色：姿色正盛。

㉚克密期：定密会之期。

㉛蹑茂草：踏进茂盛的草丛。

㉜谓君不我欺：以为你不会欺骗我。

㉝厕此丑陋质：谓我这丑陋的躯体，杂侧于草丛之中。厕，同"侧"。

㉞无所之：不知往何处去。

㉟连丝：泪落如丝线相连。

无名氏

　　《古诗为焦仲卿妻作》一首，最早见于《玉台新咏》，编者以为"不知谁氏之所作也"；又见于宋郭茂倩《乐府诗集》卷七十三、《古乐府》卷十、明冯惟讷《古诗纪》卷十七。唐欧阳询主编《艺文类聚》、宋吴棫《韵补》有节选段落。逯钦立谓"小姑始扶床，今日被驱遣"两句乃后人妄增（《先秦汉魏晋南北朝诗》）。据《小序》，这首诗大约创作于建安末年，从题材内容及语言风格看，乃是经过文人加工的民歌，亦有以为六朝诗者。宋刘克庄《后村诗话》："《焦仲卿妻》诗，六朝人所作也。……作叙事体，有始有卒，虽词多质俚，然有古意。"或有人根据诗中婚俗的相关描写，推测该诗作于南北朝时期。梁启超则以为该诗的"朴拙笔墨"不似六朝诗风（《中国之美文及其历史》）。当今学界仍以为该诗乃汉诗，在漫长的流传过程中，经过文人润饰，则不免杂入后代习俗的相关描写。

古诗为焦仲卿妻作① 并序

汉末建安中②，庐江府小吏仲卿妻刘氏③，为仲卿母所遣，自誓不嫁。其家逼之，乃没水而死。仲卿闻之，亦自缢于庭树④。时伤之，为诗云尔⑤。

孔雀东南飞，五里一徘徊⑥。
十三能织素，十四学裁衣。
十五弹箜篌⑦，十六诵诗书。
十七为君妇，心中常苦悲。
君既为府吏，守节情不移。
贱妾留空房，相见常日稀。
鸡鸣入机织，夜夜不得息。
三日断五匹⑧，大人故嫌迟⑨。
非为织作迟，君家妇难为。
妾不堪驱使，徒留无所施⑩。
便可白公姥⑪，及时相遣归。

【注释】

①这是一首长篇叙事乐府诗，又名《孔雀东南飞》，作者为无名氏。该诗讲述了一个爱情悲剧。焦仲卿与刘兰芝是感情深厚的一对年轻夫妇，但焦母不喜欢刘，希望焦休掉刘，而另娶合她自己心意的女子。焦为刘作过辩护，也希望母亲能体谅他们的深情，然而终于还是因为讲究孝道，不敢违抗母意，而致使刘被遣返娘家。刘回娘家后，又为兄长逼迫，被要求嫁给太守的儿子。刘走投无路，终于不屈投

水。焦听闻爱者已逝，也上吊自尽。两家人见悲剧酿成，希望能让他俩合葬，以弥补他们生前的遗憾。全诗生动地叙述了整个悲剧的全过程，对刘的坚贞刚烈、焦从懦弱到坚决的性格变化，焦母、刘兄等人为时代观念所束缚而表现出的蛮横，都有深刻的表现，揭示出了人在所处环境中的无力感，深切感人。全诗语言流畅，情感浓烈，尤其是比兴手法的灵活运用，更加强了诗歌的感染力。《孔雀东南飞》是我国文学史上第一首长篇叙事诗，与《木兰辞》合称"乐府双璧"，是千百年来为人传颂的名篇。

②建安：东汉献帝刘协年号，196—219 年。

③庐江：汉代郡名，在今安徽潜山县。

④自缢：上吊。

⑤云尔：如此。

⑥孔雀东南飞，五里一徘徊：此处表示孔雀飞出五里即掉转头，盘旋不忍去。用这两句兴起全诗，暗示焦、刘二人的感情之深，缠绵不绝。

⑦箜篌（kōnghóu）：古代弹拨乐器名，有竖式、卧式两种。

⑧三日断五匹：三日织好五匹布。断，把织好的织品从织布机上截下来。

⑨大人：刘对焦母的敬称。

⑩施：用。

⑪白公姥（mǔ）：禀告公婆。公姥，公公婆婆。此处偏指婆婆，即焦母。

府吏得闻之，堂上启阿母①。
"儿已薄禄相②，幸复得此妇。
结发同枕席，黄泉共为友。
共事二三年，始尔未为久。
女行无偏斜③，何意致不厚④。"
阿母谓府吏："何乃太区区⑤。
此妇无礼节，举动自专由⑥。
吾意久怀忿⑦，汝岂得自由⑧。
东家有贤女，自名秦罗敷。
可怜体无比⑨，阿母为汝求。
便可速遣之，遣之慎莫留。"
府吏长跪告⑩，伏惟启阿母⑪。
今若遣此妇，终老不复取⑫。
阿母得闻之，槌床便大怒⑬。
"小子无所畏，何敢助妇语。
吾已失恩义，会不相从许⑭。"

【注释】

①启：禀告。

②薄禄相：指福气少的面貌。旧时相面术根据一个人
　的面貌气色来判断他的运势。

③偏斜：偏差，差错。

④不厚：即今语"不待见"。

⑤区区：愚笨。

⑥自专由：任意妄为。

⑦忿：怒。

⑧自由：自己做主。

⑨可怜：可爱。

⑩长跪：两膝据地，伸直腰股以跪，表示庄敬。

⑪伏惟：伏在地上想，下级对上级或幼辈对尊长陈述
　　时的表敬之辞。

⑫取：同"娶"。

⑬槌（chuí）：捶打。床：坐榻。

⑭会：定。

　　　　府吏默无声，再拜还入户①。
　　　　举言谓新妇②，哽咽不能语。
　　　　"我自不驱卿，逼迫有阿母。
　　　　卿但暂还家，吾今且报府③。
　　　　不久当归还，还必相迎取。
　　　　以此下心意④，慎勿违吾语。"
　　　　新妇谓府吏，"勿复重纷纭⑤。
　　　　往昔初阳岁⑥，谢家来贵门⑦。
　　　　奉事循公姥⑧，进止敢自专？
　　　　昼夜勤作息，伶俜萦苦辛⑨。
　　　　谓言无罪过⑩，供养卒大恩⑪。
　　　　仍更被驱遣，何言复来还。
　　　　妾有绣腰襦，葳蕤自生光⑫。
　　　　红罗复斗帐⑬，四角垂香囊。
　　　　箱帘六七十⑭，绿碧青丝绳。

物物各自异，种种在其中。
人贱物亦鄙，不足迎后人^⑮。
留待作遗施，于今无会因。
时时为安慰，久久莫相忘。"

【注释】

①再拜：拜了两拜。再，两次。

②举言：开口。

③报府：赴府。到庐江府去工作。

④下心意：放心。

⑤纷纭：混乱，此处为麻烦的意思，是针对府吏"还
必相迎取"的话而言。

⑥初阳：农历冬至至立春前的这段时间被称为"初阳"。

⑦谢：辞。

⑧奉事：侍奉。

⑨伶俜（pīng）：孤单貌。

⑩谓言：自以为。

⑪供养卒大恩：奉养公婆，善始善终。以上几句是刘
兰芝自陈辛苦，以为这样就能始终受到焦母的恩
遇，即不被逐出焦家。卒大恩，是委婉的说法。

⑫葳蕤（wēiruí）：华美光鲜貌。

⑬复斗帐：一种小的双层床帐，形状如倒扣的斗。

⑭箱帘：镜匣。

⑮后人：指焦将续娶之女子。

鸡鸣外欲曙，新妇起严妆①。
著我绣夹裙②，事事四五通③。
足下蹑丝履，头上玳瑁光。
腰若流纨素，耳著明月珰④。
指如削葱根⑤，口如含朱丹⑥。
纤纤作细步，精妙世无双。
上堂拜阿母，阿母怒不止。
"昔作女儿时⑦，生小出野里。
本自无教训⑧，兼愧贵家子⑨。
受母钱帛多，不堪母驱使⑩。
今日还家去，念母劳家里。"
却与小姑别⑪，泪落连珠子。
新妇初来时，小姑始扶床⑫。
今日被驱遣，小姑如我长⑬。
勤心养公姥，好自相扶将⑭。
初七及下九⑮，嬉戏莫相忘。
出门登车去，涕落百余行。

【注释】

① 严妆：梳妆。

② 夹裙：双层裙，有里有面。

③ 通：遍。这里写刘兰芝每一个梳妆打扮的步骤都
　 要做四五遍，可以看出她一丝不苟、要强刚烈的
　 个性。

④ 明月珰（dāng）：明珠做成的耳饰。

⑤削葱根：形容其手指细长而白皙，如削细的葱白。

⑥朱丹：朱砂。

⑦昔作女儿时：未嫁时。

⑧教训：教养。

⑨兼愧贵家子：越发有愧于大族之子。贵家子，指焦
　仲卿。

⑩不堪：不能胜任。

⑪却：退。

⑫扶床：扶着床学步。

⑬长：高。

⑭相扶将：相依。将，也是扶的意思。

⑮初七及下九：七夕及每月的十九日，是妇女们乞巧、
　欢会的日子。

府吏马在前，新妇车在后①。
隐隐何甸甸②，俱会大道口。
下马入车中，低头共耳语。
"誓不相隔卿③，且暂还家去。
吾今且赴府，不久当还归。
誓天不相负。"
新妇谓府吏："感君区区怀④。
君既若见录⑤，不久望君来。
君当作磐石，妾当作蒲苇。
蒲苇韧如丝，磐石无转移⑥。
我有亲父兄⑦，性行暴如雷。

恐不任我意，逆以煎我怀⑧。”
举手长劳劳⑨，二情同依依。

【注释】

①新妇：指刘兰芝。

②隐隐何甸甸：形容车声。

③隔：离。

④区区：形容小，也可以代指心。这里形容焦仲卿的
诚意。

⑤见录：记着我。

⑥“君当作磐石”四句：取磐石、蒲苇的坚固、坚韧
之性，来比拟两人的感情。此处借用了《诗经·邶
风·击鼓》中“我心匪石，不可转也；我心匪席，
不可卷也”的意象，但取意与《诗经》并不相同。
蒲苇，编席子的草。

⑦亲父兄：据下文来看，此处偏指兄。

⑧逆：料想。

⑨劳劳：忧愁貌。

入门上家堂，进退无颜仪。
阿母大拊掌①：“不图子自归。
十三教汝织，十四能裁衣。
十五弹箜篌，十六知礼仪。
十七遣汝嫁，谓言无誓违②。
汝今何罪过，不迎而自归。”

古诗为焦仲卿妻作

兰芝惭阿母，儿实无罪过。
阿母大悲摧③。

【注释】

①拊掌：拍手。这里形容惊诧。

②无誓违：誓，一说作"愆"。"愆"，即古"愆"字，
　过失。

③悲摧：悲痛摧心，形容悲的程度。

还家十余日，县令遣媒来。
云有第三郎，窈窕世无双。
年始十八九，便言多令才①。
阿母谓阿女，汝可去应之。
阿女含泪答："兰芝初还时，
府吏见丁宁②，结誓不别离。
今日违情义，恐此事非奇③。
自可断来信④，徐徐更谓之⑤。"
阿母白媒人：
"贫贱有此女，始适还家门。
不堪吏人妇，岂合令郎君。
幸可广问讯，不得便相许。"

【注释】

①便（pián）言：口才好，巧于言辞。

②丁宁：叮嘱。

媒人去数日，寻遣丞请还①。
说有兰家女，承籍有宦官②。
云有第五郎，娇逸未有婚③。
遣丞为媒人，主簿通语言④。
直说太守家，有此令郎君。
既欲结大义⑤，故遣来贵门。
阿母谢媒人："女子先有誓⑥，
老姥岂敢言。"
阿兄得闻之，怅然心中烦。
举言谓阿妹："作计何不量⑦。
先嫁得府吏，后嫁得郎君。
否泰如天地⑧，足以荣汝身。
不嫁义郎体⑨，其往欲何云。"
兰芝仰头答："理实如兄言。
谢家事夫婿，中道还兄门。
处分适兄意⑩，那得自任专。
虽与府吏要⑪，渠会永无缘。
登即相许和⑫，便可作婚姻。"
媒人下床去，诺诺复尔尔⑬。
还部白府君⑭，下官奉使命。

言谈大有缘，府君得闻之。
心中大欢喜，视历复开书⑮。
便利此月内，六合正相应⑯。
良吉三十日，今已二十七，
卿可去成婚。
交语速装束⑰，骆驿如浮云。
青雀白鹄舫⑱，四角龙子幡⑲。
婀娜随风转⑳，金车玉作轮。
踯躅青骢马㉑，流苏金镂鞍㉒。
赍钱三百万㉓，皆用青丝穿。
杂彩三百匹，交用市鲑珍㉔。
从人四五百，郁郁登郡门㉕。

【注释】

①寻遣丞请还：此句至"主簿通言语"几句似有脱误。
寻，不久。丞，县丞。

②承籍有宦官：继承先人的仕籍，俗语称为"袭官"。
宦官，即"官宦"。

③娇逸：美好。

④主簿：太守的下属。以上几句似乎是说，县丞受主
簿吩咐，为太守家的第五子向刘家求婚。

⑤结大义：结亲。

⑥女子：女儿，指刘兰芝。

⑦不量：不考虑。

⑧否泰：《周易》中两个卦名。分别指坏运与好运。这

里用来比喻"嫁得府吏"与"嫁得郎君"。

⑨义：美称。

⑩适：随。

⑪要（yāo）：约定。

⑫登即：立即。

⑬诺诺复尔尔：诺诺、尔尔，应和声。

⑭部：太守府。

⑮视历复开书：查看历书。旧时记载某日行某事凶吉，用以指导行为，趋利避害。

⑯六合：阴阳家以月建与日辰的地支相合为吉日，即子与丑合，寅与亥合，卯与戌合，辰与酉合，巳与申合，午与未合，总称六合。

⑰交语：通知。以上几句是太守使人通知刘兰芝的话

⑱青雀白鹄舫（fǎng）：船头画有青雀、白鹄的船，这里形容船的华美。

⑲龙子幡：绣龙的旗。

⑳婀娜：形容旗在风中飘动的状态。

㉑踯躅（zhízhú）青骢（cōng）马：马队行步缓慢。马因为排着长队，故而走得慢，以形容场面盛大。青骢马，青白毛相杂的马。

㉒流苏：丝或羽毛做的下垂的缘子。

㉓赍（jī）：带，送。

㉔交用市鲑（xié）珍：着人去买精致的海味。交，教，让。用，用以。市，买。鲑珍，指海味。

㉕郁郁：盛貌。

阿母谓阿女：

"适得府君书，明日来迎汝。

何不作衣裳，莫令事不举①。"

阿女默无声，手巾掩口啼，

泪落便如泻。

移我琉璃榻②，出置前窗下。

左手持刀尺，右手执绫罗。

朝成绣夹裙，晚成单罗衫。

晻晻日欲暝③，愁思出门啼。

府吏闻此变，因求假暂归。

未至二三里，摧藏马悲哀④。

新妇识马声，蹑履相逢迎。

怅然遥相望，知是故人来。

举手拍马鞍，嗟叹使心伤。

"自君别我后，人事不可量。

果不如先愿，又非君所详⑤。

我有亲父母，逼迫兼弟兄。

以我应他人，君还何所望。"

府吏谓新妇，"贺卿得高迁⑥。

磐石方且厚，可以卒千年⑦。

蒲苇一时韧，便作旦夕间。

卿当日胜贵，吾独向黄泉。"

新妇谓府吏，"何意出此言。

同是被逼迫，君尔妾亦然⑧。

黄泉下相见，勿违今日言。"

执手分道去，各各还家门。

生人作死别，恨恨那可论^⑨。

念与世间辞，千万不复全^⑩。

【注释】

①不举：即不能进行。举，办。

②琉璃榻：乃琉璃装饰的榻，形容其精美。

③晻晻（yǎn）：日无光貌。

④摧藏：摧伤。藏，即内脏之意。

⑤详：彻底了解。

⑥高迁：高就。即今语"攀高枝"的意思。

⑦卒：终。

⑧尔：如此。

⑨恨恨：恨，遗憾。"恨恨"连用表示抱憾之深。

⑩全：苟全。

府吏还家去，上堂拜阿母。

"今日大风寒，寒风摧树木，

严霜结庭兰。

儿今日冥冥^①，令母在后单。

故作不良计^②，勿复怨鬼神。

命如南山石，四体康且直^③。"

阿母得闻之，零泪应声落。

"汝是大家子，仕宦于台阁。

慎勿为妇死，贵贱情何薄^④。

东家有贤女，窈窕艳城郭。
阿母为汝求，便复在旦夕。"
府吏再拜还，长叹空房中。
作计乃尔立⑤，转头向户里，
渐见愁煎迫。

【注释】

①日冥冥：暗指焦仲卿将自绝。

②不良计：也指自绝。

③命如南山石，四体康且直：祝福焦母的话。

④贵贱情何薄：指焦仲卿贵而刘兰芝贱，因此逐出刘
　兰芝焦不必愧疚。

⑤乃尔：如此。立：成。

其日牛马嘶，新妇入青庐①。
菴菴黄昏后②，寂寂人定初③。
我命绝今日，魂去尸长留。
揽裙脱丝履，举身赴清池④。
府吏闻此事，心知长别离。
徘徊庭树下，自挂东南枝。

【注释】

①青庐：用青布搭成的帐篷，婚礼时所用。

②菴菴：同"晻晻"。昏暗貌。

③人定：中夜，夜深人静时。

④举身：纵身。

两家求合葬，合葬华山傍^①。
东西植松柏，左右种梧桐。
枝枝相覆盖，叶叶相交通^②。
中有双飞鸟，自名为鸳鸯。
仰头相向鸣，夜夜达五更。
行人驻足听，寡妇起彷徨。
多谢后世人，戒之慎勿忘。

【注释】

①华山：并非指陕西华山。指庐江境内一小山。

②交通：连接起来。

③多谢后世人，戒之慎勿忘：两句是作者的话，谓通
过以上的故事告诫后人，千万不要忘记这个悲剧。

附：

木兰诗^①

唧唧复唧唧^②，木兰当户织^③。
不闻机杼声^④，唯闻女叹息。
问女何所思，问女何所忆。
女亦无所思，女亦无所忆。
昨夜见军帖^⑤，可汗大点兵^⑥。
军书十二卷^⑦，卷卷有爷名^⑧。
阿爷无大儿，木兰无长兄。

愿为市鞍马⑨，从此替爷征。

【注释】

①这是一首北朝民歌，宋郭茂倩编入《乐府诗集·横
吹曲辞·梁鼓角横吹曲》，与南朝梁徐陵《玉台新
咏》中的《古诗为焦仲卿妻作》并称"乐府双璧"。
《木兰诗》始见于宋李昉等编《文苑英华》中，题
为《木兰歌》，以为唐代韦元甫所作。唐代的古诗
文集《古文苑》题为《木兰诗》，以为"唐人诗"。
它的产生年代及作者，从宋代起，就有不同记载和
争议。现代学者大多认为《木兰诗》产生于北魏，
创作于民间。《乐府诗集》编入时亦题《木兰诗》是
"古辞"，并引陈释智匠《古今乐录》说："木兰，不
知名。"关于木兰的姓名也多有争议，一般认为姓
"花"，名"木兰"。这首诗写少女木兰改扮男装替
父参军，征战沙场，十二年后凯旋，辞去朝廷赏赐
的禄位，但求归家陪伴父母。全诗笔法张弛有度，
写木兰筹备行装一段细致琐碎，颇类女儿行径；征
战处以六句带过，笔墨经济；还乡场景补叙阿姊小
弟，生动有情致；最末四句议论，比拟恰切，凸显
了木兰机警神勇的形象。该诗虽经文人润饰，仍保
存了质朴天然的民歌风味。明胡应麟《诗薮》谓此
诗"古质有逼汉、魏处，非二代所及也"。

②唧唧：叹息声。意指木兰无心纺织，停机叹息。一
说指织机的声音。

③当户：对着门户，指在家中。

④机杼（zhù）：织机。杼，织布的梭子。

⑤军帖：军中的文书。

⑥可汗（kèhán）大点兵：君主发出大规模征兵的命令。可汗，古代北方少数民族最高统领的称号。

⑦军书：有关军事的文书。

⑧爷：指父亲。下文"阿爷"也指父亲。

⑨市：买。

东市买骏马，西市买鞍鞯①。
南市买辔头②，北市买长鞭。
旦辞爷娘去，暮宿黄河边。
不闻爷娘唤女声，但闻黄河流水鸣溅溅③。
旦辞黄河去，暮至黑山头④。
不闻爷娘唤女声，但闻燕山胡骑鸣啾啾⑤。
万里赴戎机⑥，关山度若飞。
朔气传金柝⑦，寒光照铁衣⑧。
将军百战死，壮士十年归⑨。

【注释】

①东市买骏马，西市买鞍鞯（jiān）：到集市购买马和马鞍。这里的"东市"、"西市"与下文的"南市"、"北市"同为集市，变换方位，以示筹备行李有条不紊。鞯，托鞍的垫子。

②辔（pèi）头：马笼头。

③溅溅（jiān）：流水声。

④黑山：即阴山，在今内蒙古西部。

⑤但闻燕山胡骑鸣啾啾（jiū）：只听见燕山的胡人马匹发出的叫声。燕山，山脉名，西起白河，东至山海关，在今天津、北京、河北一带。胡骑，胡人的兵马。啾啾，马鸣声。

⑥戎机：战争，此处指战场。

⑦朔气传金柝（tuò）：打更的声音在北方的寒风中传送。朔气，北方的严寒之气。金柝，即刁斗，古代军中的一种炊具与报时器兼用的器具，白天用来做饭，晚上用来打更。

⑧寒光：指清冷的月光。铁衣：即铠甲。古代战士穿的带有铁片的战衣。

⑨将军百战死，壮士十年归：将士们有的百战而死，有的十年之后战胜而归。此句运用了"互文"修辞，需关联上下句进行解读。

归来见天子，天子坐明堂①。
策勋十二转②，赏赐百千强③。
可汗问所欲，"木兰不用尚书郎④。
愿驰千里足⑤，送儿还故乡"。
爷娘闻女来，出郭相扶将⑥。
阿姊闻妹来，当户理红妆⑦。
小弟闻姊来，磨刀霍霍向猪羊⑧。
开我东阁门，坐我西阁床。

脱我战时袍，着我旧时裳。

当窗理云鬓⑨，对镜帖花黄⑩。

出门看火伴⑪，火伴皆惊忙：

"同行十二年，不知木兰是女郎。"

【注释】

①明堂：帝王举行集会的殿堂。

②策勋十二转（zhuǎn）：将功勋记录于典册。策勋，记功。十二转，功勋每升一级叫一转，十二转极称勋级之高。

③百千强：谓赏赐的财物极多。强，有余。

④不用尚书郎：不任尚书郎。不用，辞官不做。尚书郎，官名，魏晋以后，尚书台下各曹侍郎、郎中等官的通称。此句与下两句为木兰对天子问询的答语。

⑤千里足：能行千里的骏马。

⑥出郭相扶将：指父母相互扶持出外城来迎接木兰。郭，外城。扶、将，均为扶持之意。

⑦红妆：指女子艳丽的妆容。

⑧霍霍：磨刀声。

⑨云鬓：如云的鬓发，头发的美称。

⑩帖：即"贴"，粘贴。花黄：古代妇女贴于面上的装饰物。也称花子、额黄、鹅黄、鸭黄等。可用彩色光纸、绸罗、云母片、蝉翼、蜻蜓翅乃至鱼骨等为原料，染成金黄、霁红或翠绿等色，剪作花、鸟、

鱼等形，粘贴于额头、酒靥、嘴角、鬓边等处。

⑪火伴：北魏兵制，军中以十人为一火，同灶而食，称为"火伴"。

雄兔脚扑朔，雌兔眼迷离。

双兔傍地走，安能辨我是雄雌①。

【注释】

①"雄兔脚扑朔"四句：这四句谓雄兔脚毛蓬松，雌兔眼睛眯缝，而当两兔并跑于地上时，则无法分辨雄雌。比喻木兰乔装参军，十二年无人识破，可谓机警过人。扑朔，毛蓬松貌。迷离，眼眯缝貌。傍地走，同时于地上奔跑。

卷二

魏文帝

魏文帝曹丕（187—226），字子桓，沛国谯（今安徽亳州）人。曹操第二子，曹植同母兄，以其兄曹昂早卒故，立为嗣子。幼聪敏，文武兼习。延康元年（220），曹操卒，继位为丞相、魏王。十月，迫汉帝禅位，自立为帝，改元黄初，迁都洛阳。在位六年间，曾两度率军伐吴，皆无功而返。卒后谥为文皇帝。曹丕爱好文学，提出"文以气为主"，将文学的地位上升到"经国之大业，不朽之盛事"的层面上，在文学批评史上有着重要的地位。《隋书·经籍志》

著录有集二十三卷，并《典论》五卷，《列异传》三卷，已佚。明人张溥辑有《魏文帝集》。

于清河见挽船士新婚与妻别①

与君结新婚，宿昔当别离②。
凉风动秋草，蟋蟀鸣相随。
冽冽寒蝉吟③，蝉吟抱枯枝。
枯枝时飞扬，身体忽迁移④。
不悲身迁移，但惜岁月驰。
岁月无穷极，会合安可知？
愿为双黄鹄⑤，比翼戏清池。

【注释】

①这是一首思妇诗，《艺文类聚》作徐幹诗，《玉台新咏》作曹丕诗。曹丕别有一首，此诗为徐幹作，《玉台新咏》误。诗人以代言体的形式，记述了在清河船上的所见所闻。一位纤夫与妻子新婚，便要分离，时值寒秋，妻子感叹人生苦短，会面难期，恨不能化作飞鸟，与丈夫在池中相嬉。清河，地名，在今河北邢台。挽船士，即纤夫。

②宿昔：旦夕之间。

③冽冽：寒冷的样子。

④迁移：变迁，谓身体衰老。

⑤黄鹄：即天鹅。

甄皇后宓

甄宓（183—221），中山无极（今河北无极）人，魏文帝皇后。父甄逸，曾任上蔡令。容貌绝丽，有诗才。初嫁袁绍次子袁熙，建安九年（204），为曹操所掳，嫁与曹丕，生曹睿、东乡公主。后因郭皇后所谮，为曹丕赐死。曹睿即位后，被追封为文昭皇后。

塘上行①

蒲生我池中，其叶何离离②。
傍能行仁义，莫若妾自知③。
众口铄黄金，使君生别离④。
念君去我时，独愁常苦悲。
想见君颜色，感结伤心脾。
念君常苦悲，夜夜不能寐。
莫以贤豪故⑤，弃捐素所爱。
莫以鱼肉贱，弃捐葱与薤⑥。
莫以麻枲贱⑦，弃捐菅与蒯⑧。
出亦复苦愁，入亦复苦愁。
边地多悲风，树木何脩脩⑨。
从军致独乐，延年寿千秋。

【注释】

①这是一首乐府诗，属相和歌辞清调曲。唐吴兢《乐府古题要解》评道："叹以谗诉见弃，犹幸得新好，不遗故恶焉。"此诗相传为甄宓被谮之后所作，抒

发被弃的悲愁。末六句与前文不相属，疑为入乐时拼凑的文字。

②离离：浓密貌。

③傍能行仁义，莫若妾自知：谓旁人能否施恩于我，没人能比我自己清楚。傍，旁人。

④众口铄黄金，使君生别离：谓众人的谗言使你离弃我。众口铄黄金，众人的言论影响之大，如黄金之坚亦可熔化。《国语·周语》："众口铄金。"韦昭注："铄，销也，众口所毁，虽金石犹可消也。"

⑤贤豪：优秀的人物。

⑥薤（xiè）：一种蔬菜，味辛。

⑦麻枲（xǐ）：即麻布。

⑧菅（jiān）与蒯（kuǎi）：菅，茅草，可编席。蒯，一种草，可造纸。《左传·成公九年》："虽有丝麻，无弃菅蒯。"

⑨倏倏：整齐貌。

曹植

曹植（192—232），字子建，沛国谯（今安徽亳州）人，魏武帝曹操第三子，魏文帝曹丕胞弟。幼时颖悟，通诗书，善属文，深得武帝喜爱，多次欲立为王世子。文帝、明帝在位时，大受排挤，数次迁封，最终封于陈郡，卒谥"思"，后世称之为陈思王。他是"建安文学"的代表人物，与父兄并称"三曹"。长于辞赋，代表作有《洛神赋》《白马篇》等。诗多五言，风格雄健，兼富词采。宋人辑有《曹子建集》。

杂诗① 五首

明月照高楼，流光正徘徊。

上有愁思妇，悲叹有余哀。

借问叹者谁，言是宕子妻②。

君行逾十年，孤妾常独栖。

君若清路尘，妾若浊水泥③。

浮沉各异势，会合何时谐？

愿为西南风，长逝入君怀④。

君怀良不开⑤，贱妾当何依？

【注释】

①这一组诗是曹植五言诗的代表作，原有七首，《玉台
新咏》选五首。首篇又名《七哀诗》，与第二首、第
四首俱以思妇口吻抒发独栖的孤寂、对远行良人的
思念。第三首则是诗人自己面对时节迁易，联想至
游子、处士有家难归而生发的感慨；第五首托咏美
人以言志，表达了虽值盛年，而才具无人欣赏，理
想不得实现，只得郁郁终老的愤懑。五首诗或哀婉
悱恻，或苍凉慷慨，代表了曹植诗文的两种风格，
颇具《古诗十九首》高古天然的风韵。

②宕（dàng）子：羁旅在外、久游不归之人。

③君若清路尘，妾若浊水泥：你像路上扬起的清尘，
我像混在水中的泥土。二者本为一物，如今浮沉异

势，再难会合。

④长逝：远去。

⑤良：确实，果然。

　　　　西北有织妇，绮缟何缤纷^①。
　　　　明晨秉机杼^②，日昃不成文^③。
　　　　太息终长夜^④，悲啸入青云。
　　　　妾身守空闺，良人行从军。
　　　　自期三年归，今已历九春。
　　　　飞鸟绕树翔，嗷嗷鸣索群^⑤。
　　　　愿为南流景^⑥，驰光见我君。

【注释】

①绮缟（gǎo）：有文采的丝织品与未染色的绢帛，谓
　各种丝织品。

②明晨：清早。

③日昃（zè）不成文：谓织到太阳偏西还没有织成什
　么花样。日昃，太阳西斜。

④太息：长叹。

⑤嗷嗷（jiào）鸣索群：悲叫着寻求群侣。嗷，鸟悲鸣声。

⑥南流景：即太阳。

　　　　微阴翳阳景^①，清风飘我衣。
　　　　游鱼潜绿水，翔鸟薄天飞^②。
　　　　眇眇客行士^③，遥役不得归。

始出严霜结，今来白露晞。

游子叹《黍离》④，处者歌《式微》⑤。

慷慨对嘉宾，悽怆内伤悲。

【注释】

①微阴翳（yì）阳景：稀薄的微云遮盖了阳光。微阴，微云。翳，遮蔽。阳景，阳光。

②薄：同"迫"，逼近。

③眇眇（miǎo）：孤独无依的样子。

④《黍离》：《诗经·王风》中的篇名，写周大夫见故宗庙宫室，尽为禾黍，感慨彷徨不忍去。后用作感慨亡国之词。

⑤处者歌《式微》：有才德的隐者唱着《式微》。处者，有才德而居家不出仕的人。《式微》，《诗经·邶风》中的篇名，有"式微，式微，胡不归"句，谓世道衰微，不如归去。

揽衣出中闺，逍遥步两楹①。

闲房何寂寞②，绿草被阶庭③。

空室自生风，百鸟翔南征④。

春思安可忘，忧戚与我并⑤。

佳人在远道，妾身独单茕。

欢会难再遇，芝兰不重荣⑥。

人皆弃旧爱，君岂若平生⑦。

寄松为女萝，依水如浮萍。

赍身奉衿带⑧，朝夕不堕倾⑨。
倘终顾盼恩⑩，永副我中情⑪。

【注释】

①两楹：房屋正厅中的两根柱子。

②闲房：空旷寂静的房间。

③被阶庭：覆盖了台阶前的庭院。

④南征：即南飞。

⑤并：共存。

⑥重荣：再发。

⑦平生：平素，往常。

⑧赍（jī）身奉衿带：自献其身，衣不解带，服侍你左右。赍，送。奉，恭敬地捧着。衿带，衣带。

⑨堕倾：懈怠。

⑩倘终顾盼恩：倘若你能永久眷顾我。

⑪永副我中情：永远称我的心愿。副，符合，相称。中情，内心的感情。

南国有佳人，容华若桃李。
朝游江北岸，夕宿潇湘沚①。
时俗薄朱颜②，谁为发皓齿③。
俯仰岁将暮④，荣耀难久恃⑤。

【注释】

①潇湘沚（zhǐ）：湘江中心的小块陆地。沚，水中

小洲。

②时俗薄朱颜：流俗轻视年轻美好的容颜。薄，看低。

③谁为发皓齿：为谁开口。谁为，即"为谁"。发，启。

④俯仰：本指低头和抬头，此谓时间短暂。

⑤荣耀：本指花木茂盛鲜艳，这里借指美人容颜姣好。

美女篇①

美女妖且闲②，采桑歧路间③。

柔条纷冉冉④，落叶何翩翩。

攘袖见素手⑤，皓腕约金环。

头上金爵钗⑥，腰佩翠琅玕⑦。

明珠交玉体，珊瑚间木难⑧。

罗衣何飘飘，轻裾随风还⑨。

顾眄遗光彩，长啸气若兰⑩。

行徒用息驾，休者以忘餐⑪。

借问女安居⑫，乃在城南端。

青楼临大路⑬，高门结重关⑭。

容华耀朝日，谁不希令颜⑮。

媒氏何所营？玉帛不时安⑯。

佳人慕高义，求贤良独难。

众人徒嗷嗷，安知彼所观⑰。

盛年处房室⑱，中夜起长叹⑲。

【注释】

①这是一首乐府诗。诗人借咏美人盛年难遇佳偶，托

寓志士无良主以事，抒发抱负难以施展的愤懑。全诗以多重角度，大肆铺排美人的装束容华，显然是继承了《日出东南隅行》的描写手法。

②妖且闲：艳丽而安娴。妖，形容女子容貌艳丽。闲，娴雅。

③歧路：小路，岔路。

④柔条：指桑树的嫩枝。

⑤攘袖：挽起袖子。

⑥金爵钗：一端制成雀形状的金钗。爵，即"雀"。

⑦翠琅玕（lánggān）：一种翠绿色的、似玉的美石。

⑧木难：亦作"莫难"，西域所产之碧色宝珠。

⑨还：同"旋"，旋转。

⑩长啸气若兰：撮口发出清越的啸声，呼出的气有兰草的芬芳。

⑪行徒用息驾，休者以忘餐：行路的人因为看美人停下了车驾，休息的人因为看美人忘记了吃饭。行徒，行者。用、以，因为。

⑫安居：住哪里。

⑬青楼：青色的漆涂饰的高楼，指富贵门第。

⑭重关：两道闭门的横木。

⑮希令颜：仰慕她美好的容颜。希，慕。令，好。

⑯媒氏何所营，玉帛不时安：媒人在做什么呢？我的聘礼没有适时地安置下来。媒氏，即说合婚事的媒人。玉帛，指聘娶美人的聘礼。

⑰众人徒嗷嗷，安知彼所观：谓围观美女美貌的众人

只是徒然喧哗，岂是真的了解美女所思所想呢？嗷嗷，众声喧哗貌。

⑱房室：即内室。

⑲中夜：半夜。

种葛篇①

种葛南山下，葛藟自成阴②。

与君初婚时，结发恩义深。

欢爱在枕席，宿昔同衣衾。

窃慕《棠棣》篇③，好乐和瑟琴④。

行年将晚暮，佳人怀异心⑤。

恩绝旷不接⑥，我情遂抑沈⑦。

出门当何顾，徘徊步北林。

下有交颈兽⑧，仰见双栖禽。

攀枝长叹息，泪下沾罗衿。

良马知我悲，延颈对我吟⑨。

昔为同池鱼，今为商与参⑩。

往古皆欢遇，我独困于今。

弃置委天命⑪，悠悠安可任⑫。

【注释】

①这是一首乐府诗，讲述的是女子暮年被弃的悲慨。首八句写夫妻初结婚时，情爱深笃，琴瑟和谐；随之写佳人"异心"，弃妻子于暮年。弃妇怀抑郁之情，出门徘徊林中，却看见鸟兽成双成对，愈发增

添了独栖的悲凉，产生了听天由命的颓废情绪。

②葛藟（lěi）：藤蔓类植物。

③《棠棣（dì）》篇：《诗经·小雅》中的一篇，歌咏的是兄弟之情。这里是指新婚夫妇的感情好得就如亲手足一般，如《诗经·邶风·谷风》所谓"宴尔新昏，如兄如弟"。

④和瑟琴：即琴瑟相和，谓夫妇和好。

⑤异心：谓二心，背叛的念头。

⑥恩绝旷不接：谓恩情断绝，长久不和好。旷，远。接，交合，和好。

⑦抑沈：抑郁。沈，同"沉"。

⑧交颈：互相磨蹭脖颈，为鸟兽雌雄间表达亲昵的方式。

⑨吟：鸣叫。

⑩商与参：皆星宿名。商星卯时（上午五时至七时）现于东方，参星酉时（下午五时至七时）现于西方。喻指双方不再有关系。

⑪弃置委天命：被抛弃的我只好听天任命。委，任随。

⑫悠悠安可任：这忧思怎能承受？悠悠，忧愁貌。任，承担。

浮萍篇①

浮萍寄清水，随风东西流。
结发辞严亲②，来为君子仇③。
恪勤在朝夕④，无端获罪尤⑤。

在昔蒙恩惠，和乐如瑟琴。

何意今摧颓⑥，旷若商与参。

茱萸自有芳⑦，不若桂与兰。

新人虽可爱，无若故人欢。

行云有返期，君恩傥中还⑧。

慊慊仰天叹⑨，愁心将何诉？

日月不恒处，人生忽若寓⑩。

悲风来入怀，泪下如垂露⑪。

发箧造裳衣⑫，裁缝纨与素。

【注释】

①这是一首弃妇诗，一说为诗中女子因丈夫另结新欢
　而被弃，她以浮萍自况，又以兰桂自许，一面愁思
　重重，仰天浩叹，一面又期待丈夫回心转意。诗歌
　风格缠绵悱恻，质直朴厚。

②严亲：父母。

③仇：同"雠"，配偶。

④恪勤：恭敬勤恳。

⑤罪尤：罪过。这里指被遣。

⑥何意：为何。

⑦茱萸（zhūyú）：植物名，香气辛烈。

⑧君恩傥（tǎng）中还：谓丈夫也许会回心转意。傥，
　同"倘"，表假设。

⑨慊慊（qiàn）：心不满足貌。

⑩日月不恒处，人生忽若寓：谓日月尚有升沉，居处

无常，人生匆促，就如寄居于天地间。寓，寄居。

⑪垂露：露水下滴。

⑫发箧（qiè）：打开衣箱。

弃妇诗①

石榴植前庭②，绿叶摇缥青③。

丹华灼烈烈④，璀彩有光荣⑤。

光好晔流离⑥，可以戏淑灵⑦。

有鸟飞来集⑧，拊翼以悲鸣⑨。

悲鸣复何为？丹华实不成⑩。

拊心长叹息⑪，无子当归宁⑫。

有子月经天，无子若流星⑬。

天月相终始，流星没无精⑭。

栖迟失所宜⑮，下与瓦石并⑯。

忧怀从中来，叹息通鸡鸣⑰。

反侧不能寐⑱，逍遥于前庭。

踌躇还入房，肃肃帷幕声⑲。

搴帷更摄带⑳，抚节弹素筝㉑。

慷慨有余音，要妙悲且清㉒。

收泪长叹息，何以负神灵㉓。

招摇待霜露㉔，何必春夏成。

晚获为良实，愿君且安宁㉕。

【注释】

①这是一首弃妇诗，诗中的弃妇乃因无子而被丈夫冷

落。前六句写前庭石榴灼灼其华，七八句笔锋骤转，写飞鸟集于树上，拊翼悲鸣，实因石榴华而无实之故，由此领起弃妇无子之叹，以至辗转不眠，徘徊于前庭，又与上文相接。最后以弹筝、自勉作结。全诗托喻恰切，笔法高妙。

②前庭：正屋前的庭院。

③缥（piǎo）青：淡绿色。

④丹华灼烈烈：谓红色的花朵仿佛火焰在熊熊燃烧。

⑤璀（cuǐ）彩有光荣：色彩艳丽，仿佛在发着光。璀彩，色彩鲜亮。

⑥晔（yè）流离：闪耀着缤纷的光彩。流离，光彩纷繁的样子。

⑦可以戏淑灵：谓可以供鸟儿嬉戏其上。淑灵，鸟。汉扬雄《孔雀赋》："寓鹓虚以挺体，含正阳之淑灵。"

⑧集：群鸟在木上。

⑨拊翼：拍击翅膀。

⑩实不成：谓不结果。

⑪拊心：拍着胸口，表示悲痛。

⑫归宁：女子回娘家。这里指被遣。

⑬有子月经天，无子若流星：谓女子有子者如月恒当空，无子者则如流星一闪而过。

⑭没（mò）无精：沉没无光。精，光。

⑮栖迟：游息。

⑯下与瓦石并：谓流星坠落，化作陨石，与地面上的瓦块石头为伍。

⑰叹息通鸡鸣：谓终夜长叹，直至天明。

⑱反侧：翻来覆去貌。

⑲肃肃：风吹帷幕的声音。

⑳搴（qiān）帷更摄带：掀开帷幕，牵持衣带。搴，同"褰"。

㉑抚节：打着节拍。

㉒要妙：美妙。

㉓何以负神灵：谓鸟为石榴无子悲鸣，就像为我无子悲鸣一样，我为什么辜负如此通灵性的鸟儿呢？

㉔招摇待霜露：桂树要经霜露后才结子。招摇，本为山名，借指桂树。《山海经·南山经》："招摇之山，临于西海之上，多桂。"

㉕晚获为良实，愿君且安宁：晚收获的一定是优良的果实，希望夫君你能安心等待。谓弃妇仍对生子复宠抱有希望。

阮籍

阮籍（210—263），字嗣宗，陈留尉氏（今河南开封）人，三国魏时人。曾任步兵校尉。容貌瑰伟，博览群书，尤好老庄，嗜酒善啸。身处魏晋之际，为避祸而不与世事，口不臧否人物。其诗格调慷慨，长于讽喻，寄托遥远，意旨遥深，影响最巨者为五言诗《咏怀》八十二首。南朝梁钟嵘《诗品》将之列于上品，谓其诗："言在耳目之内，情寄八荒之表，洋洋乎会于风雅，使人忘其鄙近自致远大。颇多感慨之词，厥旨渊放，归趣难求。"《隋书·经籍志》

著录有集十三卷，已散佚。明人多有辑本，著名者有汪士贤辑《阮嗣宗集》、张溥辑《阮步兵集》。

咏怀诗^① 二首

二妃游江滨，逍遥从风翔。
交甫解环佩，婉娈有芬芳^②。
猗靡情欢爱^③，千载不相忘。
倾城迷下蔡^④，容好结中肠^⑤。
感激生忧思^⑥，萱草树兰房^⑦。
膏沐为谁施，其雨怨朝阳^⑧。
如何金石交^⑨，一旦更离伤。

【注释】

①《咏怀》是一组五言诗，共八十二首。《玉台新咏》所选二首，原列第四与第十六首。二首据元刘履《风雅翼》及《文选》吕延济注，乃分别以交甫二妃之一遇不忘、安陵龙阳之以色事人而尽心如此，刺司马氏受曹魏之倚重而欲行篡窃之事。

②"二妃游江滨"四句：这四句隐括汉刘向《列仙传·江妃二女》，谓江妃二女游于江汉之滨，郑交甫见而爱悦，不知其为神人，欲乞其佩，江妃遂解佩与之，交甫怀佩而去，行数十步，佩与二女俱亡。婉娈，美好貌。

③猗（yī）靡：情意缠绵。

④倾城迷下蔡：谓美女之容貌倾国倾城。战国楚宋玉

《登徒子好色赋》:"嫣然一笑,惑阳城,迷下蔡。"
下蔡,古邑名,今属安徽淮南。

⑤容好结中肠:谓美貌铭记于心。中肠,内心。

⑥感激:感奋兴发。

⑦萱草树兰房:将忘忧草种植于兰房。萱草,即黄花
菜,古人认为对之可以忘忧。树,种植。兰房,高
洁的居室。

⑧膏沐为谁施,其雨怨朝阳:这两句化用《诗经·卫
风·伯兮》"岂无膏沐,谁适为容"、"其雨其雨,杲
杲出日"句,谓二妃思念交甫,交甫一去则无由修饰
仪容;盼着下雨,却总是出太阳,正如所思之人迟
迟不来。膏沐,护发、洗发用品。其,表祈求语气。

⑨金石交:谓交情坚贞不渝如金石。

　　　　昔日繁华子①,安陵与龙阳②。
　　　　夭夭桃李花,灼灼有辉光③。
　　　　悦怿若九春④,磬折似秋霜⑤。
　　　　流眄发媚姿⑥,言笑吐芬芳。
　　　　携手等欢爱,宿昔同衾裳。
　　　　愿为双飞鸟,比翼共翱翔。
　　　　丹青著明誓⑦,永世不相忘。

【注释】

①繁华子:容貌衣饰如春华般繁丽的少年,这里指
　男宠。

②安陵与龙阳：二者俱为男宠名。安陵君为楚恭王之
　男宠，龙阳君为魏安釐王的男宠。
③夭夭桃李花，灼灼有辉光：此二句化用《诗经·周
　南·桃夭》"桃之夭夭，灼灼其华"句。夭夭，美盛貌。
④悦怿（yì）若九春：光润悦目如春光中的桃李。九
　春，春为阳，阳数九，故言。
⑤磬（qìng）折似秋霜：弯着腰，谦恭得好像秋霜摧
　折下的桃李。磬折，屈身如磬，谦恭貌。
⑥流眄（miǎn）：目光流转。
⑦丹青著明誓：以颜色鲜艳而历久不灭的丹青书写誓言。

傅玄

　　傅玄（217—278），字休奕，北地泥阳（今陕西铜川）
人。少博学，善属文。仕魏，数次上书陈策，封鹑觚男。
入晋后，历任侍中、御史中丞、太仆、司隶校尉，因事被
劾。卒谥刚。《隋书·经籍志》著录有"晋司隶校尉《傅玄
集》十五卷"，今已佚。明人张溥辑有《傅鹑觚集》一卷。

苦相篇　豫章行①

苦相身为女②，卑陋难再陈③。
男儿当门户④，堕地自生神⑤。
雄心志四海，万里望风尘。
女育无欣爱，不为家所珍。
长大逃深室⑥，藏头羞见人。
垂泪适他乡⑦，忽如雨绝云。

低头和颜色，素齿结朱唇。
跪拜无复数，婢妾如严宾。
情合同云汉⑧，葵藿仰阳春⑨。
心乖甚水火⑩，百恶集其身。
玉颜随年变，丈夫多好新。
昔为形与影，今为胡与秦⑪。
胡秦时相见，一绝逾参辰⑫。

【注释】

①这是一首乐府诗，属相和歌清调。《豫章行》为乐
府旧题，多言离别悲苦。该诗历数身为女子的种种
苦辛，出嫁前不受母家珍爱，出嫁后更为夫家所欺
凌。诗风高古质拙，明陆时雍《古诗镜》谓"汉情
魏貌，绝不类晋人所为"。

②苦相：犹薄命。

③卑陋：地位卑下。

④当门户：谓执掌家事。

⑤堕地：谓出生。

⑥逃：藏匿。

⑦适他乡：谓出嫁。

⑧情合同云汉：谓若夫妇和好，便如同置身云霄河汉。

⑨葵藿（huò）仰阳春：谓女子仰靠夫君，如同葵菜恋
慕温暖的春光。葵藿，即葵菜。

⑩心乖甚水火：谓夫妇两心乖离，境遇之艰难则甚于
水深火热。乖，背离，不和。

⑪胡与秦：胡地与秦地，谓相隔遥远。

⑫参辰：均为星宿名。参星下午酉时出现，辰星上午卯时出现，喻指夫妻二人感情淡漠，毫不相干。

有女篇　艳歌行①

有女怀芬芳，媞媞步东厢②。

蛾眉分翠羽③，明目发清扬④。

丹唇翳皓齿，秀色若珪璋⑤。

巧笑露权靥⑥，众媚不可详⑦。

容仪希世出，无乃古毛嫱⑧。

头安金步摇⑨，耳系明月珰。

珠环约素腕，翠羽垂鲜光。

文袍缀藻黼⑩，玉体映罗裳。

容华既已艳，志节拟秋霜。

徽音贯青云⑪，声响流四方。

妙哉英媛德⑫，宜配侯与王。

灵应万世合，日月时相望。

媒氏陈束帛⑬，羔雁鸣前堂⑭。

百两盈中路⑮，起若鸾凤翔。

凡夫徒踊跃，望绝殊参商⑯。

【注释】

①这是一首乐府诗，属相和歌辞瑟调曲。全诗极力铺叙美人容饰的绚丽，颂扬美人高洁的志节，与曹植《美女篇》相类。

②媞媞（tí）：行步安舒貌。

③蛾眉：谓眉毛如蚕蛾触须般细长而弯曲。《诗经·卫风·硕人》："螓首蛾眉，巧笑倩兮。"

④清扬：形容眼睛美而明亮。《诗经·郑风·野有蔓草》："有美一人，清扬婉兮。"

⑤珪璋：美玉。

⑥权靥（yè）：谓酒窝。权，同"颧"。靥，面颊上的微涡。

⑦不可详：不可备述。

⑧无乃古毛嫱（qiáng）：莫非是古代的美人毛嫱？无乃，恐怕是，莫非，表估测。毛嫱，古美人名。《庄子·齐物论》："毛嫱、丽姬，人之所美也。"

⑨步摇：一种头饰，有垂珠，走路时摇动。

⑩藻黼（fǔ）：绣在衣服上华丽的花纹图案。

⑪徽音：犹美名。《诗经·大雅·思齐》："大姒嗣徽音。"

⑫英媛：即淑女。

⑬束帛：捆为一束的五匹帛，用作聘礼。

⑭羔雁：羊羔与雁，亦为聘礼。

⑮百两：即百辆车，指亲迎时的车队。《诗经·召南·鹊巢》："之子于归，百两御之。"

⑯凡夫徒踊跃，望绝殊参商：谓凡夫俗子争先恐后，望之莫及，与美人间的距离比参与商还遥远。

西长安行①

所思兮何在，乃在西长安。

何用存问妾②，香橙双珠环③。
何用重存问？羽爵翠琅玕。
今我兮闻君，更有兮异心④。
香亦不可烧，环亦不可沉⑤。
香烧日有歇，环沉日自深⑥。

【注释】

①这是一首乐府诗，属杂曲歌辞。写女子与爱人分隔
 两地，爱人始而以礼物相慰问，终于变心，女子欲
 毁掉礼物，却又恋恋不舍，不忍与爱人相决绝。

②存问：慰问。

③香橙（dēng）：一种可盛放香料的毛织带子。

④更有兮异心：谓更对他人有思念、恋慕之心。

⑤香亦不可烧，环亦不可沉：谓爱人虽有异心，香却
 不能烧掉，环亦不能将之沉水了事。

⑥香烧日有歇，环沉日自深：谓烧香则日有损耗，沉
 环则愈沉愈深。歇，消。

张华

张华（232—300），字茂先，范阳方城（今河北固安）
人。少孤贫，牧羊为生，博学强识，擅辞藻。仕魏，历任
太常博士、河南尹丞。入晋，力主伐吴，战时任度支尚书。
惠帝即位后，委以要职，封壮武郡公。永康元年（300），
赵王司马伦发动政变，被诛。诗风绮靡，善于言情，南朝
梁钟嵘《诗品》谓之"儿女情多，风云气少"。《隋书·经

籍志》著录有《张华集》十卷，已佚，明人张溥辑有《张茂先集》。

情诗① 五首

北方有佳人，端坐鼓鸣琴。

终晨抚管弦，日夕不成音。

忧来结不解，我思存所钦②。

君子寻时役③，幽妾怀苦心。

初为三载别，于今久滞淫④。

昔邪生户牖⑤，庭内自成阴。

翔鸟鸣翠隅，草虫相和吟。

心悲易感激，俯仰泪流衿。

愿托晨风翼，束带侍衣衾。

【注释】

①这是一组夫妇分别后各自思念对方的诗。第一首写思妇弹琴而不成音，只因良人羁旅在外，归期无定；第二首写思妇终夜不寐，黎明时却梦见良人，醒来空余凄凉悲感；第三首写思妇彻夜无眠；第四首写虽与良人相隔万里，思妇念念不忘往日恩情；第五首写游子闲步，采芳草而不知赠与谁，感叹非远别而不能知思念俦侣的况味。组诗采用代言体，以赋法为主，兼用比兴，声调凄婉，词采华茂，与曹植《杂诗》颇相类。

②我思存所钦：谓我的思念牵系于我所钦佩的人身上。

《诗经·郑风·出其东门》："出其东门，有女如云。
　　虽则如云，匪我思存。"

③寻时役：谓出仕于外。

④滞淫：滞留，淹留。

⑤昔邪：一种苔类。

　　　　　明月曜清景①，胧光照玄墀②。
　　　　　幽人守静夜，回身入空帷。
　　　　　束带俟将朝③，廓落晨星稀④。
　　　　　寐假交精爽⑤，觌我佳人姿⑥。
　　　　　巧笑媚权靥⑦，联娟眸与眉⑧。
　　　　　寤言增长叹，凄然心独悲。

【注释】

①清景：清光。

②胧光照玄墀（chí）：明亮的月光照着台阶。胧，月
　光明亮貌。玄墀，涂有黑漆的台阶。

③俟（sì）将朝：等待黎明。

④廓落：空寂貌。

⑤寐假交精爽：小睡之际，与良人魂魄相交。寐假，
　即"假寐"。精爽，魂魄。

⑥觌（dí）：相见。

⑦权靥（yè）：即酒窝。权，同"颧"。

⑦联娟：微微弯曲的样子。

清风动帷帘，晨月照幽房。
佳人处遐远①，兰室无容光。
襟怀拥虚景②，轻衾覆空床。
居欢惜夜促，在戚怨宵长③。
拊枕独吟叹，绵绵心内伤。

【注释】

①遐远：遥远的地方。

②虚景：幻影。

③在戚：处于悲伤的境况中。

君居北海阳，妾在江南阴①。
悬邈修途远②，山川阻且深。
承欢注隆爱③，结分投所钦。
衔恩守笃义④，万里托微心。

【注释】

①君居北海阳，妾在江南阴：夫君在北海之北，我在
　江南之南。水北谓之"阳"，水南谓之"阴"。北
　海，泛指北方荒僻之地。

②悬邈修途远：长路极遥远。悬邈，遥远貌。修，长。

③隆爱：厚爱。

④衔恩：感恩。

游目四野外①，逍遥独延伫②。

兰蕙缘清渠③，繁华荫绿渚④。

佳人不在兹⑤，取此欲谁与。

巢居觉风飘，穴处识阴雨⑥。

未曾远别离，安知慕俦侣⑨。

【注释】

①游目：放眼浏览。

②延伫：久久伫立。

③清渠：清澈的水沟。

④绿渚（zhǔ）：绿洲。渚，水中的小块陆地。

⑤兹：谓此地。

⑥巢居觉风飘，穴处识阴雨：谓筑巢而居者方能感知大风，凿穴而居者才能感知阴雨。两句托鸟兽以言经远别方知俦侣之可贵。飘，风疾貌。

⑦俦（chóu）侣：伴侣。

潘岳

潘岳（247—300），字安仁，小字檀奴，中牟（今河南中牟）人，西晋时人。少颖悟，有才名，美姿仪。历任河阳县令、给事黄门侍郎等职。"八王之乱"时，为赵王司马伦宠臣孙秀所诛。诗文风格清绮浅净，南朝梁钟嵘《诗品》将其列为"上品"。与陆机并称"潘陆"。《隋书·经籍志》著录有《晋黄门郎潘岳集》十卷，已佚。明人张溥辑有《潘黄门集》。

悼亡诗^① 二首

荏苒冬春谢^②，寒暑忽流易。

之子归穷泉^③，重壤永幽隔^④。

私怀谁克从^⑤，淹留亦何益。

僶俛恭朝命^⑥，回心反初役^⑦。

望庐思其人，入室想所历。

帏屏无仿佛^⑧，翰墨有余迹^⑨。

流芳未及歇，遗挂犹在壁^⑩。

怅恍如或存，回遑忡惊惕^⑪。

如彼翰林鸟^⑫，双栖一朝只^⑬。

如彼游川鱼，比目中路析^⑭。

春风缘隙来^⑮，晨霤依檐滴^⑯。

寝息何时忘？沉忧日盈积^⑰。

庶几有时衰^⑱，庄缶犹可击^⑲。

【注释】

①这是潘岳悼念亡妻杨氏的诗，原有三首，《玉台新咏》所选为前两首。杨氏卒于晋惠帝永康八年（298），与潘岳共同生活了二十余年，感情深厚。悼诗第一首写妻子已下葬，守制结束，即将赴任时回顾空室，顿生不胜怅然的心绪。第二首写深夜无眠，思念亡妻，岁寒悲风，徒增凄冷，不觉涕落如雨。诗歌言情至深，真切动人，宋范晞文《对床夜语》谓"悲有余而意无尽"。上承《诗经·邶风·绿衣》，对后世影响深远。

悼亡诗[①] 二首

荏苒冬春谢[②]，寒暑忽流易。

之子归穷泉[③]，重壤永幽隔[④]。

私怀谁克从[⑤]，淹留亦何益。

僶俛恭朝命[⑥]，回心反初役[⑦]。

望庐思其人，入室想所历。

帏屏无仿佛[⑧]，翰墨有余迹[⑨]。

流芳未及歇，遗挂犹在壁[⑩]。

怅恍如或存，回遑忡惊惕[⑪]。

如彼翰林鸟[⑫]，双栖一朝只[⑬]。

如彼游川鱼，比目中路析[⑭]。

春风缘隙来[⑮]，晨霤依檐滴[⑯]。

寝息何时忘？沉忧日盈积[⑰]。

庶几有时衰[⑱]，庄缶犹可击[⑲]。

【注释】

①这是潘岳悼念亡妻杨氏的诗，原有三首，《玉台新咏》所选为前两首。杨氏卒于晋惠帝永康八年（298），与潘岳共同生活了二十余年，感情深厚。悼诗第一首写妻子已下葬，守制结束，即将赴任时回顾空室，顿生不胜怅然的心绪。第二首写深夜无眠，思念亡妻，岁寒悲风，徒增凄冷，不觉涕落如雨。诗歌言情至深，真切动人，宋范晞文《对床夜语》谓"悲有余而意无尽"。上承《诗经·邶风·绿衣》，对后世影响深远。

②荏苒（rěnrǎn）冬春谢：时间流逝，冬去春来。荏苒，时光流逝貌。谢，辞去。

③之子归穷泉：妻子命归黄泉。之子，这个人，指妻子。穷泉，谓地下、阴间。

④重（chóng）壤：即地下。

⑤私怀谁克从：我的心事谁可遵从。私怀，私衷，个人的愿望，这里指不出外做官。克，能够。

⑥俛俛（mǐnmiǎn）：勉力。

⑦回心反初役：转回心念，回到任所去。反，同"返"。

⑧帏屏无仿佛：帏屏上并无妻子隐约的形影出现。这里用的是方士为汉武帝招李夫人魂之事。《汉书·外戚传》卷九十七："上思念李夫人不已，方士齐人少翁言能致其神。乃夜张灯烛，设帷帐，陈酒肉，而令上居他帐，遥望见好女如李夫人之貌，还幄坐而步。"

⑨翰墨有余迹：谓妻子生前留下的书画。翰墨，即笔墨。

⑩流芳未及歇，遗挂犹在壁：承上文而言，谓书画还挂在墙上，笔墨的香气还未消散。

⑪怅恍如或存，周遑忡（huángchōng）惊惕：恍惚中以为妻子还在，心中彷徨疑惑，突然想起她已离世，又忧愁惊惧。怅恍，即恍惚。周遑，彷徨。忡，忧愁貌。

⑫翰林：群鸟栖息的树林。

⑬双栖一朝只：谓鸟儿原本双宿双飞，一旦形单影只。

⑭析：分开。

⑮缘隙：沿着缝隙。

⑯晨霤（liù）依檐滴：谓春风吹暖，冰雪融化，从檐溜上滴下来。晨霤，早晨屋檐上流下来的水。

⑰沉忧：深沉的忧虑。

⑱庶几有时衰：大概会有减退的那一天。庶几，大约。

⑲庄缶：即庄子妻死鼓盆而歌之事，见《庄子·至乐》。这里谓希望终有一日能淡化对亡妻的思念，如庄子般以达观的态度面对生死。

皎皎窗中月，照我室南端。
清商应秋至①，溽暑随节阑②。
凛凛凉风升，始觉夏衾单。
岂曰无重纩，谁与同岁寒③。
岁寒无与同，朗月何胧胧④。
展转盻枕席，长簟竟床空⑤。
床空委清尘⑥，室虚来悲风。
独无李氏灵，仿佛睹尔容⑦。
抚衿长叹息，不觉涕沾胸。
沾胸安能已，悲怀从中起。
寝兴目存形⑧，遗音犹在耳。
上惭东门吴，下愧蒙庄子⑨。
赋诗欲言志，零落难具纪。
命也可奈何？长戚自令鄙⑩。

【注释】

①清商：指秋风。

②溽（rù）暑随节阑：随着节气的迁易，潮热的暑气也消退了。溽暑，潮湿闷热的暑天。阑，残，将尽。

③岂曰无重纩（zhòngkuàng），谁与同岁寒：岂是没有厚被子盖呢？只是谁跟我一起共度寒冬呢？两句反用《诗经·秦风·无衣》"岂曰无衣，与子同袍"义。重纩，厚丝绵制成的衣被。岁寒，一年中最寒冷的时候。

④胧胧：明亮貌。

⑤长簟（diàn）竟床空：谓空空的床上尽是长长的席子。竟，尽。簟，竹席。

⑥委：积。

⑦独无李氏灵，仿佛睹尔容：难道你没有李夫人的灵应吗？让我隐约能看见你的容颜。此用李夫人招魂事。独无，难道没有。

⑧寝兴目存形：谓睡下起来，都似乎能看到妻子的影像。兴，起。

⑨上惭东门吴，下愧蒙庄子：谓不能如东门吴与庄子般，对死生持旷达态度。东门吴，《战国策·秦策》："梁人有东门吴者，其子死而不忧。其相室曰：'公之爱子也，天下无有，今子死不忧，何也？'东门吴曰：'吾尝无子，无子之时不忧；今子死，乃即与无子时同也，臣奚忧焉？'"蒙庄子，即庄子，庄子蒙县人，故称。

⑩命也可奈何，长戚自令鄙：谓丧妻乃命中注定，无
可奈何，常怀忧愁，令自己都鄙弃。

石崇

石崇（249—300），字季伦，小字齐奴，渤海南皮（今
属河北南皮）人，西晋时人。元康初年，任修武县令，有能
名。后出任荆州刺史，于任上劫掠客商，遂成巨富。永康
元年（300），为司马伦宠臣孙秀所杀。《隋书·经籍志》载
有《晋卫尉卿石崇集》六卷，已佚。今存诗八首。

王昭君辞① 并序

王明君者，本为王昭君，以触文帝讳②，故改。匈奴
盛，请婚于汉，元帝诏以后宫良家女子明君配焉③。昔公主
嫁乌孙④，令琵琶马上作乐，以慰其道路之思，其送明君亦
必尔也。其新造之曲，多哀声，故叙之于纸云尔。

> 我本汉家子，将适单于庭⑤。
> 辞决未及终⑥，前驱已抗旌⑦。
> 仆御涕流离⑧，辕马为悲鸣。
> 哀郁伤五内⑨，泣泪沾朱缨。
> 行行日已远，乃造匈奴城⑩。
> 延我于穹庐⑪，加我阏氏名⑫。
> 殊类非所安⑬，虽贵非所荣。
> 父子见凌辱⑭，对之惭且惊。
> 杀身良未易，默默以苟生。
> 苟生亦何聊，积思常愤盈。

愿假飞鸿翼，弃之以遐征⑮。

飞鸿不我顾，伫立以屏营⑯。

昔为匣中玉，今为粪土英⑰。

朝华不足欢，甘为秋草并⑱。

传语后世人，远嫁难为情⑲。

【注释】

①这是一首乐府诗，以远嫁昭君的口吻，细述被迫和亲的悲苦心境，对故土亲人的深深眷恋。后世咏昭君诗多杂以议论，该诗则纯为叙事。

②文帝：指晋文帝司马昭。

③良家女子：谓出身良家的女子。良家，即除医、巫、商贾、百工以外的人家。

④乌孙：西域古国名，在今新疆伊犁河谷。元封六年（前105），汉武帝遣江都王刘建之女细君往和亲。

⑤单（chán）于：汉代匈奴君主的称号。

⑥辞决：道辞，诀别。

⑦前驱已抗旌（jīng）：先头队伍已经举起了旗帜，谓准备出发。抗旌，举旗。

⑧仆御：驾车马的人。

⑨五内：即五脏。

⑩造：到。

⑪穹庐：古代游牧民族的住所，用毡子制成，中间隆起，四周下垂，类似今天的蒙古包。

⑫阏氏（yānzhī）：古代匈奴君主、王族妻妾的称号。

⑬殊类：即异类，这里指少数民族。

⑭父子见凌辱：据《汉书·匈奴传》卷九十四记载，王昭君和亲嫁呼韩邪单于，三年后呼韩邪单于去世，其长子雕陶莫皋继位，王昭君依胡俗又嫁与新单于。

⑮愿假飞鸿翼，弃之以遐征：谓昭君欲托飞鸿捎信回故土，飞鸿不愿，只因路途太远。假，借。遐征，远行。

⑯屏营：彷徨。

⑰昔为匣中玉，今为粪土英：谓昔在汉时，如匣中之宝玉；今在胡地，如粪土上之花朵。言荣辱异势。

⑱朝华不足欢，甘为秋草并：谓身在胡地，虽身份尊荣而不足为欢，还不如与秋草为伍。朝华，早上开的花。

⑲难为情：谓情何以堪。

左思

左思（约250—约305），字太冲，齐国临淄（今山东淄博）人，西晋著名诗人。少勤学，貌不扬，懒交游，而辞藻壮丽。因其妹左棻被召入宫，移家洛阳，作《三都赋》，传诵一时，以致"洛阳纸贵"。曾官秘书郎。太安二年（303）移居冀州，不久病卒。《隋书·经籍志》著录有《左思集》二卷，今存赋两篇，诗十四首。诗风矫健，情调慷慨，南朝梁钟嵘《诗品》谓"文典以怨，颇为精切，得讽喻之致"。代表作有《咏史》、《招隐》等。

娇女诗①

吾家有娇女，皎皎颇白皙。

小字为纨素，口齿自清历②。

鬓发覆广额③，双耳似连璧④。

明朝弄梳台，黛眉类扫迹⑤。

浓朱衍丹唇，黄吻澜漫赤⑥。

娇语若连琐，忿速乃明恤⑦。

握笔利彤管，篆刻未期益⑧。

执书爱绨素，诵习矜所获⑨。

其姊字惠芳，面目灿如画。

轻妆喜楼边，临镜忘纺绩⑩。

举觯拟京兆⑪，立的成复易⑫。

玩弄眉颊间，剧兼机杼役⑬。

从容好赵舞⑭，延袖像飞翮⑮。

上下弦柱际，文史辄卷襞⑯。

顾眄屏风画，如见已指摘⑰。

丹青日尘暗，明义为隐赜⑱。

驰骛翔园林，果下皆生摘⑲。

红葩掇紫蒂，萍实骤抵掷⑳。

贪华风雨中，倏忽数百适㉑。

务蹑霜雪戏，重綦常累积㉒。

并心注肴馔，端坐理盘槅㉓。

翰墨戢函案，相与数离逖㉔。

动为垆钲屈，屣履任之适㉕。

止为荼荈据，吹嘘对鼎䥶㉖。

脂腻漫白袖，烟薰染阿锡㉗。

衣被皆重地，难与沉水碧㉘。

任其孺子意，羞受长者责。

瞥闻当与杖，掩泪俱向壁㉙。

【注释】

① 这首诗写两位女儿的日常活动。以极朴素的语言，
极细腻的笔触，状小儿女娇态，纤毫毕至，舐犊之
情，跃然纸上。清毛先舒《诗辩坻》谓该诗："独以
沓拖俚质见工，然又非乐府家语。自写本事，不厌
猥琐，似雅似俳。"

② 清历：分明，利落。

③ 广额：大额头。

④ 连璧：一对美玉。

⑤ 黛眉类扫迹：谓小女儿自己画眉，黑眉如扫帚扫过
的痕迹。黛眉，黛画过的眉。

⑥ 黄吻澜漫赤：谓小女儿自己涂唇，小嘴上满是淋漓
的红色。黄吻，小儿之口。澜漫，淋漓貌。

⑦ 娇语若连琐，忿速乃明悂（huò）：谓小女儿说话，
撒娇的时候语句连绵，生气的时候却很简截。连
琐，细碎貌。忿速，愤怒急躁。明悂，语句简截干
脆貌。

⑧ 握笔利彤管，篆刻未期益：谓小女儿握笔只是贪爱
红色的笔杆，并不指望她写好字。利，爱。彤管，
古代女史记事用，笔杆漆成朱红色。篆刻，书写。

⑨执书爱绨（tí）素，诵习矜所获：谓小女儿拿着书，是喜爱做书的洁白光滑的丝织品，读书一旦有所得，便自我夸耀。绨素，厚缯。矜，自夸。

⑩纺绩：纺线。

⑪举觯（zhì）拟京兆：学张敞一样画眉。觯，疑当作"觚"，一种木简。京兆，指张敞，汉宣帝时为京兆尹，曾为妻子画眉。

⑫立的（dì）成复易：在额上点装饰性的点，点成了又改掉。的，古时女子点在额上的朱色点。

⑬剧兼机杼役：谓大女儿忙着化妆，手脚比做纺织的活时还要快一倍。剧，疾速。兼，倍。

⑭赵舞：赵国女子善舞，因以"赵舞"指代精妙的舞蹈。

⑮飞翮：飞鸟。

⑯上下弦柱际，文史辄卷襞（bì）：谓大女儿喜欢操弄乐器，彼时便会把文史书籍收起来。卷襞，卷起，折叠起。

⑰顾眄（miǎn）屏风画，如见已指摘：谓大女儿还没看清楚屏风上的画，就开始任意批评。如见，隐约看见。指摘，挑毛病。

⑱丹青日尘暗，明义为隐赜（zé）：谓屏风上的画年深日久已被灰尘蒙蔽，真正要表达的意义已经难以明了了。尘暗，物品蒙灰。隐赜，隐晦。

⑲驰骛（wù）翔园林，果下皆生摘：在果园里奔跑，果子还未熟就把它摘下来了。驰骛，奔跑。

⑳红葩掇紫蒂，萍实骤抵掷：谓女儿们把还带着红花紫蒂的果实摘下来，频频投掷着玩。萍实，传说中的一种果子。汉刘向《说苑·辨物》："楚昭王渡江，有物大如斗，直触王舟，止于舟中。昭王大怪之，使聘问孔子。孔子曰：'此名萍实，令剖而食之，惟霸者能获之，此吉祥也。'"骤，频。抵掷，即投掷。

㉑贪华风雨中，倏忽数百适：谓女儿爱花，即使风雨中也要跑去看几百遍。贪华，爱花。倏忽，疾速。适，往。

㉒务蹑霜雪戏，重綦（qí）常累积：谓女儿一定要去玩雪，为了防止鞋子滑脱，系了好几重带子。务，一定。綦，鞋带。

㉓并心注肴馔，端坐理盘槅（gé）：谓女儿专心盯着饭菜，端坐着贪吃盘中的果子。并心，专心。槅，有核的果子。

㉔翰墨戢（jí）函案，相与数离逖（tì）：把笔墨收进盒子里，远远抛开。戢，收藏。离逖，远离。

㉕动为垆钲（zhēng）屈，屣（xǐ）履任之适：行动时便是被外面敲东西卖杂货的声音吸引，鞋都来不及穿好就奔出去。垆钲，乐器名。屣履，趿着鞋走路。

㉖止为荼荈（túchuǎn）据，吹嘘对鼎𬬻（lì）：歇下来便是煎茶的时候，为了把茶快快煎好，对着锅子不停吹。据，安居。鼎𬬻，锅子。

㉗脂腻漫白袖，烟薰染阿锡：白袖子上满是油腻，烟

把细布衣服也熏染了。阿锡，同"阿绤"，细布。

㉘衣被皆重（chóng）地，难与沉水碧：衣服的底子都被弄花了，很难清洗干净。衣被，衣服。重地，谓原本一色的底子弄脏后变出好几重颜色。沉水碧，谓沉到水中清洗。

㉙瞥闻当与杖，掩泪俱向壁：谓女儿们瞥见大人们要责打她们了，不由得对着墙哭泣。杖，杖打。

卷三

陆机

陆机（261—303），字士衡，吴郡吴县（今江苏苏州）人，西晋著名诗人。出身东吴旧族，少有异才。太康末，被召入洛，历任太子洗马、著作郎等职。后委身于成都王司马颖，任平原内史，世称"陆平原"。太安二年（303），带兵讨长沙王司马乂，战败，遭宦人谮害，夷三族。南朝梁钟嵘《诗品》谓陆机诗"才高词赡，举体华美"，是"太康诗风"的代表。《隋书·经籍志》著录有《陆机集》十四卷，已佚。南宋庆元年间，徐民瞻将陆机、陆云遗文合刊为《晋二俊文集》，明正德年间，陆元大据以翻刻，即今通行之《陆士衡集》。明人张溥辑有《陆平原集》。

拟《西北有高楼》①

高楼一何峻，苕苕峻而安②。
绮窗出尘冥③，飞阶蹑云端。

佳人抚琴瑟，纤手清且闲。

芳气随风结，哀响馥若兰④。

玉容谁能顾，倾城在一弹。

伫立望日昃⑤，踯躅再三叹。

不怨伫立久，但愿歌者欢。

思驾归鸿羽，比翼双飞翰⑥。

【注释】

①陆机的拟古诗，是对汉代古诗、乐府诗的拟作，今存四十七首，南朝梁萧统编《文选》选十二首，《玉台新咏》选七首。这一首拟的是《古诗十九首·西北有高楼》，意旨、章法都亦步亦趋，而格调不如原诗。清贺贻孙《诗筏》云："士衡从'倾城'上说向'欢'去，古诗从'徘徊'上说向'哀'去，'欢'、'哀'二意，便分深浅。"

②苕苕（tiáo）：高远貌。

③出尘冥：谓高邈出世。

④馥（fù）：香气。

⑤日昃（zè）：日西斜。

⑤飞翰：飞鸟。

拟《东城一何高》①

西山何其峻，层曲郁崔嵬②。

零露弥天坠③，蕙叶凭林衰④。

寒暑相因袭，时逝忽如遗。

三闾结飞辔⑤，大耋悲落晖⑥。
曷为牵世务⑦，中心怅有违⑧。
京洛多妖丽⑨，玉颜侔琼蕤⑩。
闲夜抚鸣琴，惠音清且悲⑪。
长歌赴促节⑫，哀响逐高徽⑬。
一唱万夫叹，再唱梁尘飞⑭。
思为河曲鸟⑮，双游沣水湄⑯。

【注释】

①这首诗是对《古诗十九首·东城高且长》的拟作，
《文选》李善注谓："言高城常存而人易老，不如早
为行乐。"与原作主旨一致。

②层曲：高大曲折。

③弥天：漫天。

④凭：依。

⑤三闾（lú）结飞辔（pèi）：谓屈原将马拴在扶桑树
上，以留住太阳。《离骚》："饮余马于咸池兮，总余
辔乎扶桑。"三闾，即三闾大夫，战国时楚国管理
宗族事物的官职，屈原被放之前任此官。飞辔，奔
驰的马。

⑥大耋（dié）悲落晖：老人因落日而伤悲。出自《周
易·离》："九三，日昃之离，不鼓缶而歌，则大耋之
嗟，凶。"大耋，八十岁曰"耋"，用以指代老年人。

⑦曷（hé）为：为何。

⑧中心怅有违：心中怅怅，徘徊不已。《诗经·邶

风·谷风》："行道迟迟，中心有违。"违，徘徊。

⑨妖丽：艳丽的女子。

⑩侔（móu）琼蕤（ruí）：与玉花相齐。侔，齐，等。
琼蕤，玉花。

⑪惠音：和畅的音响。

⑫赴：趋。

⑬高徽：急促的调子。

⑭一唱万夫叹，再唱梁尘飞：一唱万人相和，二唱梁
上的尘都飞起。汉刘向《别录》："汉兴以来，善歌
者鲁人虞公，发声清哀，盖动梁尘。"形容歌声清
越动人。

⑮河曲鸟：鸳鸯的别名。

⑯沣（fēng）水：古水名。渭河右岸支流。

拟《兰若生春阳》①

嘉树生朝阳，凝霜封其条。
执心守时信②，岁寒不敢凋。
美人何其旷，灼灼在云霄。
隆想弥年时③，长啸入风飙。
引领望天末④，譬彼向阳翘⑤。

【注释】

①这首诗是对《古诗十九首·兰若生春阳》的拟作。
原作托兰若以起兴，拟作则易以嘉树，所表达的都
是对远人的思念与对志节的笃守。末句以花叶向阳

比喻思妇翘首之姿，妙笔点题，是对原作的超越。

②执心：谓心念执着专一。

③隆想：深切的思念。

④天末：天尽头，极言其僻远。

⑤翘（qiáo）：草木的春花。晋陆机《叹逝赋》："玩春翘而有思。"

拟《迢迢牵牛星》①

昭昭天汉晖，粲粲光天步②。

牵牛西北回，织女东南顾。

华容一何冶③，挥手如振素④。

怨彼河无梁，悲此年岁暮。

跂彼无良缘⑤，晥焉不得度⑥。

引领望大川⑦，双涕如沾露。

【注释】

①这首诗是对《古诗十九首·迢迢牵牛星》的拟作。原诗善用叠字，而拟作只首句用叠字，遣词稍显直露，不及原作含蓄韵致。清贺贻孙《诗筏》云："'引领望大川，双涕如沾露'，即'盈盈一水间，脉脉不得语'意也。'盈盈'何须'引领'，'一水'岂必'大川'，'脉脉'不待'流涕'，'不语'何尝'沾露'。"

②光天：晴朗的天空。

③冶：艳丽。

④振素：抖动白缯。形容手之洁白。

⑤跂（qǐ）：踮起脚尖眺望。

⑥睆（huǎn）：明亮貌。

⑦大川：即银河。

为顾彦先赠妇^① 二首

辞家远行游，悠悠三行里。

京洛多风尘，素衣化为缁^②。

修身悼忧苦^③，感念同怀子^④。

隆思乱心曲^⑤，沉欢滞不起^⑥。

欢沉难克兴，心乱谁为理。

愿假归鸿翼，翻飞游江汜^⑦。

【注释】

①这两首诗，是陆机代顾彦先夫妇作的赠答诗。顾彦
　先，名荣，与二陆同入洛，并称"洛阳三俊"。第
　一首乃顾赠妇诗，写在外奔波的劳苦，对妻子的思
　念，以至于"欢沉"、"心乱"，愿化归鸿飞回故乡。
　第二首乃顾妇的答诗，写在家思念丈夫，长叹不
　已，惟愿丈夫能善自珍摄。二诗虽为代作，而口吻
　毕肖，情韵庄静典雅，缠绵动人。

②素衣化为缁（zī）：谓素衣为风尘沾染变乌。缁，黑
　色的帛。

③悼：伤。

④同怀：同心。

⑤心曲：内心深处。《诗经·秦风·小戎》："乱我心曲。"

⑥沉欢：深沉的欢爱。

⑦江汜（sì）：江边。

东南有思妇，长叹充幽闼①。
借问叹何为，佳人渺天末。
游宦久不归②，山川修且阔。
形影参商乖③，音息旷不达。
离合非有常，譬彼弦与筈④。
愿保金石躯⑤，慰妾长饥渴⑥。

【注释】

①幽闼（tà）：深闺。闼，小门。

②游宦：出外做官。

③参商乖：如傍晚才出现的参星和清晨才出现的商星
　一样隔绝，不能相见。乖，背离，分离。

④弦与筈（kuò）：弓弦与箭尾。筈，箭尾，射箭时搭
　在弓弦上的部分，二物射时则合，箭射则离。

⑤金石躯：壮健的身体。

⑥长饥渴：殷切如饥渴般的思念。

艳歌行①

扶桑升朝晖②，照此高台端。
高台多妖丽，洞房出清颜③。
淑貌曜皎日，惠心清且闲④。
美目扬玉泽，蛾眉象翠翰⑤。

鲜肤一何润，彩色若可餐。

窈窕多容仪，婉媚巧笑言。

暮春春服成⑥，粲粲绮与纨。

金雀垂藻翘⑦，琼佩结瑶璠⑧。

方驾扬清尘⑨，濯足洛水澜⑩。

蔼蔼风云会⑪，佳人一何繁。

南崖充罗幕，北渚盈軿轩⑫。

清川含藻景，高岸被华丹。

馥馥芳袖挥，泠泠纤指弹⑬。

悲歌吐清音，雅舞播《幽兰》⑭。

丹唇含《九秋》⑮，妍迹陵《七盘》⑯。

赴曲迅惊鸿，蹈节如集鸾⑰。

绮态随颜变，沉姿无定源⑱。

俯仰纷阿那⑲，顾步咸可欢。

遗芳结飞飙⑳，浮景映清湍。

冶容不足咏，春游良可叹。

【注释】

①这是一首乐府诗，又名《日出东南隅行》、《罗敷艳歌》，属相和歌辞相和曲，是对汉乐府《日出东南隅行》的拟作。该诗蜕去了原诗的叙事成分，以上巳士女春游歌舞为背景，将原诗铺叙女子容饰的部分拓展开来，恰如一幅工笔细描的美人行乐图。

②扶桑：树名，神话中的日出之处。

③洞房：深闺。

④惠：同"慧"。

⑤翠翰：翠鸟的羽毛。

⑥暮春春服成：暮春三月，换上春衣，出外游玩。语出《论语·先进》。

⑦藻翘：色彩绚丽的羽毛。

⑧瑶璠（fán）：美玉。

⑨方驾：并驾。

⑩洛水：古水名。

⑪蔼蔼：盛大貌。

⑫軿（pēng）轩：泛指车辆。

⑬泠泠（líng）：形容声音清越。

⑭《幽兰》：古琴曲名。

⑮《九秋》：古琴曲名。

⑯《七盘》：古舞名。

⑰赴曲迅惊鸿，蹈节如集鸾：应和曲子的节拍跳舞，舞姿翩翩，如同惊飞的鸿雁、栖止的鸾凤。赴曲、蹈节，踏着曲子的节拍。

⑱沉姿：沉稳庄重的姿态。

⑲阿那（ēnuó）：柔美貌。

⑳遗芳：飞散的香气。

前缓声歌①

游仙聚灵族②，高会层城阿③。

长风万里举，庆云郁嵯峨④。

宓妃兴洛浦⑤，王韩起泰华⑥。

北征瑶台女⑦，南要湘川娥⑧。
肃肃霄驾动⑨，翩翩翠盖罗。
羽旗栖琐鸾⑩，玉衡吐鸣和⑪。
太容挥高弦⑫，洪崖发清歌⑬。
献酬既已周⑭，轻轩垂紫霞。
总辔扶桑枝，濯足旸谷波⑮。
清辉溢天门⑯，垂庆惠皇家。

【注释】

①这首诗是对汉乐府古辞《前缓声歌》的拟作。通过
　　对仙界漫游的幻想，表达了慕仙的愿望。

②灵族：众仙。

③层城：神话中昆仑山上的高城。

④嵯峨（cuó'é）：云盛多貌。

⑤宓（fú）妃：传说中的洛水女神。

⑥王韩起泰华：王子乔、韩众等神仙于华山显现。王，
　　指王子乔；韩，指韩众，均为传说中的神仙名。泰
　　华，又称"太华山"，即今华山。

⑦瑶台：传说中神仙居住的地方。

⑧湘川娥：即舜之二妃，堕于湘水之中。

⑨霄驾：仙人乘坐的云车。

⑩琐鸾：声音细碎的玉车铃。鸾，同"銮"。

⑪玉衡：玉制的车前横木，供手扶瞻望用。

⑫太容：传说中黄帝的乐师。

⑬洪崖：传说中的仙人名。

⑭献酬：筵席上主客互相敬酒。《诗经·小雅·楚茨》："献酬交错。"
⑮总辔扶桑枝，濯足旸（yáng）谷波：在扶桑之上系马，在旸谷波中洗脚。《离骚》："总余辔乎扶桑。"旸谷，传说中的日出之地。
⑯天门：天宫之门。

塘上行①

江蓠生幽渚②，微芳不足宣。
被蒙风雨会③，移居华池边④。
发藻玉台下⑤，垂影沧浪渊⑥。
沾润既已渥⑦，结根奥且坚⑧。
四节游不处⑨，繁华难久鲜⑩。
淑气与时殒⑪，余芳随风捐。
天道有迁易，人理无常全。
男欢智倾愚，女爱衰避妍⑫。
不惜微躯退，但惧苍蝇前⑬。
愿君广末光⑭，照妾薄暮年。

【注释】

①这是一首乐府诗，属相和歌辞清调曲，拟的是相传为甄宓所作的乐府古辞《塘上行》。该诗以弃妇的口吻，自比江蓠，细述由受宠至被弃的过程，"男欢智倾愚"两句，笔调冷峭，虽认清色衰爱弛的现实，仍乞求丈夫能赐予些微怜悯。

②江蓠（lí）：即蘼芜，一种香草。

③被蒙：承蒙。

④华池：传说中昆仑山上的池名，这里指丈夫身旁。

⑤发藻：发出文采。

⑥沧浪：古水名。

⑦沾润既已渥（wò）：谓受到深厚的优待。沾润，受恩。渥，深厚。

⑧奥：深。

⑨四节游不处：谓四季变迁不停驻。

⑩繁华：谓青春年少。

⑪淑气：温和之气。

⑫男欢智倾愚，女爱衰避妍：谓男欢女爱之事，智者欺愚者，衰老者不如青春靓丽者。倾，欺。

⑬不惜微躯退，但惧苍蝇前：我这残躯失宠，并没什么可惜，只是惧怕新人进谗言。苍蝇，即青蝇，可使黑者白、白者黑，喻谗佞小人。

⑭末光：余晖，谓额外施恩。

陆云

陆云（262—303），字士龙，吴郡吴县（今江苏苏州）人，与兄机合称"二陆"。以曾任清河令，后世称"陆清河"。太康十年（289），陆云随兄机入洛阳，为张华所赏识。为政有直声。坐兄机案牵连故，于太安二年（303）被害。陆云诗风简净，刘勰评其"布采鲜净，敏于短篇"。然总体看来，成就远不及乃兄。《隋书·经籍志》著录《陆云集》十二卷，新、旧《唐书》皆著录为十卷，已佚。南宋徐民瞻搜得其文十卷，至明末张溥辑《汉魏六朝百三家集》，收《陆清河集》二卷。

为顾彦先赠妇往返^①

我在三川阳^②，子居五湖阴^③。
山海一何旷，譬彼飞与沈。
目想清惠姿^④，耳存淑媚音^⑤。
独寐多远念，寤言抚空衿。
彼美同怀子，非尔谁为心^⑥。

【注释】

①这组诗是陆云代顾彦先夫妇作的赠答诗，原有四首，这里选前两首。第一首乃顾彦先赠妇，第二首则为其妻的答诗。

②三川：指洛阳。

③五湖：泛指吴越地区。

④目想：闭上眼睛冥想。

⑤淑媚：和顺妖媚。

⑥非尔谁为心：除了你还有谁让我念念不忘呢？

悠悠君行迈，茕茕妾独止^①。
山河安可逾？永隔路万里。
京师多妖冶，粲粲都人子^②。
雅步袅纤腰，巧笑发皓齿。

佳丽良可羡，衰贱焉足纪③。
远蒙眷顾言，衔恩非望始④。

【注释】

①茕茕（qióng）：孤单的样子。

②都人子：住在都城的美貌女子。《诗经·小雅·都人士》："彼都人士，狐裘黄黄。"

③衰贱：衰残微贱之躯，顾彦先妻自谓。

④远蒙眷顾言，衔恩非望始：指顾彦先赠诗而言，言蒙此眷顾之厚恩，是当初所料想不到的。

张协

张协（？—307），字景阳，安平（今河北安平）人。少有才名，与兄张载、弟张亢并称"三张"。历任中书侍郎、河间内史、黄门侍郎等职。后辞官闲居，以属咏自娱，卒于家。南朝梁钟嵘《诗品》将其列为上品，谓其诗"词采葱蒨，音韵铿锵，使人味之亹亹不倦"。《隋书·经籍志》著录有《晋黄门郎张协集》三卷，已佚。明人张溥辑有《张载张协集》。

杂诗①

秋夜凉风起，清气荡暄浊②。
蜻蛚吟阶下③，飞蛾拂明烛。
君子从远役，佳人守茕独。
离居几何时？钻燧忽改木④。

房栊无行迹⑤，庭草萋以绿。
青苔依空墙，蜘蛛网四屋⑥。
感物多所怀⑦，沉忧结心曲。

【注释】

①这组诗原有十首，《玉台新咏》所选为第一首。这是
　一首思妇诗，写独宿的女子悲秋感物的情绪。

②暄浊：指盛夏闷热浑浊之气。

③蜻蛚（qīngliè）：即蟋蟀。

④钻燧（suì）忽改木：先民钻木取火，四季各有不同
　木材，此谓季节改易。燧，取火的器具。

⑤房栊（lóng）无行迹：谓许久没人来过。房栊，谓房屋。

⑥四屋：屋的四角。

⑦感物：因物感发。

杨方

　　杨方，生卒年无考，字公回，会稽（今浙江绍兴）人，
东晋诗人。历任东安太守、司徒参军、高梁太守等职。卒
于家。今存《合欢诗》五首。

合欢诗① 二首

独坐空室中，愁有数千端。
悲响答愁叹，哀涕应苦言②。
彷徨四顾望，白日入西山。
不睹佳人来，但见飞鸟还。

飞鸟亦何乐③？夕宿自作群。

【注释】

①这是一组乐府诗，属杂曲歌辞，原有五首，这里选的是第三首及第五首。前者写思妇独坐室中，白昼消磨尽，见飞鸟还巢，而良人不来，自悲人尚不如鸟之乐。后者以南邻嘉木喻良人，谓良人在外淹滞不归，犹邻家奇树根深蒂固，虽爱之而无力徙之家。

②悲响答愁叹，哀涕应苦言：谓愁叹之声于空室中激起悲苦的音响，哀伤的眼泪应和着悲苦的言辞流下。

③亦何：多么。

南邻有奇树，承春挺素华①。
丰翘被长条②，绿叶蔽朱柯③。
因风吐微音④，芳气入紫霞。
我心羡此木⑤，愿徙著予家⑥。
夕得游其下，朝得弄其葩。
尔根深且坚，余宅浅且洿⑦。
移植良无期，叹息将如何。

【注释】

①挺：生出。

②丰翘：繁茂的花木。

③朱柯：红色的树干。

④微音：细微的声响。

⑤羡：贪爱。

⑥徙：谓移植。

⑦洿（wū）：低洼。

陶潜

陶潜（365—427），字渊明，又字符亮，私谥"靖节"，浔阳柴桑（今江西九江）人。东晋著名诗人。少贫苦，有远志。曾任江州祭酒、镇军参军、彭泽县令等职，后辞官还家，归隐田园，因此被称为"古今隐逸诗人之宗"。诗风恬淡天然，不着锻炼痕迹，苏轼谓其诗"质而实绮，癯而实腴"。梁昭明太子萧统编有《陶渊明集》八卷，北齐阳休之在此基础上编有陶集十卷本，北宋时有宋庠本十卷，宋以后又有焦竑刻本、汲古阁本等。

拟古诗①

日暮天无云，春风扇微和②。

佳人美清夜③，达曙酣且歌④。

歌竟长叹息⑤，持此感人多。

明明云间月，灼灼叶中华。

岂无一时好，不久当如何？

【注释】

①这组诗原有九首，《玉台新咏》所选为第七首。这首诗写美人春夜畅饮，欢歌达旦，尔后忽生悲感，自

比为云间明月、叶中繁花，虽好而不能长久。

②微和：轻微的和风。

③美：赞美。

④达曙酣且歌：欢饮高歌直到天明。达曙，到天亮。
　　酣，畅饮。

⑤竟：终。

荀昶

　　荀昶，字茂组，生卒年不详，颍川颍阴（今河南许昌）人，南朝宋诗人。元嘉初（424 年左右），以文义至中书郎。《隋书》载有《荀昶集》十四卷。

拟《相逢狭路间》①

朝发邯郸邑②，暮宿井陉间③。

井陉一何狭，车马不得旋。

邂逅相逢值，崎岖交一言④。

一言不容多，伏轼问君家。

君家诚易知，易知复易博⑤。

南面平原居⑥，北趣相如阁⑦。

飞楼临名都，通门枕华郭⑧。

入门无所见，但见双栖鹤。

栖鹤数十双，鸳鸯群相追。

大兄珥金珰⑨，中兄振缨緌⑩。

伏腊一来归⑪，邻里生光辉。

小弟无所作，斗鸡东陌逵⑫。

大妇织纨绮，中妇缝罗衣。
小妇无所作，挟瑟弄音徽^⑬。
丈人且却坐，梁尘将欲飞。

【注释】

①这首诗是对汉乐府《相逢狭路间》的拟作，主旨、章法乃至词句都与原作趋同。

②邯郸邑：古邑名，今属河北。

③井陉（xíng）：山名，为太行山的支脉。

④崎岖：辗转。

⑤博：寻。

⑥平原：战国时赵国公子平原君，这里代指显赫的门第。

⑦相如：指赵国上卿蔺相如。

⑧通门：通行的大门。

⑨珥（ěr）：以耳饰贯耳。

⑩缨绥（ruí）：冠带与冠饰，借指达官显贵。

⑪伏腊（là）：伏祭与腊祭。伏日进行的祭祀和腊月进行的祭祀。

⑫陌逵：大小道路。

⑬音徽：指弦乐器上的识音标志，这里泛指琴。

谢惠连

谢惠连（407—433），陈郡阳夏（今河南太康）人。南朝宋诗人。少敏慧，十岁能属文。本州辟主簿，不就，后为彭城王刘义康法曹参军。行止轻薄，为世所非。诗风清艳，南朝梁钟嵘《诗品》谓其"才思富捷，恨其兰玉夙凋，故长辔未骋"。《隋书·经籍志》载有《谢惠连集》六卷，已佚。明人张溥辑有《谢法曹集》。

七月七日咏牛女①

落日隐榗楹②，升月照房栊。

团团满叶露，析析振条风③。

蹀足循广除④，瞬目眺层穹⑤。

云汉有灵匹⑥，弥年阙相从⑦。

遹川阻昵爱⑧，修渚旷清容。

弄杼不成彩，耸辔骛前踪⑨。

昔离秋已两，今聚夕无双⑩。

倾河易回斡⑪，款情难久悰⑫。

沃若灵驾旋⑬，寂寥云幄空⑭。

留情顾华寝，遥心逐奔龙⑮。

沉吟为尔感，情深意弥重。

【注释】

①这首诗写牛女故事，是当时人常作的题目。此诗以秋景入手，从诗人七夕时瞭望夜空写起，感叹牛女会面的艰难与情意的深厚，造语绮丽，有晋人流习。

②榗（yán）楹：廊柱。

③析析：拟声词，风吹枝条的声音。

④蹀（dié）足循广除：沿着宽阔的台阶小步走。蹀，

小步行走。

⑤瞬目眄（xǐ）层穹：展眼远望高空。眄，远看。

⑥灵匹：神仙匹偶，这里指牵牛织女。

⑦阙（quē）相从：谓分离。阙，同"缺"。相从，相随。

⑧昵（nì）爱：亲爱。

⑨耸辔骛前踪：谓牵牛为及早与织女相见，耸动辔头，在星轨上奔驰。耸，踊动。骛，奔跑。踪，轨。

⑩昔离秋已两，今聚夕无双：谓上一次相聚，距今已有两个秋天，今夜相聚之后，明晨又要分别，直至明年秋天，再无相聚的夜晚。

⑪倾河易回斡（wò）：银河轻易便旋转，形容相聚时间短暂。倾河，银河。回斡，旋转。

⑫惊（cóng）：欢乐。

⑬沃若：马驯顺貌。《诗经·小雅·皇皇者华》："我马维骆，六辔沃若。"

⑭云幄（wò）：轻薄如云雾的帐幔，指牵牛织女七夕相聚时居住的地方。

⑮遥心逐奔龙：谓牵牛心向远方织女的龙车。

捣衣①

衡纪无淹度②，晷运倏如催③。

白露滋园菊，秋风落庭槐。

肃肃莎鸡羽④，烈烈寒螀啼⑤。

夕阴结空幕⑥，霄月皓中闺。

美人戒裳服⑦，端饬相招携⑧。

簪玉出北房，鸣金步南阶⑨。
榈高砧响发⑩，楹长杵声哀⑪。
微芳起两袖，轻汗染双题⑫。
纨素既已成，君子行不归。
裁用笥中刀，缝为万里衣。
盈箧自予手⑬，幽缄俟君开⑭。
腰带准畴昔⑮，不知今是非。

【注释】

①这首诗写妻子与丈夫久别，在秋天到来之时，妻子
　为丈夫赶制衣服，却只记得昔日丈夫的身量尺寸，
　不知现在是否合他的身了。该诗分三层。前八句写
　时节迁易之速与秋季风物，以"宵月皓中闺"一
　句，引出捣衣的女子们。中间八句写女子们廊下捣
　衣，容饰端整。末八句写裁缝新衣而只能依照记忆
　中的旧尺寸，加深了离别的悲感。最末两句清彭端
　淑《雪夜诗话》谓"妙绝千古"。

②衡纪无淹度：北斗不停旋转。谓时节变迁得快。衡
　纪，即玉衡，这里代指北斗。淹度，停滞。

③晷（guǐ）运：指太阳的运行。

④肃肃莎鸡羽：莎鸡在肃肃地振动着它的翅膀。《诗
　经·豳风·七月》："六月莎鸡振羽。"肃肃，拟声
　词。莎鸡，昆虫名，又名络纬、纺织娘。

⑤烈烈寒螀（jiāng）啼：寒蝉在烈烈地鸣叫。烈烈，
　拟声词。寒螀，即寒蝉。

⑥夕阴：傍晚的阴云。

⑦戒：指衣着端整。

⑧招携：招呼伙伴一起走。

⑨鸣金：谓女子们佩戴的金饰碰撞发出响声。

⑩砧响：将织好的丝帛放在砧板上，用木棒敲击平整
所发出的声响。

⑪杵（chǔ）声：木棒捶击声。

⑫双题：额头。此谓两女子相对捣衣。

⑬盈箧（qiè）：装满衣箱。

⑭幽缄（jiān）：密封。

⑮准畴（chóu）昔：以往日的尺寸为准。畴昔，以往。

代古①

客从远方来，赠我鹄文绫②。

贮以相思箧，缄以同心绳。

裁为亲身服③，着以俱寝兴④。

别来经年岁，欢心不可凌⑤。

泻酒置井中，谁能辨斗升⑥？

合如杯中水，谁能判淄渑⑦。

【注释】

①这首诗是对《古诗十九首·客从远方来》一诗的拟
作。主旨与词句相仿，惟末两句反上句义而言之，
变以小投大为取小于大，可谓匠心独运。

②鹄文绫：织有仙鹤纹样的绫罗。鹄，同"鹤"。

③亲身：贴身的。

④寝兴：睡下、起来，谓日夜不离。

⑤凌：压倒。

⑥泻酒置井中，谁能辨斗升：谓将酒倒在井中，就无人能分辨出井中有多少酒了。谓两人亲密无间。

⑦淄渑（miǎn）：二水名，在今山东境内。相传二水味道不同，混合起来则无人可辨别。

陆机

陆机简介见本书第144页。这两首拟乐府诗宋刻本不收。

拟《行行重行行》①

悠悠行迈远，戚戚忧思深。

此思亦何思？思君徽与音②。

音徽日夜离，缅邈若飞沉③。

王鲔怀河岫④，晨风思北林⑤。

游子眇天末，还期不可寻。

惊飙褰反信⑥，归云难寄音。

伫立想万里，沉忧萃我心⑦。

揽衣有余带，循形不盈襟⑧。

去去遗情累⑨，安处抚清琴。

【注释】

①这首诗是对《古诗十九首·行行重行行》的拟作，情志趋同，而语句板滞。明许学夷《诗源辩体》谓

其未得原作之妙，"如今人摹古帖是也"。

②徽：美德。

③缅邈：长远貌。

④王鲔（wěi）怀河岫：王鲔怀恋所居住的河与山洞。
　王鲔，鲤鱼的一种。岫，山洞。汉张衡《东京赋》：
　"王鲔岫居，能鳖三趾。"

⑤晨风思北林：鸟儿思念栖居的树林。《诗经·秦
　风·晨风》："鴥彼晨风，郁彼北林。"

⑥惊飙褰反信：谓狂风将归信吹散。褰，散开。反，
　同"返"。

⑦萃：聚。

⑧揽衣有余带，循形不盈襟：谓带长襟宽，身形消瘦。

⑨情累：所思之累。

拟《明月何皎皎》①

安寝北堂上，明月入我牖。
照之有余辉，揽之不盈手。
凉风绕曲房②，寒蝉鸣高柳。
踟蹰感节物③，我行永已久④。
游宦会无成⑤，离思难独守。

【注释】

①这首诗是对《古诗十九首·明月何皎皎》一首的拟
　作，写的是闺中思妇对月思念良人。明陆时雍《古
　诗镜》谓："'照之有余辉，揽之不盈手'，老而洁，

是长篇中短赋。末二语仿佛汉人。"

②曲房：内室。

③节物：各节气相应的风物。

④我行：这里谓良人之远行。

⑤游宦：指外出求官。

卷四

王僧达

　　王僧达（423—458），琅琊临沂（今山东临沂）人，南朝宋诗人。东晋丞相王导玄孙。少颖慧好学，娶临川王刘义庆女。曾任宣城太守、征虏将军、吴郡太守等职。大明二年（458），以狂逆犯上故，为宋孝武帝赐死。其诗为南朝梁钟嵘《诗品》列入中品，谓其"才力苦弱，故务其清浅，殊得风流媚趣"。《隋书·经籍志》著录有《王僧达集》十卷，已佚。今存诗五首。

七夕月下①

远山敛雾祓②，广庭扬月波③。

气往风集隙④，秋还露泫柯⑤。

节期既已屡⑥，中宵振绮罗⑦。

来欢讵终夕⑧，收泪泣分河。

【注释】

①这首诗以七夕牛女相聚为题材，而以写景为主，笔

触细腻，对仗工稳。

②雾禯（fēnjìn）：这里指云气。

③广庭：宽敞的庭院。

④气往风集隙：谓秋气到来，凉风吹进墙缝。隙，墙上开裂的缝隙。

⑤秋还露泫柯：谓秋天到来，树枝寒露欲滴。泫，水珠滴下。柯，树枝。

⑥屒（jiān）：迫近。

⑦振绮罗：谓穿衣。振，抖衣。《楚辞·渔父》："新沐者必弹冠，新浴者必振衣。"

⑧来欢讵终夕：岂能通宵欢聚。讵，岂。

颜延之

颜延之（384—456年），字延年，琅琊临沂（今山东临沂）人。南朝宋诗人。少孤贫，博览群书，文章冠绝当世，与山水诗人谢灵运并称"颜谢"。历任始安太守、中书侍郎、光禄大夫等职位，后世称为"颜光禄"。诗风尚巧，喜用典故，南朝梁钟嵘《诗品》评为"弥见拘束"。明人张溥辑有《谢光禄集》。

为织女赠牵牛①

婺女俪经星②，姮娥栖飞月③。

惭无二媛灵④，托身侍天阙⑤。

阊阖殊未晖⑥，咸池岂沐发⑦？

汉阴不夕张⑧，长河为谁越？

虽有促讌期⑨，方须凉风发⑩。
虚计双曜周⑪，空迟三星没⑫。
非怨杼轴劳⑬，但念芳菲歇⑭。

【注释】

①这首诗借牛女故事写君臣契合，以织女之孤栖，喻诗人之被黜，自伤行年将暮而无所成，继承了楚辞以男女比况君臣的传统。

②婺（wù）女俪（lì）经星：婺女星与其他恒星相并。婺女，二十八宿之一。俪，相并偕行。经星，即恒星。

③姮（héng）娥：即嫦娥，传说盗食丈夫后羿的不死药而奔月。

④二媛：谓婺女与姮娥。

⑤天阙：即天宫。

⑥阊阖（chānghé）殊未晖：天门未开，不见光辉。出自屈原《离骚》："令帝阍开关兮，倚阊阖而望予。"阊阖，即传说中的天门。

⑦咸池岂沐发：怎可在天池洗头发。出自战国时楚国屈原《楚辞·九歌·少司命》："与女沐兮咸池，晞女发兮阳之阿。"咸池，即天池。

⑧汉阴不夕张：河对岸并没有黄昏之约。汉阴，银河之南，这里指对岸。夕张，谓与情人的黄昏之约。屈原《楚辞·九歌·湘夫人》："登白薠兮骋望，与佳期兮夕张。"

⑨促讌期：短暂的宴乐之期。讌，同"宴"。

⑩方须凉风发：又须等到秋风起时。方，又。

⑪虚计双曜周：徒劳地数着日月升沉的周次。虚，徒然。双曜，指日月。

⑫空迟三星没：夜里白白地等待到天明。迟，等待。

⑬杼轴：织布机上的零件，这里指纺织的任务。

⑭歇：谢，衰迟。

秋胡诗①

椅梧倾高凤②，寒谷待鸣律③。

影响岂不怀④，自远每相匹⑤。

婉彼幽闲女，作嫔君子室⑥。

峻节贯秋霜⑦，明艳侔朝日⑧。

嘉运既我从，欣愿自此毕⑨。

【注释】

①这首诗写秋胡与其妻故事，分九章，每章十句。汉刘向《列女传·鲁秋洁妇》记载秋胡，春秋鲁人，婚后五日游宦于陈，五年后乃归，见路旁采桑美妇，遂赠金以戏之，妇采桑不辍。及还家，奉金于母，母唤其妇出，即采桑者。妇斥其"忘母不孝，好色淫佚"，"孝义并忘"，愤而投河死。《文选》六臣注该诗谓："延年咏此以刺为君之义不固也。"该诗前四章的时间背景，乃秋胡与其妻成婚后远游的五年，第一章与第三章乃秋胡之词，细述生别的苦痛与行路的坎坷。第二章与第四章乃其妻之词，写

的是守节的志愿与孤栖的寂寞。后五章则为五年后的相见，第五章与第七章乃秋胡之词，写调戏采桑佳人而未遂与入门与其妻相见的经过。第六章与第八章乃其妻之词，写识破丈夫真面目的伤心绝望。第九章乃诗人的议论。全诗叙事手段高妙，善于铺叙，节奏张弛有致，人物心理描写细致入微，读来自然流畅。

②椅梧倾高凤：高飞的凤凰朝向椅树与梧桐栖落。借以比喻夫妇之间的关系。《诗经·小雅·湛露》："其桐其椅，其实离离。"《诗经·大雅·卷阿》："凤皇鸣矣，于彼高冈。梧桐生矣，于彼朝阳。"

③寒谷待鸣律：寒谷要待吹奏律管，改变气候之后才能生五谷。比喻夫妇之间的依存关系。寒谷，山谷名，又名黍谷。汉刘向《别录》记载，邹衍在燕地，有山谷美而寒，不生五谷，邹衍吹律而温，遂能生黍。鸣律，即吹律。

④影响岂不怀：谓夫妻之间的感应如影随形，如响应声，岂能不相思。怀，思念。

⑤自远每相匹：谓命定的夫妻，往往相隔遥远，仍能成配。匹，男女婚配。

⑥作嫔（pín）：做妻子。

⑦峻节：高尚的节操。

⑧侔（móu）：齐等，相当。

⑨嘉运既我从，欣愿自此毕：谓我已有此好运，得此佳人，美好的愿望从此实现了。

燕居未及好^①，良人顾有违^②。
脱巾千里外^③，结绶登王畿^④。
戒徒在昧旦^⑤，左右来相依。
驱车出郊郭^⑥，行路正威迟^⑦。
存为久离别，没为长不归^⑧。

【注释】

①燕居：闲居，谓新婚后的生活。

②良人顾有违：谓丈夫想着出外求官。顾，念。有违，
  这里借指行路在外，《诗经·邶风·谷风》："行道迟
  迟，中心有违。"

③脱巾：除下头巾，改着官帽，谓做官。

④结绶登王畿（jī）：到京城去做官。结绶，佩戴印
  绶，谓做官。王畿，京城。

⑤戒徒在昧旦：天还未明便要动身。戒徒，徒步行走，
  谓平民出行。《周易·归藏》："君子戒车，小人戒
  徒。"昧旦，破晓之时。

⑥郊郭：城外。

⑦威迟：同"逶迟"，曲折历远貌。《诗经·小雅·四
  牡》："四牡𬴂𬴂，周道倭迟。"

⑧存为久离别，没为长不归：谓秋胡妻立志守节，与
  苏武诗"生当复来归，死当长相思"同。

嗟余怨行役，三陟穷晨暮^①。
严驾越风寒^②，解鞍犯霜露^③。

原隰多悲凉④，回飙卷高树。
离兽起荒蹊，惊鸟纵横去。
悲哉游宦子，劳此山川路⑤。

【注释】

①三陟穷晨暮：朝朝暮暮尽在跋涉中度过。三陟，《诗
　经·周南·卷耳》有"陟彼崔嵬，我马虺隤"、"陟
　彼高冈，我马玄黄"、"陟彼砠矣，我马瘏矣"三句，
　合称"三陟"，谓行路辛劳。

②严驾：备马。《楚辞·九思》："严载驾兮出戏游。"

③犯霜露：冒着霜露。《左传·襄二十八年》："跋陟山
　川，蒙犯霜露。"

④原隰（xí）：即原野。

⑤劳：愁。

迢遥行人远，婉转年运徂①。
良时为此别，日月方向除②。
孰知寒暑积③，僶俛见荣枯④。
岁暮临空房，凉风起座隅⑤。
寝兴日已寒，白露生庭芜⑥。

【注释】

①婉转年运徂（cú）：岁月辗转而逝。年运，岁月。徂，
　逝去。

②日月方向除：谓旧岁才尽。《诗经·小雅·小明》：

"昔我往矣，日月方除。"

③寒暑积：谓寒来暑往，年复一年。

④俛偭：犹"俯仰"。

⑤座隅：座旁。

⑥庭芜：丛生于庭中的草。

勤役从归愿，反路遵山河^①。

昔辞秋未素^②，今也岁载华^③。

蚕月观时暇^④，桑野多经过。

佳人从所务，窈窕援高柯^⑤。

倾城谁不顾？弭节停中阿^⑥。

【注释】

①反：同"返"。

②未素：尚未降霜。

③岁载华：谓草木已荣。

④蚕月：蚕桑之时，即夏历三月。

⑤援：攀拉。

⑥弭（mǐ）节停中阿：将车停在山丘之中。弭节，止住车行的节度。《离骚》："吾令羲和弭节兮，望崦嵫而勿迫。"中阿，即阿中，丘陵之中。

年往诚思劳，事远阔音形^①。

虽为五载别，相与昧平生。

舍车遵往路，凫藻驰目成^②。

南金岂不重③，聊自意所轻④。
义心多苦调⑤，密此金玉声⑥。

【注释】

①阔音形：声音和形貌都陌生了。阔，异。

②凫藻驰目成：谓秋胡望见佳人，如凫鸟得水草般欢悦，以眼神相戏诱，希望能得手。凫藻，言欢悦如凫得水藻。

③南金：南方出产的铜，谓贵重之物。《诗经·鲁颂·泮水》："元龟象齿，大赂南金。"

④聊：略。

⑤苦调：犹忠言。

⑥密此金玉声：谓谢绝秋胡调戏的言语。密，绝。

高节难久淹①，朅来空复辞②。
迟迟前途尽③，依依造门基④。
上堂拜嘉庆⑤，入室问何之⑥。
日暮行采归，物色桑榆时⑦。
美人望昏至，慚叹前相持⑧。

【注释】

①久淹：久留。谓秋胡遭到峻拒，无由长久滞留。

②朅（qiè）：去。

③迟迟：缓慢行走的样子。

④门基：门前。

⑤拜嘉庆：谓远行回家拜见母亲。

⑥入室问何之：进入内室，不见妻子，问妻子去哪里了。

⑦物色桑榆时：正是日暮时的景象。物色，景色。桑
　　榆，太阳落时照在桑榆树端，指日暮。

⑧惭叹前相持：谓秋胡发现妻子正是采桑的佳人，惭
　　愧感叹，上前扶持。

有怀谁能已，聊用申苦难①。
离居殊年载，一别阻河关②。
春来无时豫③，秋至应早寒④。
明发动愁心⑤，闺中起长叹。
惨凄岁方晏⑥，日落游子颜⑦。

【注释】

①聊用申苦难：约略说说别后的思念之苦。

②河关：河流关山。

③豫：欢悦。

④早寒：早早地感受到寒冷。

⑤明发：黎明之时。《诗经·小雅·小宛》："明发不
　　寐，有怀二人。"

⑥晏：晚。

⑦日落游子颜：谓每至日暮之时愈发思念游子的容颜。

高张生绝弦，声急由调起①。
自昔枉光尘②，结言固终始③。

如何久为别，百行愆诸己④。
君子失明义⑤，谁与偕没齿⑥。
愧彼《行露》诗，甘之长川汜⑦。

【注释】

①高张生绝弦，声急由调起：琴弦绷紧了必然会断，调子起高了才会有急声，以喻秋胡妻因高节而殒命，因深恨而词苦。

②枉光尘：屈大驾，谓前来迎娶。光尘，对对方的敬辞。

③结言固终始：起誓谓有始有终。结言，以言辞订约。

④愆（qiān）：过失。

⑤失明义：谓失夫妇之义。

⑥偕没齿：谓白头偕老。

⑦愧彼《行露》诗，甘之长川汜（sì）：谓秋胡妻自愧不如《行露》诗中的贞洁女子，甘愿投水自尽。《行露》，《诗经·召南》中的一篇，写贞洁女子坚决拒绝逼婚。川汜，河流。

鲍照

鲍照（415—466），字明远，东海兰陵郡（今山东兰陵）人。南朝宋诗人。临海王刘子顼为荆州刺史时，以明远为前军参军，故后世称其为鲍参军。后子顼起兵为乱，鲍照于乱中被杀。鲍照诗慷慨豪放，劲健多气，上承建安，下启高岑。杜甫评其诗为"俊逸"，清刘熙载在《艺概》里评论其诗为"慷慨任气，磊落使才"，都是很切实的评价。

其文集在南朝齐时即有虞炎编十卷本，今不存。现存较重
要版本有明人张溥《汉魏六朝百三家集》本《鲍参军集》、
清人毛扆校本《鲍氏集》等。

玩月城西门①

始见西南楼②，纤纤如玉钩。

末映东北墀，娟娟似蛾眉。

蛾眉蔽珠栊，玉钩隔绮窗③。

三五二八时④，千里与君同。

夜移衡汉落⑤，徘徊帷幌中。

归华先委露⑥，别叶早辞风⑦。

客游厌辛苦，仕子倦飘尘⑧。

休浣自公日⑨，宴慰及私晨⑩。

蜀琴抽《白雪》，郢曲发《阳春》⑪。

肴干酒未缺，金壶启夕轮⑫。

回轩驻轻盖，留酌待情人⑬。

【注释】

①这首诗为诗人任秣陵县令时所作，描写了于官署中
赏秋月时的情境，透露出对羁宦生涯的厌倦之情。
整首诗分两层。第一句至第十句，以月为主，写得
虚实交错，为下文抒情作铺垫。自十一句至结束，
以人为主，抒发对漂泊风尘的厌倦及知音难觅的喟
叹。全诗前后照应，情景交融，浑然一体。风格清
丽柔美，令读者低徊不已。

②见：即"现"，出现。

③蛾眉蔽珠栊，玉钩隔绮窗：谓月为窗栊所遮蔽。珠栊，形容窗的华美。

④三五二八：十五、十六。这两天的月最满。

⑤衡：玉衡，北斗的中星。汉：银河。

⑥归华：落花。

⑦别叶：落叶。

⑧仕子：做官的人。

⑨休浣自公日：从官府中休假回来。休浣，即休沐，公职人员五天放假一次，回去沐浴。后成为假期的代称。自公，用《诗经·召南·羔羊》"退食自公"的话，表示从公务中解脱出来。

⑩宴慰：闲居。

⑪蜀琴抽《白雪》，郢曲发《阳春》：两句谓曲高和寡，知音难觅。蜀琴，司马相如为蜀地人，善琴，后以蜀琴泛指较好的琴。郢，楚国都城。《白雪》、《阳春》，楚国的古曲名。据宋玉《对楚王问》中记载，楚国乐师唱着《白雪》、《阳春》两曲，只有很少的人能和。后来以之表示高雅的东西不为世俗所理解。

⑫金壶：即夜漏。古人用铜壶装水，内标刻度，凿孔漏水，以记时辰。

⑬回轩驻轻盖，留酌待情人：谓掉转车停下来继续喝酒，等待感情深厚的友人。表明仍在想念远方知音。

代京洛篇①

凤楼十二重②，四户八绮窗。

绣桷金莲华③，桂柱玉盘龙。

珠帘无隔露④，罗幌不胜风。

宝帐三千万，为尔一朝容⑤。

扬芬紫烟上，垂彩绿云中。

春吹回白日，霜歌落塞鸿⑥。

但惧秋尘起，盛爱逐衰蓬⑦。

坐视青苔满⑧，卧对锦筵空。

琴筑纵横散⑨，舞衣不复缝。

古来皆歇薄⑩，君意岂独浓？

惟见双黄鹄，千里一相从⑪。

【注释】

①这首诗又名《代陈思王京洛篇》，是对曹植《煌煌京洛行》的拟作。此诗描写一个容貌绝美的女子，为君王所钟爱，而心中却埋藏着对色衰爱弛的隐忧，进而羡慕黄鹄能从一而终。或许寄托了诗人对自己命运的担忧。前十二句为一层，通过写女子居处的华美，衬托出其人之娇美及正得宠的境况，后十句为一层，转而写女子想象秋色秋景，而生出对未来的担忧。全诗以景作结，余韵无穷。

②凤楼：形容女子所居楼观之华美。

③桷（jué）：方形的椽子。

④无隔露：形容帘子薄。

⑤为尔一朝容：谓女为悦己者容。

⑥春吹回白日，霜歌落塞鸿：旧说形容女子歌声曼妙，能够回春、落雁。霜歌，秋声。

⑦衰蓬：枯萎的蓬草。

⑧青苔满：形容人迹罕至，门前地因无人踩踏而长苔衣。

⑨筑：古弦乐器名。

⑩歇薄：感情淡薄。

⑪惟见双黄鹄，千里一相从：这两句从想象中回到现实。抬头一望，见黄鹄结伴而飞，更加深了女子的伤感。以景结情，余韵不尽。

拟乐府《白头吟》①

直如朱丝绳，清如玉壶冰②。

何惭宿昔意，猜恨坐相仍③。

人情贱恩旧，世义逐衰兴④。

毫发一为瑕，丘山不可胜⑤。

食苗实硕鼠，点白信苍蝇⑥。

凫鹄远成美，薪刍前见陵⑦。

申黜褒女进，班去赵姬升⑧。

周王日沦惑⑨，汉帝益嗟称⑩。

心赏犹难恃，貌恭岂易凭⑪。

古来共如此，非君独抚膺⑫。

【注释】

①这首诗是对汉乐府《皑如山上雪》的拟作，是一首

抒发胸中不平之气的诗。作者征用史实来揭示人喜新厌旧的常情，感叹正直之士不受重视的境况。开头作者用玉壶和朱丝来比喻直者的操守。接下来作者开始慨叹人情世故，最后四句点明新受宠者也难久荣的实际。全诗笔调悲凉，见识深刻，是值得反复体味的。明谢榛《四溟诗话》谓："卓文君《白头吟》'皑如山上雪，皎如云间月'，其古雅自是汉人语；鲍明远拟之曰：'直如朱丝绳，清如玉壶冰。'此亦用汉人机轴，虽能织文锦罗縠，惜时样不同尔。"

②直如朱丝绳，清如玉壶冰：用朱丝的直和玉壶的冰清来比拟人的品行。

③何惭宿昔意，猜恨坐相仍：谓我何尝用惭愧曾经的心意，但外来的猜疑怨恨还空自延续着。

④世义逐衰兴：谓世人对于衰落失宠的人，总是落井下石；对于得势而起的人，总是拼命巴结。

⑤毫发一为瑕，丘山不可胜：谓失宠的人就算只有一丝一毫的污点，也很容易被人看成山丘般不可胜言之大。

⑥食苗实硕鼠，点白信苍蝇：比喻贪佞为害，小人谗谤君子。《诗经·魏风·硕鼠》："硕鼠硕鼠，无食我苗。"苍蝇，即青蝇，旧说可使黑者白、白者黑。

⑦凫鹄远成美，薪刍前见陵：凫鹄远飞反成美善，柴草在前反受欺压。第一句用《韩诗外传》的典故，有个叫田饶的人为鲁哀公办事，而不被哀公重视，

他就说鸡有很多优点，却仍然被您煮了来吃；野鸭和黄鹄吃您养的鱼鳖、种的粮食，然后就远远地飞走了，而您却很看重它们。如今我也要像它们一样飞走了。第二句用了《史记》的典故：汲黯对汉武帝说，您任用臣子像堆柴火，后来的放得更上。这两句是用典故具体说明喜新厌旧的人情。凫鹄，野鸭和黄鹄。薪，柴。刍，稻草。陵，侵。

⑧申黜褒女进，班去赵姬升：申伯之女被黜，褒姒得宠；班婕妤离去，赵飞燕得到晋升。上句是用《毛诗序》的典故：说周幽王原来的王后是申伯的女儿，得了褒姒之后，便废黜了申后。后一句用《汉书》的典故，说汉成帝得到了赵飞燕之后就冷落班婕妤了。

⑨周王日沦惑：谓周幽王有了褒姒之后，日渐沉沦。

⑩汉帝益嗟称：汉成帝得了赵飞燕之后，越发对之赞叹不已。

⑪心赏犹难恃，貌恭岂易凭：谓哪怕君王曾经心爱过你，也不可依凭，何况只是表面谦恭下士。心赏，即心爱。

⑫抚膺（yīng）：以手扪胸，悲愤貌。

采桑诗①

季春梅始落②，女工事蚕作③。
采桑淇洧间④，还戏上宫阁⑤。
早蒲时结阴⑥，晚篁初解箨⑦。
蔼蔼雾满闺⑧，融融景盈幕。

乳燕逐草虫⑨，巢蜂拾花萼。
是节最暄妍⑩，佳服又新烁⑪。
敛叹对回途⑫，扬歌弄场藿⑬。
抽琴试仿思，荐佩果成托⑭。
承君郢中美⑮，服义久心诺。
卫风古愉艳，郑俗旧浮薄⑯。
虚愿悲渡湘，空赋笑瀍洛⑰。
盛明难重来⑱，渊意为谁涸⑲？
君其且调弦，桂酒妾行酌⑳。

【注释】

①这是一首乐府诗，拟的是《日出东南隅行》。从《诗经·鄘风·桑中》开始，采桑这种农业活动就和男女幽会的绮事发生了联系，后世更有"桑间濮上"的专词来代指此事。这首诗写暮春时节，一个女子在淇洧间采桑，春心感动而思念心上人，表达了她对爱情忠贞的信念。在诗的末尾也寄托了作者对世路的感慨和自己心中的不平。诗前半段明媚优美，后半段激愤深沉，风格似不统一。

②季春：暮春三月。

③蚕作：养蚕之类的活。

④淇洧（wěi）：淇水和洧水，都在今河南境内。《诗经》中《鄘风·桑中》及《郑风·溱洧》两篇分别跟淇水、洧水有关，都是写爱情的诗，因此这里"淇洧"也是在为下文写女子的思念作烘托。

⑤上宫：指男女约会的地点。《诗经·鄘风·桑中》："期我乎桑中，要我乎上宫。"

⑥早蒲时结阴：早生的蒲草这时已成荫。早蒲，初生的蒲。结荫，成荫。

⑦晚篁（huáng）初解箨（tuò）：晚生的竹子才破笋壳。篁，竹。箨，《诗经》毛传解释为落叶。后来有笋壳的意思。

⑧蔼蔼：云雾弥漫貌。

⑨草虫：泛指草木间的昆虫。

⑩暄妍：晴朗明媚。

⑪新烁：崭新夺目。

⑫回途：曲折的长路。

⑬场藿：豆叶。《诗经·小雅·白驹》："皎皎白驹，食我场藿。"原意指延致贤者，这里借指对心上人的思念，想吸引他来。

⑭抽琴试伫思，荐佩果成托：试着弹琴表达辗转的思念，果然提出了解佩的请求。抽琴，即弹琴。伫思，久远缠绵的思念。荐佩，用郑交甫逢江妃二女事。详见本书第122页。

⑮郢中：代指歌曲。宋玉《对楚王问》："客有歌于郢中者，其始曰《下里巴人》，国中属而和者数千人。"

⑯卫风古愉艳，郑俗旧浮薄：指毛传里提出的郑卫风俗轻薄淫邪的观念。

⑰虚愿悲渡湘，空赋笑澶（chán）洛：用娥皇女英沉

于湘水与曹植作《洛神赋》事，似是来强调爱的坚贞。瀍，洛水之流。

⑱盛明：昌盛。

⑲涸（hé）：干。

⑳桂酒：用玉桂浸制的美酒。

拟古①

河畔草未黄，胡雁已矫翼②。

秋蛩扶户吟③，寒妇晨夜织。

去岁征人还，流传旧相识④。

闻君上陇时，东望久叹息⑤。

宿昔衣带改，旦暮异容色⑥。

念此忧如何，夜长忧向多⑦。

明镜尘匣中，宝瑟生网罗。

【注释】

①这首诗是鲍照八首《拟古》组诗中的第七首。内容仍是思妇征人的老传统。开头通过物候来点明是深秋时节，接下来写思妇从还戍回来的人那里的所闻。后半段转入思妇的憔悴自伤。整首诗笔调悲凉，引人感伤。

②矫翼：展翅。

③秋蛩（qióng）：蟋蟀。

④去岁征人还，流传旧相识：远征的人返回故里，原来是你的老朋友。

⑤闻君上陇时，东望久叹息：谓思妇从丈夫的战友那里听来消息，听说丈夫也时常向东望着家乡，表示丈夫对妇人的思念。陇，地名，在今甘肃。

⑥宿昔衣带改，旦暮异容色：谓短短时间内，妇人都会变瘦和苍老。

⑦向：近，这里是渐渐的意思。

⑧明镜尘匣中，宝瑟生网罗：谓思妇无心梳妆、弹琴，因为思念的人不在，没有欣赏她的人。网罗，谓蛛网。

赠故人① 二首

寒灰灭更燃，夕华晨更鲜。

春冰虽暂解，冬冰复还坚。

佳人舍我去②，赏爱长绝缘③。

欢至不留时④，每感辄伤年。

【注释】

①这首诗是鲍照《赠故人》组诗之二首，组诗原有六首，《玉台新咏》所选为第二首与第五首。前者表达了作者对于和友人聚少离多的不舍与伤感。开头四句用比兴的手法，表示和友人短暂相逢之后，又要长别。五六句直接写别离。末两句是抒发感慨。全诗语言浅白。后者用干将莫邪以及雷焕得双剑的典故，来形容和友人的深情。全诗用典而不拘泥于典，将两个同一母题的典故融合运用，使全诗瑰丽奇诡，气韵动人。

②佳人：指友人。

③赏爱：赏识亲爱。

④留时：即长时间，久。

　　双剑将别离，先在匣中鸣①。
　　烟雨交将夕，从此遂分形。
　　雌沉吴江水，雄飞入楚城②。
　　吴江深无底，楚城有崇扃③。
　　一为天地别，岂直阻幽明④。
　　神物终不隔，干祀傥还并⑥。

【注释】

①双剑将别离，先在匣中鸣：这里用了汉刘向《列士传》中干将莫邪的典故。莫邪干将为楚王铸剑，三年才铸成一雄一雌两柄剑。楚王因此生气，想要杀掉莫邪。莫邪就只把雌剑献出去，雄剑藏在家里。雄剑因与雌剑分离，在匣中鸣叫不已。

②雌沉吴江里，雄飞入楚城：用《晋书·张华传》里双剑的典故。在晋初有个叫雷焕的人，精通星象，他对张华说，在斗宿和牛宿间，常有紫气，这是宝剑的精气冲达于天。斗牛间在下界对应区域在丰城（今江西南昌），于是张华派雷焕为丰城令。雷焕到任后，果然从地下掘出两把剑，一名"龙泉"，一名"太阿"。他赠了一把给张华，自己佩一把。张华得剑后，写信给雷焕说："我看了剑的纹路，这是

干将，莫邪怎么不来呢？虽然是宝物，但最后还是要双剑合璧的。”后来张华因为政事被杀，剑就不知道去哪里了。雷焕过世以后，他的儿子雷华有一次拿着他的剑过延平津，剑忽然自动出鞘，跃入水中，使人去打捞，但见两条数丈长龙盘绕着，身上还有纹路，这个人惧怕，就逃回来了，从此剑就不知所踪了。

③崇扃（jiōng）：高的城门。

④幽明：即阴阳。

⑤千祀：千年。

吴迈远

吴迈远（？—474），南朝宋诗人，性狂傲，好为篇章，作诗每有得意语，辄掷地呼曰：“曹子建何足数哉！”《隋书》著录有《吴迈远集》一卷，已佚。所作乐府诗多为男女赠答之辞，风格清新婉丽。

阳春曲①

百里望咸阳②，知是帝京域。
绿树摇云光，春城起风色。
佳人爱景华③，流靡园塘侧④。
妍姿艳月映，罗衣飘蝉翼⑤。
宋玉歌阳春，巴人长叹息。
雅郑不同赏⑥，那令君怆恻。
生平重爱惠，私自怜何极⑦。

【注释】

①这是一首乐府诗，写的是闺中思妇遥望帝京，心知
丈夫已另结新欢，悲伤的情绪难以排遣。诗人以被
弃的思妇自比，寄托了才学无人赏识的自伤心境。
清陈祚明《采菽堂古诗选》评曰："沦落之感，用意
缠绵。"

②咸阳：秦朝都城，这里借指大都市。

③景华：日光。

④流靡：极度华美。

⑤蝉翼：蝉的翅膀，形容极薄。

⑥雅郑：正声与淫声。

⑦生平重爱惠，私自怜何极：谓平生最看重丈夫的恩
爱，如今失去，自怜不已。《楚辞·九辩》："私自怜
兮何极。"何极，谓没有穷尽。

长别离①

生离不可闻，况复长相思。
如何与君别，当我盛年时。
蕙华每摇荡②，妾心空自持。
荣乏草木欢，瘁极霜露悲③。
富贵身难老，贫贱颜易衰。
持此断君肠，君亦宜自疑④。
淮阴有逸将⑤，折翮谢翻飞⑥。
楚亦扛鼎士⑦，出门不得归。
正为隆准公⑧，仗剑入紫微⑨。

君才定何如？白日下争晖⑩。

【注释】

①这是一首乐府诗，写的是正当盛年而与丈夫长别离的思妇，感物伤怀，难以自持，不免劝诫丈夫：如韩信、项羽一般的英杰尚且为他人所算计，不得善终，你的才华定不如他们，何不就结束游宦生涯早日归家呢？

②蕙华：即兰花。

③荣乏草木欢，瘁极霜露悲：谓春天草木发芽时，并不感到欢欣，秋天霜露降下，则更感到伤悲。

④自疑：审视自己。

⑤淮阴有逸将：指淮阴侯韩信。逸将，杰出的将领。

⑥折翮谢翻飞：以鸟折翼比喻韩信最终为刘邦杀害。

⑦扛（gāng）鼎士：指项羽。《史记·项羽本纪》："籍长八尺余，力能扛鼎。"

⑧隆准公：指汉高祖刘邦。《史记·高祖本纪》："高祖为人，隆准而龙颜。"隆准，高鼻梁。

⑨入紫微：指登帝位。紫微，星名，帝王所居。

⑩白日下争晖：与白日争光，谓定不能相比。

长相思①

晨有行路客，依依造门端。

人马风尘色，知从河塞还②。

时我有同栖③，结宦游邯郸。

将不异客子，分饥复共寒。
烦君尺帛书，寸心从此殚^④。
遣妾长憔悴，岂复歌笑颜。
檐隐千霜树^⑤，庭枯十载兰。
经春不举袖^⑥，秋落宁复看。
一见愿道意，君门已九关^⑦。
虞卿弃相印^⑧，担簦为同欢^⑨。
闺阴欲早霜，何事空盘桓^⑩？

【注释】

①这是一首乐府诗，写的是闺中思妇托远行客捎信给
　自己宦游在外的丈夫，劝他早日还家，不要让年华
　空自蹉跎。

②河塞：黄河流经的北方边塞。

③同栖：同宿者，指丈夫。

④殚（dān）：尽。

⑤千霜：千年。

⑥举袖：谓抬手摘花。

⑦君门已九关：谓君王所在关锁重重，不得近前。《楚
　辞·九辩》："君之门以九重。"

⑧虞卿：战国时著名辩士，曾受赵孝王重用，后因拯
　救魏齐的缘故，辞官离开赵国。

⑨担簦（dēng）：背着伞，这里指奔走归家。

⑩盘桓：在外徘徊，留滞不归。

鲍令晖

鲍令晖，生卒年不详，东海（今山东郯城）人，南朝宋女诗人，鲍照之妹。诗才卓绝，诗风清新，善作拟古诗，南朝梁钟嵘《诗品》谓其诗"崭绝清巧"。有《香茗赋集》，已佚。今存诗七首。

古意赠今人①

寒乡无异服，衣毡代文练②。
日月望君归，年年不解绽③。
荆扬春早和④，幽冀犹霜霰⑤。
北寒妾已知，南心君不见⑥。
谁为道辛苦，寄情双飞燕。
形迫杼煎丝⑦，颜落风催电⑧。
容华一朝尽，惟余心不变。

【注释】

①这首诗是闺中思妇写给北方游宦的丈夫的。女子日夕惦念丈夫身处苦寒之地，以致容颜早衰，中心憔悴，只能托春来北飞的燕子寄去自己的相思之情，表明自己坚贞的心意。

②文练：有文彩的丝织品，这里指精美的华服。

③解绽（yán）：松懈。

④荆扬：荆州与扬州的并称，泛指南方。

⑤幽冀犹霜霰（xiàn）：北方犹然霜雪连绵。幽冀，幽州与冀州的并称，泛指北方。霰，小冰粒。

⑥南心：谓身在南方的妻子思念丈夫的苦心。

⑦形迫杼煎丝：身形憔悴得如同梭子在丝间穿行，不得休息。

⑧颜落风催电：容颜衰老，如同风雷之速。

王融

王融（466—493），字元长，琅琊临沂（今山东临沂）人。南朝齐诗人。王僧达之孙。少颖慧，博涉群书，有文才。上书求自试，迁至秘书丞，官至中书郎。后入竟陵王萧子良幕，任宁朔将军。因扶助子良争帝位未成，被赐死。诗歌讲究音韵辞藻，而不失壮气。《隋书·经籍志》著录有《王融集》十卷，已佚。明人张溥辑有《王宁朔集》。

咏琵琶①
抱月如可明②，怀风殊复清③。
丝中传意绪，花里寄春情。
掩抑有奇态，凄怆多好声④。
芳袖幸时拂，龙门空自生⑤。

【注释】

①这是一首咏物诗，吟咏的对象是当时常用的乐器琵琶，涉及外在形态、乐音曲调、所传达的情绪等多个方面。全诗连用三个对偶句，声韵和谐，抑扬有致，体现了当时诗歌形式的新变。

②抱月：形容琵琶形状圆润，弹奏时如同怀抱明月。

③怀风殊复清：形容琵琶的乐音清越，从怀抱中传出，犹胜于清风拂过。

④凄怆：凄凉悲伤。

⑤芳袖幸时拂，龙门空自生：希望琵琶女能常常弹弄它，不然造琴的龙门桐就白白生长了。芳袖，女子的衣袖，指代琵琶女。龙门，山名，在今山西境内，旧说龙门之桐可以为琴瑟。

巫山高①

想象巫山高，薄暮阳台曲②。
烟霞乍舒卷，蘅芳时断续③。
彼美如可期④，寤言纷在瞩⑤。
怃然坐相思⑥，秋风下庭绿⑦。

【注释】

①这是一首乐府诗，属鼓吹曲辞，咏巫山神女事。唐吴兢《乐府古题要解》谓："（巫山高）大略言江淮水深，无梁可度，临水远望，思归而已。若齐王融'想像巫山高'，……杂以阳台神女之事，无复远望思归之意也。"前四句写巫山缥缈如仙境般的景色，后四句写云雨梦醒之后，似真似幻，若有所失的情绪。以"秋风下庭绿"作结，营造出一种凄凉的意境，给人以缠绵不尽之感。

②想象巫山高，薄暮阳台曲：仿佛是在高峻的巫山之间，薄暮时分，幽曲的阳台之侧。想象，隐约。巫

山、阳台，乃楚襄王梦见神女之处。战国楚宋玉《高唐赋》序："昔者先王尝游高唐，怠而昼寝。梦见一妇人，曰：'妾巫山之女也，为高唐之客。闻君游高唐，愿荐枕席。'王因幸之。去而辞曰：'妾在巫山之阳，高丘之阻，旦为朝云，暮为行雨，朝朝暮暮，阳台之下。'旦朝视之，如言，故为之立庙，号曰朝云。"

③蘅（héng）芳：香草的芬芳。

④彼美：谓梦中神女。

⑤瘭言纷在瞩：谓不寐而瞩望不已。

⑥怃（wǔ）然：失意的样子。

⑦庭绿：庭中绿叶。

谢朓

谢朓（464—499），字玄晖，陈郡阳下（今河南太康）人。南朝齐诗人。以曾任宣城太守，后世称为谢宣城。因被卷入政变中，不肯与始安王遥光合作，于齐东昏侯永元元年（499）被害，年仅三十六岁。谢朓的诗风格秀丽，音节谐调，《南齐书》本传称他"文章清丽"。他的诗突破了谢灵运等人"玄言诗"风格的范围，与沈约等人开出了新的诗体，即"永明体"，对后世诗人影响巨大。《隋书·经籍志》著录《谢朓集》十二卷，《谢朓逸集》一卷，均佚。明人辑有《谢宣城集》。

同王主簿怨情①

掖庭聘绝国，长门失欢谦②。

相逢咏蘼芜，辞宠悲团扇③。
花丛乱数蝶，风帘入双燕④。
徒使春带赊⑤，坐惜红颜变。
平生一顾重，夙昔千金贱⑥。
故人心尚永，故心人不见⑦。

【注释】

①这首诗是与王季哲的酬和之作。写一个宫廷女子失
宠后的幽怨之情，似有作者的寄托在里面。全诗风
格柔丽哀婉，意味悠长。清何焯谓此诗"渐入纤
靡，而风致自妙"。

②掖庭聘绝国，长门失欢谦（yàn）：以王昭君之远
嫁，陈阿娇之被弃，比拟自己的失宠。掖庭，帝王
内眷居处。绝国，极远之国。长门，汉宫名，陈皇
后失宠后居住的地方。汉司马相如《长门赋》序：
"孝武皇帝陈皇后时得幸，颇妒，别在长门宫，愁
闷悲思。闻蜀郡成都司马相如天下工为文，奉黄金
百斤，为相如、文君取酒，因为解悲愁之辞。而相
如为文以悟主上，陈皇后复得亲幸。"欢谦，即"欢
宴"。

③相逢咏蘼（mí）芜，辞宠悲团扇：以古诗中采蘼芜
的弃妇、咏团扇的班婕妤比拟自己的失宠。

④花丛乱数蝶，风帘入双燕：写燕、蝶有伴，反衬人
的孤寂无聊。

⑤春带赊：衣带变长，谓女子形容瘦损。

⑥平生一顾重，凤昔千金贱：谓从前的宠爱，达到了一顾千金的地步。汉刘向《列女传·楚成郑瞀》："郑瞀者，郑女之嬴媵，楚成王之夫人也。初，成王登台，临后宫，宫人皆倾观，子瞀直行不顾，徐步不变，王曰：'行者顾。'子瞀不顾。王曰：'顾，吾以女为夫人。'子瞀复不顾。王曰：'顾，吾又与女千金，而封若父兄。'子瞀遂一顾。"凤昔，从前。

⑦故人心尚永，故心人不见：这两句是说，我的心还像从前一样，而从前对我情深的人却不见了。故人，指女子自己。故心人，即心意不变如初的人。

秋夜①

秋夜促织鸣，南邻捣衣急。
思君隔九重②，夜夜空伫立。
北窗轻幔垂③，西户月光入。
何知白露下④，坐视前阶湿。
谁能长分居，秋尽冬复及？

【注释】

①这首诗仍不出思妇征人的传统范围，从"九重"等词可以看出，有作者自己不遇的感伤寄托在诗里。全诗笔调清冷。清张玉穀《古诗赏析》谓："'何知'十字，赋物最工。"

②九重：指宫门。《楚辞·招魂》中即有"虎豹九关"

的句子，九关即九重，意思是宫门由虎豹一般的凶恶之人把守，贤者不得入。这句明显寄寓作者的怀抱。

③幔：帘幕。

④白露：秋露。

离夜诗①

玉绳隐高树②，斜汉映层台③。

离堂华烛尽④，别幌清琴哀⑤。

翻潮尚知恨，客思眇难裁⑥。

山川不可尽，况乃故人杯⑦。

【注释】

①这是一首抒发与故人分别时伤感的诗。清方东树《昭昧詹言》谓此诗"章法宏放，纵荡汪洋"。

②玉绳：星宿名。这里泛指夜星。

③斜汉：秋天时银河会往天西南偏斜，所以叫"斜汉"。汉，银河。

④离堂：饯别的厅堂。

⑤别幌：别离时的帐幔。"幌"与上句"堂"本无所谓离别，这里是赋予了事物以人的情绪。

⑥翻潮尚知恨，客思眇难裁：谓翻涌的潮水尚且知道愁恨，离人的思绪就更辽远不可排遣。裁，减少。这里似可解为排遣。

⑦山川不可尽，况乃故人杯：谓分别后，山川阻隔，不可尽数，再不能与故人举杯同乐。

鲍照

作者简介见本书第 179 页。

朗月行①

朗月出东山，照我绮窗前。
窗中多佳人，被服妖且妍。
靓妆坐帷里②，当户弄清弦。
鬋夺卫女迅③，体绝飞燕先④。
为君歌一曲，当作朗月篇。
酒至颜自解⑤，声和心亦宣⑥。
千金何足重，所存意气间⑦。

【注释】

①这是一首乐府诗，属杂曲歌辞。此诗写众佳人为一
男子对清空朗月而歌，写出了男子的快意自适。

②靓妆：粉白黛黑。

③鬋夺卫女迅：此处用卫子夫的典故。宋李昉等《太
平御览》引《史记》佚文说汉武帝看见卫子夫解散
头发来，很喜欢她的鬋发，就立她做了皇后。

④体绝飞燕先：身材轻盈超过了赵飞燕。传说赵飞燕
善舞，身轻如燕。绝，超过。

⑤颜自解：即和颜。

⑥宣：疏散。

⑦意气：快意。

东门行①

伤禽恶弦惊②，倦客恶离声。

离声断客情，宾御皆涕零③。

涕零心断绝④，将去复还诀⑤。

一息不相知，何况异乡别⑥。

遥遥征驾远，杳杳白日晚。

居人掩闺卧，行子夜中饭。

野风吹秋木，行子心肠断。

食梅常苦酸，衣葛常苦寒⑦。

丝竹徒满座，忧人不解颜。

长歌欲自慰，弥起长恨端⑧。

【注释】

①这首诗写游子去乡为客的凄苦心境。前半部分写与友人作别的情景，后半部分写别后自己的愁绪。清王夫之《古诗评选》谓此诗："空中布意，不堕一解。而往复萦回，兴比宾主，历历不昧。虽声情爽艳，疑于豪宕，乃以视《青青河畔草》，亦相去无三十里矣。"

②伤禽恶弦惊：用了《战国策·楚策》中的典故。这个故事是说一个叫更羸的人，用空弓为魏王射下一只雁。他对魏王说：雁本来就有伤，飞得很慢，失群已经很久了。听到弓声，以为又有箭来射它，就哀鸣高飞，加剧了旧伤，而落下来了。这里是指在异乡和友人告别，引发了游子离乡时的悲情。

③宾御：送别的人与驾车的人。

④断绝：形容心情极端悲伤。

⑤诀：将远离而告别。

⑥一息不相知，何况异乡别：谓一下子不通消息都受不了，何况这次是要远赴他乡。一息，片刻。不相知，即不知彼此的情况。

⑦食梅常苦酸，衣葛常苦寒：写吃和穿都不好，抒发客中凄苦。葛，单衣。

⑧弥：更。

卷五

江淹

江淹（444—505），字文通，宋州济阳考城（今河南商丘）人。少孤贫，不事章句之学，善属文，历仕南朝宋、齐、梁三代。谥宪伯。其抒情小赋成就较高，较著名者有《恨赋》《别赋》。其诗辞宏旨永，善于拟古。晚年才思减退，有"江郎才尽"之说。《隋书·经籍志》著录有《江淹集》九卷，《江淹后集》十卷。《四部丛刊》影印有明翻宋本《江文通集》十卷。

古离别①

远与君别者，乃至雁门关②。
黄云蔽千里③，游子何时还？
送君如昨日，檐前露已团④。

不惜蕙草晚，所悲道里寒⑤。
君子在天涯，妾心久别离。
愿一见颜色，不异琼树枝⑥。
菟丝及水萍，所寄终不移⑦。

【注释】

①这是江淹《杂诗》三十首中的第一首，是一首乐府
　诗，属杂曲歌辞。这首诗写的是思妇悲秋的情绪，
　表达了深切的思念与坚贞不渝的决心。

②雁门关：长城的重要关口，在今山西代县。

③黄云：黄沙。

④露已团：露水结成团，谓已至深秋。《诗经·郑
　风·野有蔓草》："野有蔓草，零露浥兮。"

⑤道里：路途中。

⑥愿一见颜色，不异琼树枝：谓见一面即如仙树般可以
　解忧。汉李陵《别诗》："思得琼树枝，以解长渴饥。"

⑦菟丝及水萍，所寄终不移：谓将如菟丝附松柏、飘
　萍依水般永远依恋丈夫。

张司空离情①

秋月映帘栊，悬光入丹墀②。
佳人抚鸣琴，清夜守空帷。
兰径少行迹③，玉台生网丝④。
夜树发红彩，闺草含碧滋⑤。
罗绮为君整，万里赠所思。

愿垂《湛露》惠⑥，信我皎日期⑦。

【注释】

①这是《杂诗》三十首中的第十首，拟的是张华《情诗》，写月夜佳人抚琴，以寄托对爱人的思念。

②丹墀（chí）：漆成红色的台阶。

③兰径：两旁种植兰草的小路。

④玉台：镜台。

⑤碧滋：绿色的光泽。

⑥《湛露》：《诗经·小雅》中的一篇，这里比喻爱人的恩泽。

⑦皎日：指白日以为誓。

丘迟

丘迟（464—508），字希范，吴兴乌程（今浙江湖州）人。南齐时，官至殿中郎、车骑录事参军。入梁后，任中书郎、司空从事中郎，出为永嘉太守。其文代表性的有《与陈伯之书》，其中"暮春三月，江南草长，杂花生树，群莺乱飞"等句，向为人所称颂。存诗十一首，南朝梁钟嵘《诗品》谓"点缀映媚，似落花依草"。《隋书·经籍志》著录有《丘迟集》十卷，已佚。明人张溥辑有《丘司空集》。

答徐侍中为人赠妇①

丈夫吐然诺，受命本遗家。

糟糠且弃置②，蓬首乱如麻③。

侧闻洛阳客④，金盖翼高车。
谒帝时来下，光景不可奢⑤。
幽房一洞启，二八尽芳华⑥。
罗裾有长短，翠鬓无低斜。
长眉横玉脸，皓腕卷轻纱。
俱看依井蝶⑦，共取落檐花⑧。
何言征戍苦？抱膝空咨嗟。

【注释】

①徐侍中名徐勉，这首诗是对徐勉诗的和作。这是一首弃妇诗，写丈夫远游，另有佳人在侧，空留弃妇在家中抱膝长叹。全诗采取对比的手法，烘托出了炎凉异势的悲戚感。

②糟糠：酒糟、米糠的并称，比喻废弃之物。这里指被弃的妻子。

③蓬首乱如麻：蓬乱的头发如同乱麻一般。《诗经·卫风·伯兮》："自伯之东，首如飞蓬。"

④洛阳客：这里指丈夫。

⑤不可奢：为"不可不奢"之意。

⑥二八：谓十六岁。

⑦井：指井栏。

⑧落檐花：从檐下飘落的花。

沈约

沈约（441—513），字修文，吴兴武康（今浙江湖州）

人。约出身簪缨世族，其父以事被诛，故约自幼孤贫。然好学不倦，博极群书，历仕宋、齐、梁三代，撰有《晋书》、《宋书》等史学著作，诗文不惟有名于当时，且流传久远，与谢朓等人一并被认为是"永明体"的代表诗人。南朝梁钟嵘在《诗品》中评价沈诗有"长于清怨"的特色。《隋书·经籍志》有《沈约集》一百一卷。明人张溥辑有《沈隐侯集》。

登高望春①

登高眺京洛，街巷何纷纷②。

回首望长安，城阙郁盘桓③。

日出照钿黛④，风过动罗纨。

齐僮蹑朱履⑤，赵女扬翠翰⑥。

春风摇杂树，葳蕤绿且丹。

宝瑟玫瑰柱⑦，金羁玳瑁鞍⑧。

淹留宿下蔡，置酒过上兰⑨。

解眉还复敛⑩，方知巧笑难。

佳期空靡靡⑪，含睇未成欢⑫。

嘉客不可见，因君寄长叹。

【注释】

①这首诗写的是闺中思妇登高眺望丈夫所在的京洛繁华之地，想象丈夫身边珠围翠绕，而自己独守空闺，会面难期，与吴迈远《阳春曲》主旨相似。

②纷纷：众多貌。

③郁盘桓：广大貌。晋陆机《拟〈青青陵上柏〉》："名都一何绮，城阙郁盘桓。"

④钿黛：花钿与螺黛的并称。

⑤齐僮：齐地的娇童。

⑥赵女：赵地的美女。

⑦玫瑰：美玉。

⑧金羁：指马。

⑨上兰：本为后宫养蚕之所，这里指女子居住的宫苑。《汉书·元后传》颜师古注："上兰，馆名也，在上林中。"

⑩解眉：舒展眉头。

⑪靡靡：迟缓貌。

⑫含睇：含情地凝望。《楚辞·九歌·山鬼》："既含睇兮又宜笑，子慕予兮善窈窕。"

携手曲①

舍辔下雕辂②，更衣奉玉床。
斜簪映秋水③，开镜比春妆。
所畏红颜促，君恩不可长。
鹝冠且容裔④，岂吝桂枝亡⑤？

【注释】

①这是一首乐府诗，为沈约自制，属杂曲歌辞。此诗写一美人的忧愁，题材是老题材，然作者遣词华美，醒人眼目。

②辂（lù）：大车。

③秋水：指美人的眼睛。

④鵕（jùn）冠且容裔：谓功成名就，得意洋洋。汉代
把锦鸡的羽毛插在帽子上作装饰，这种帽子即为鵕
冠，是官服的头饰。这里代指功名。容裔，随风飘
动貌。

⑤岂吝桂枝亡：用《汉书·外戚传》典故。据说李夫
人死后，汉武帝为她作诗"秋气憯以凄泪兮，桂枝
落而销亡"。这最后两句是站在男子的角度，顺承
上文"君恩不可长"来说，说男人得到功名、春风
得意时，是不会吝惜女子的销亡的，即会抛弃女子。

有所思①

西征登陇首②，东望不见家。
关树抽紫叶③，塞草发青芽。
昆明当欲满④，葡萄应作花⑤。
流泪对汉使，因书寄狭邪⑥。

【注释】

①《有所思》是汉乐府题，沈约借用此题，然主旨与
旧题没有关系。此诗写的是征人思念家乡的亲人。
全诗用白描写出，结尾点出主题，语言简净含蓄，
寓情于景，然情感深沉感人，是一首佳作。

②陇首：即陇山之首。陇山，于今陕西、甘肃、宁夏
三省交界区。

③关树：关塞上的树木。

④昆明：指昆明池。汉武帝于长安内使人力掘凿而成，欲士兵习水战。

⑤葡萄：原为西域水果，汉代名将李广利破大宛国而携回长安。

⑥狭邪：窄巷子。这里指征人的家。

夜夜曲①

河汉纵且横②，北斗横复直。
星汉空如此，宁知心有忆③。
孤灯暖不明④，寒机晓犹织。
零泪向谁道？鸡鸣徒叹息。

【注释】

①这是一首乐府诗，为沈约自制，属杂曲歌辞。此诗写思妇长夜不寐、思念丈夫的情境。语言节奏感强，风格清怨。

②河汉：银河。

③宁：怎。

④暖：昏暗貌。

六忆诗①

忆来时，的的上阶墀②。
勤勤叙离别③，慊慊道相思。
相看常不足④，相见乃忘饥。

【注释】

①这是一组乐府诗，原为六首，今仅存四首，属杂曲歌辞。写的是男子回忆与情人久别重逢时互道款曲的情景，以及情人起居坐卧的种种情态。后人多有仿作。

②的的：鲜明貌。

③勤勤：殷勤貌。

④相看常不足：两人对望，总是看不够。

忆坐时，点点罗帐前①。

或歌四五曲，或弄两三弦。

笑时应无比，嗔时更可怜②。

【注释】

①点点：小心的样子。

②嗔（chēn）：生气。

忆食时，临盘动容色。

欲坐复羞坐，欲食复羞食。

含哺如不饥①，擎瓯似无力②。

【注释】

①含哺：含着食物而不咽下去。

②瓯（ōu）：小盆一类的食器。

忆眠时，人眠强未眠。

解罗不待劝①，就枕更须牵。

复恐傍人见，娇羞在烛前。

古意①

挟瑟丛台下②，徙倚爱容光。

伫立日已暮，戚戚苦人肠。

露葵已堪摘③，淇水未沾裳④。

锦衾无独暖，罗衣空自香。

明月虽外照，宁知心内伤⑤？

【注释】

①这是一首宫怨诗，写从日暮到中夜，宫中女子面对
满目玩好却无心独赏的孤寂心情。清王夫之《古诗
评选》谓此诗末句有"生人之气"。

②丛台：赵国古台名，因数台相连，故称。

③露葵已堪摘：谓我如倾心向日的葵菜，已经可以采
摘。古农谚有"触露不掐葵，日中不剪韭"之语。
葵，即葵菜。

④淇水未沾裳：谓君主的车驾还未到来。《诗经·卫
风·氓》："淇水汤汤，渐车帷裳。"

⑤明月虽外照，宁知心内伤：谓明月朗照，仿佛能洞

烛一切，然而它又焉知我内心的悲伤呢？这里以明月喻君主。

梦见美人①

夜闻长叹息，知君心有忆。
果自阊阖开②，魂交睹颜色③。
既荐巫山枕④，又奉齐眉食⑤。
立望复横陈⑥，忽觉非在侧。
那知神伤者，潺湲泪沾臆⑦。

【注释】

①这首诗写男子思念情人，以至于魂梦颠倒。开篇写男子恍惚听到意中人的长叹声，便觉得她也在思念着自己，由此入梦，终于能一睹芳容，同餐同卧，才有"觉来知是梦，不胜悲"的感慨。

②阊阖：宫门。

③魂交：梦中魂魄相交。

④巫山枕：用楚襄王梦巫山神女事。详见本书第198页《巫山高》篇注释。

⑤齐眉食：谓女子为丈夫恭敬献食，举案齐眉。《后汉书·梁鸿传》："（鸿）为人赁舂，每归，妻为具食，不敢于鸿前仰视，举案齐眉。"

⑥横陈：横卧。

⑦臆：胸膛。

悼往①

去秋三五月，今秋还照梁。

今春兰蕙草，来春复吐芳。

悲哉人道异②，一谢永销亡③。

帘屏既毁撤④，帷席更施张⑤。

游尘掩虚座⑥，孤帐覆空床。

万事无不尽，徒令存者伤。

【注释】

①这是一首悼亡诗。自潘岳作《悼亡诗》悼念亡妻以来，《悼亡》已成专名，这首诗似也为亡妻而作。开篇写月恒处，草复芳，而人道独异，一去不返。随后写妻子生前使用的物品也或毁弃、或闲置，身边万事，仿佛皆因妻子逝去而顿失光彩，空留诗人独自感伤。全诗赋比兼用，情调哀婉。

②人道：人的生命规律。

③谢：衰败。这里指谢世。

④帘屏既毁撤：一作"屏筵空有设"。毁撤，除下。

⑤施张：铺陈。这里指换用新的一套。

⑥游尘：浮尘。

柳恽

柳恽（465—517），字文畅，河东解州（今山西运城）人。好学，有诗名，善弹琴、射箭、弈棋，精医术。初仕南齐，入梁后，为散骑常侍、仁武将军等职，出为吴兴太守，为政清静。卒赠侍中。其诗音调浏亮婉转，颇具古韵，无纤靡之习。有集十二卷，已佚。今存诗十八首。

度关山^①

少长倡家女^②，出入燕南陲^③。
惟持德自美，本以容见知。
旧闻关山远，何事总金羁^④。
妾心日已乱，秋风鸣细枝。

【注释】

①这首诗是《玉台新咏》中题为《鼓吹曲二首》中的一首。这是一首乐府诗，属相和歌辞相和曲。唐吴兢《乐府古题要解》谓："曹魏乐奏武帝所赋'天地间，人为贵'，言人君当自勤劳，省方黜陟，省刑薄赋也。若梁戴暠云'昔听《陇头吟》，平居已流涕'，但叙征人行役之思焉。"此诗亦与行役有关，写倡家女以德容兼美而嫁得良人，不料良人辞家宦游，远渡关山，徒留女子独宿，方寸渐乱。
②少长：从小到大。
③燕南陲：燕地的南方边境。
④总金羁：系马。

长门怨^①

玉壶夜愔愔^②，应门重且深^③。
秋风动桂树，流月摇轻阴^④。

绮檐清露滴⑤，网户思虫吟⑥。
叹息下兰闺⑦，含愁奏雅琴。
何由鸣晓佩⑧，复得抱宵衾⑨。
无复金屋念⑩，岂照长门心⑪。

【注释】

①这是一首乐府诗，属相和歌辞楚调曲。此诗借汉武帝陈皇后故事写宫怨，前六句纯为秋景，后六句写女子弹琴排遣寂寞，感怀幽怨，彻夜不眠。

②愔愔（yīn）：幽深貌。

③应门：王宫的正门。

④轻阴：轻薄的树影。

⑤绮檐：雕饰华美的屋檐。

⑥网户：刻有网状花纹的门窗。

⑦兰闺：女子闺房。

⑧鸣晓佩：指后妃出行。汉刘向《列女传》："后妃进退，必鸣玉珮环。"

⑨抱宵衾：谓侍寝君王。《诗经·召南·小星》："肃肃宵征，抱衾与裯。"

⑩金屋念：谓君王专宠。《汉武故事》：帝以乙酉年七月七日旦生于猗兰殿。年四岁，立为胶东王。……数岁，公主抱置膝上，问曰："儿欲得妇不"？胶东王曰："欲得妇。"长主指左右长御百余人，皆云不用。末指其女问曰："阿娇好不？"于是乃笑对曰："好！若得阿娇作妇，当作金屋贮之也。"

⑪长门心：谓失宠女子望君之心。长门，阿娇失宠后所居之宫名。

江南曲①

汀洲采白蘋②，日落江南春。

洞庭有归客③，潇湘逢故人④。

故人何不返？春华复应晚⑤。

不道新知乐，只言行路远。

【注释】

①这是一首乐府诗，属相和歌辞相和曲。唐吴兢《乐府古题要解》谓：“《江南曲》古词云：‘江南可采莲，莲叶何田田。’又云：‘鱼戏莲叶东，鱼戏莲叶西，鱼戏莲叶南，鱼戏莲叶北。’盖美其芳晨丽景，嬉游得时。若梁简文‘桂楫晚应旋’，唯歌游戏也。”此诗写江南女子思念自己远在异乡的情人，感叹芳华渐晚，偶遇情人的知交归来，问起情人为何不归，对方只言路远，并不提起那人在他乡另有所欢的事。全诗格调清新，语出天然。

②白蘋(pín)：一种水生植物。

③洞庭：湖名，在今湖南。

④潇湘：潇、湘二水的并称，在今湖南。

⑤春华：这里借指女子的青春。

江洪

　　江洪，生卒年不详，济阳考城（今河南商丘）人。仕梁，为建阳令，坐事死。才思敏捷，与吴均齐名。南朝梁钟嵘《诗品》谓其诗"虽无多，然能自迥出"。《隋书·经籍志》著录有《江洪集》二卷。

咏蔷薇①

当户种蔷薇，枝叶太葳蕤。
不摇香已乱，无风花自飞。
春闺不能静，开匣对明妃②。
曲池浮采采③，斜岸列依依④。
或闻好音度⑤，时见衔泥归⑥。
且对清觞湛⑦，其余任是非⑧。

【注释】

①此诗一说为柳恽所作。这首诗借咏蔷薇而咏闺中佳人，写的是思妇春来飘荡难安的思绪。开篇写"种蔷薇"，便造出一"以我观物"之境；五六句则纯为人事，"明妃"为思妇自怜的印象，"不能静"三字画出其心绪动荡；七八句又转入状物，宕开一笔，随后写思妇见归燕鸣好音，人尚不如飞禽，唯有沉醉终日。全诗章法高妙，造语清丽。

②开匣对明妃：谓打开镜匣，端详自己如王昭君般美丽的姿容。明妃（约前52—约前15），名嫱，字昭君，西汉元帝时和亲于匈奴。古代四大美女之一，

有"落雁"之誉。晋代避司马昭之讳，改称"明君"，史称明妃。

③采采：盛多鲜明貌。

④依依：轻柔貌。

⑤好音：悦耳的鸟鸣。《诗经·鲁颂·泮水》："食我桑黮，怀我好音。"

⑥衔泥：指燕子。

⑦清觞：指薄酒。

⑧其余任是非：谓徒以饮酒为乐，麻痹自我，不问是非。

何逊

何逊（？—518），字仲言，东海郯（今山东郯城）人。逊出身世家，少有异才，官至尚书水部郎，世称"何水部"。诗风清冷，善写离愁别绪，与阴铿齐名。《隋书·经籍志》著录何逊的诗文集七卷，现无存。现存版本以明正德年间刻本为早。

轻薄篇①
城东美少年，重身轻万亿②。
柘弹随珠丸③，白马黄金勒。
长安九逵上④，青槐荫道植。
毂击晨已喧⑤，肩排暗不息⑥。
走狗通西望，牵牛亘南直⑦。
相期百戏傍⑧，去来三市侧⑨。
象床沓绣被⑩，玉盘传绮食⑪。

倡女掩扇歌，小妇开帘织。
相看独隐笑⑫，见人还敛色。
黄鹤悲故群，山枝咏新识⑬。
鸟飞过客尽，雀聚行龙匿⑭。
酌羽前厌厌⑮，此时欢未极⑯。

【注释】

①这是一首乐府诗，属杂曲歌辞。此诗写翩翩少年轻
　裘肥马的纨绔生活，笔调艳丽。

②重身：自矜身价。

③柘弹随珠丸：柘木做的弹弓，隋珠做的弹丸，谓少
　年的用品华贵。随珠，传说中隋侯所得的宝珠。汉
　刘安《淮南子·览冥训》："隋侯之珠，和氏之璧；
　得之者富，失之者贫。"高诱注："隋侯，汉东之国，
　姬姓诸侯也。隋侯见大蛇伤断，以药傅之。后蛇于
　江中，衔大珠以报之，因曰隋侯之珠。"

④逵：大道。

⑤毂（gǔ）击：即车互相碰撞，谓车马来往喧阗。

⑥肩排：肩并肩。

⑦走狗通西望，牵牛亘南直：这里用了《三辅黄图》
　典故，谓秦始皇在咸阳城内修桥，以象法牵牛星。
　走狗，指走狗台，在长安城内。牵牛，桥。

⑧百戏：杂技。

⑨三市：闹市。

⑩沓：重叠。

⑪绮食：精美的食物。

⑫隐笑：偷笑。

⑬黄鹤悲故群，山枝咏新识：上一句用汉刘向《列女传》的典故。说有人向一个年轻寡妇求爱，寡妇以黄鹤丧偶后不再求自比，以明坚贞。下一句用《越人歌》：“山有木兮木有枝，心悦君兮君不知。”

⑭行龙匿：谓天色将晚，行龙，指太阳。传说中太阳是乘由六条龙拖曳的车环行于天上。

⑮酌羽：酌酒。羽，指羽觞，酒杯。

⑯此时欢未极：谓意犹未尽。

闺怨①

晓河没高栋②，斜月半空庭。

窗中度落叶③，帘外隔飞萤。

含情下翠帐，掩涕闭金屏。

昔期今未反④，春草寒复青。

思君无转易，何异北辰星⑤。

【注释】

①这是一首乐府诗，属杂曲歌辞。此诗写女子思念心上人，将自己深锁于绣帐锦屏之中，在怨恨丈夫归期无定、年复一年的同时，坚守着如星辰般始终不渝的爱恋。

②晓河没高栋：清晨从高楼上看着银河渐渐消失。

③度落叶：形容叶落之慢。

④期：约定。

⑤北辰：北极星。旧时认为北极星的位置是不会变的。

王枢

王枢，生卒年无考，南朝梁时人。《玉台新咏》录其诗三首。

徐尚书座赋得可怜①

红莲披早露②，玉貌映朝霞。

飞燕啼妆罢③，顾插步摇花④。

溘匜金钿满⑤，参差绣领斜。

暮还垂瑶帐⑥，香灯照九华⑦。

【注释】

①这是一首咏美人诗，"赋得"是文人集会做诗命题时采取的一种方式。"可怜"似为筵席上的歌女名。诗中虚写容貌，实写妆饰，最后以环境之华美炫目，烘托美人的矜贵。

②红莲披早露：谓美人颜色娇媚，如红莲带露。

③啼妆：女子以粉涂饰眼下，状似泪痕，称为啼妆。

④步摇花：一种金珠制成的首饰，可随步履摇动。

⑤溘（kè）匜：满布貌。

⑥瑶帐：华美的帐子。

⑦九华：华烛。南朝沈约《伤美人赋》："拂螭云之高帐，陈九枝之华烛。"

庾丹

庾丹，生卒年不详，南朝梁诗人。曾任桂州刺史萧朗记室，以直谏，被诛。有诗名，今存诗两首。

夜梦还家①

归飞梦所忆，共子汲寒浆②。

铜瓶素丝绠③，绮井白银床④。

雀出丰茸树，虫飞玳瑁梁。

离人不相见，争忍对春光⑥。

【注释】

①这首诗写客子在外，梦见回家与妻子共同汲水，共看鸟虫飞舞的场景，醒来发觉依旧身在异乡，内心惨凄，不忍独对绚烂春光。该诗以细碎的生活片段，抒写了诗人眼中夫妻生活的温馨美好，与客中的孤凄对比，更见归心之切。

②汲寒浆：打井水。

③绠（gěng）：打水用的绳子。

④床：辘轳架。

⑤丰茸：草木繁茂貌。

⑥争：怎。

范云

范云（451—503），字彦龙，南乡舞阴（今河南泌阳）人。少颖慧，工诗。入南齐竟陵王萧子良幕中，为"竟陵八友"之一。曾出使北魏，入朝为零陵内史、散骑常侍、吏部尚书等职。天监二年（503）病卒，梁武帝亲往吊唁，谥曰"文"。范云为齐梁间文坛领袖，名高望重。尤工诗，南朝梁钟嵘《诗品》列为中品，称其诗"清便宛转，如流风回雪"，"浅于江淹而秀于任昉"。《隋书·经籍志》著录有集十一卷，已散佚。今存诗四十余首。

送别①

东风柳线长②，送郎上河梁③。

未尽樽前酒，妾泪已千行。

不愁书难寄，但恐鬓将霜④。

空怀白首约，江上早归航。

【注释】

①这是一首妻子赠别远行丈夫的诗。本应是携手欢游的暮春时节，妻子却要在河岸上与辞家远游的丈夫饯别；鸿雁往来，不可谓不便易，而青春韶光却不等人，因此不免殷勤嘱咐，只盼能早日望见归舟。全诗造语工丽，意境邈远。

②柳线：柳条。

③河梁：桥梁。汉李陵《与苏武》诗："携手上河梁，游子暮何之。"

④鬓将霜：谓两鬓斑白如染霜。

江淹

作者简介见本书第 204 页。

西洲曲①

忆梅下西洲，折梅寄江北②。

单衫杏子红③，双鬓鸦雏色④。

西洲在何处？两桨桥头渡。

日暮伯劳飞⑤，风吹乌桕树⑥。

树下即门前，门中露翠钿。

开门郎不至，出门采红莲⑦。

采莲南塘秋，莲花过人头。

低头弄莲子，莲子青如水。

置莲怀袖中⑧，莲心彻底红⑨。

忆郎郎不至，仰首望飞鸿⑩。

鸿飞满西洲⑪，望郎上青楼⑫。

楼高望不见，尽日栏干头。

栏干十二曲，垂手明如玉⑬。

卷帘天自高，海水摇空绿⑭。

海水梦悠悠⑮，君愁我亦愁。

南风知我意，吹梦到西洲⑯。

【注释】

①这首诗写一位女子一年四季对远方心上人的思念。

全诗用语精致明丽，音律协调，富于音乐美，代表

了江南民歌的最高艺术水平。明胡应麟《诗薮》谓

该诗"实绝句八章","每章首尾相衔,贯串为一。
体制甚新,语亦工绝"。明钟惺《古诗归》谓该诗:
"声情摇曳而纡回,不纤不碎。"

②忆梅下西洲,折梅寄江北:谓冬春之交,又是梅花
开的时节了,女子去西洲折梅,寄往心上人所在的
江北。下,往。

③杏子红:杏红色,黄中带红的颜色。

④鸦雏色:乌黑色。

⑤伯劳:鸟名,仲夏才会叫。古乐府《东飞伯劳歌》
有句云:"东飞伯劳西飞燕。"后来这种鸟也和情人
分离联系起来,这里也用了这一层意思。

⑥乌桕(jiù):一种落叶乔木。

⑦出门采红莲:表示时间已至盛夏。

⑧怀袖:怀抱。

⑨莲心彻底红:用莲心象征自己对心上人的心意。

⑩仰首望飞鸿:谓盼望心上人来信。古时鸿雁往往表
示音讯的传递。

⑪鸿飞满西洲:点明时间已经至于深秋。

⑫青楼:华美的高楼。

⑬垂手明如玉:谓女子双手洁白如玉。

⑭海水摇空绿:谓海水澄碧,映得天似乎也碧绿了。

⑮海水梦悠悠:谓看着无尽的江水,自己的梦也似乎
无穷无尽,相逢不知在何时。

⑯吹梦到西洲:谓如果江北往南吹的风,知道我思念
心上人的心意,请把他的梦吹到西洲来。也就是说

希望让他也梦见我的意思。这里含蓄地透露出女子的期盼和一丝忧虑。

沈约

作者简介见本书第 204 页。

秋夜①

月落宵向分②，紫烟郁氤氲③。

曀曀萤入雾④，离离雁出云⑤。

巴童暗理瑟⑥，汉女夜缝裙⑦。

新知乐如是，久要讵相闻⑧?

【注释】

①这是一首弃妇诗。此诗写女子深夜不寐，隐约听见情人与新欢正宴饮作乐，全然忘却旧恩。全诗融情入景，语意含蓄。

②宵向分：即"向宵分"，谓将近半夜。

③郁氤氲（yūn）：烟云笼罩的样子。

④曀曀（yì）：晦暗貌。《诗经·邶风·终风》："曀曀其阴，虺虺其雷。"

⑤离离：次序分明貌。

⑥巴童：巴蜀之地的娇童，善弦歌。

⑦汉女：汉水神女，即郑交甫所逢之女，谓偶然遇合的女子。

⑧久要讵相闻：谓之前相约的情人岂能再理会。要，

同"约"。讵，岂。

卷六

吴均

吴均（469—520），字叔庠，吴兴故鄣（今浙江安吉）人。少寒微，有文名。曾官吴兴主簿、奉朝请，因私撰《齐春秋》而被黜。后奉诏修《通史》，未成而卒。吴均文如《与朱元思书》、《与顾章书》，记浙中山水，文笔清迈，颇为后世所称。其诗格调清峻峭拔，颇具古气，时人效之，谓之"吴均体"。《隋书·经籍志》著录有集二十卷，已佚。明人张溥辑有《吴朝请集》。

与柳恽相赠答^① 二首
黄鹂飞上苑^②，绿芷出汀洲^③。
日映昆明水^④，春生鸬鹊楼^⑤。
飘颻白花舞^⑥，澜漫紫萍流^⑦。
书织回文锦^⑧，无因寄陇头^⑨。
思君甚琼树，不见方离忧^⑩。

【注释】

①这是一组组诗，原有六首，这里选第一首与第四首。两首诗仿照夫妇相赠答的口吻，表达了对久别之人的思念之情。组诗工于写景，情从景生，多用俳偶，杂以散句，文辞绮丽而不失古意。

②上苑：皇家园林。

③绿芷：一种香草。

④昆明：指昆明池。

⑤鸡（zhī）鹊楼：汉武帝时所建，在甘泉宫外。

⑥白花：谓柳絮。

⑦澜漫：杂乱貌。

⑧回文锦：织有回文诗的锦。前秦苏蕙将回环反复读来皆可成文的诗织于锦上，寄给丈夫。《晋书·列女传·窦滔妻苏氏》："窦滔妻苏氏，始平人也，名蕙，字若兰。善属文。滔，苻坚时为秦州刺史，被徙流沙，苏氏思之，织锦为回文旋图诗对赠滔。宛转循环以读之，词甚凄惋。"

⑨陇头：谓边塞之地。

⑩思君甚琼树，不见方离忧：谓对方仿佛能解忧的琼树枝，不见便忧愁重重。

白日隐城楼，劲风扫寒木。
离析隔东西①，执手异凉燠②。
相思咽不言，洞房清且肃③。
岁去甚流烟④，年来如转轴⑤。
别鹤千里飞，孤雌夜未宿⑥。

【注释】

①离析：离散，分离。

②燠（yù）：热。

③肃：寂静。

④流烟：流散的烟云，形容逝去之速。

⑤转轴：车轮。

⑥孤雌：孤栖的雌鸟。

采莲①

锦带杂花钿②，罗衣垂绿川③。

问子今何去，出采江南莲。

辽西三千里，欲寄无因缘④。

愿君早旋返⑤，及此荷花鲜⑥。

【注释】

①这首诗在《玉台新咏》中题为《拟古四首》之一。
此诗仍是思妇怀念征夫的旧题材，但作者写得秀丽
清新，全诗含蓄悠远，令人低回。前四句是写思妇
妆饰齐整，欲出采莲，后四句交代采莲因由，乃
欲寄与辽西征人，而终不得因缘，复由莲花联想
到自己的青春容颜，思及征人，流露出细而深的
惆怅。

②花钿：女子所佩珠宝制成的花形头饰。

③绿川：绿水。

④因缘：即办法、途径。

⑤旋返：回归。

⑥及此荷花鲜：这句是双关。以荷花比喻思妇自己。

赠杜容成①

一燕海上来，一燕高堂息②。

一朝相逢遇，依然旧所识。

问我来何迟，山川几迂直③。

答言海路长，风多飞无力。

昔别缝罗衣，春风初入帷。

今来夏欲晚，桑蛾薄树飞④。

【注释】

①这首诗写老友重逢。前四句以飞燕比拟友人与自己，
交代久别重逢的背景；五至八句以问答形式，写路
途梗阻，会面不易；末四句以闲谈语气，回忆相别
场景，与今之风物相较，感慨自生。该诗语言平
淡，情感真挚深厚，有很高的艺术水准。全诗似双
关两人的政治际遇。清陈祚明《采菽堂古诗选》谓
该诗"清婉入情"。

②一燕海上来，一燕高堂息：海上燕比喻作者自己，
高堂燕比杜容城。

③几迂直：多少曲折。

④桑蛾：桑虫。薄：迫近。

春咏①

春从何处来，拂衣复惊梅②。

云障青琐闼③，风吹承露台④。

美人隔千里，罗帏闭不开。

无由得共语，空对相思杯。

【注释】

①这首诗写春愁，乃欲见美人而不得的愁绪。从"青琐闼"、"承露台"等词来看，或许寄托了作者政治失意的苦闷和忧谗畏讥的心情。

②拂衣复惊梅：写春风吹拂衣裳，吹落梅花。

③青琐闼（tà）：有青色连环花纹的门，原为帝王之制。

④承露台：汉武帝所建，立铜制承露仙人，企望饮仙露成仙。

王僧孺

王僧孺（465—522），南朝梁诗人、骈文家。东海郯（今山东郯城）人。少贫苦，佣书以养母。初仕南齐，入梁后，历任南海太守、尚书左丞、御史中丞、南康王长史，后因被诬而弃官。好典籍，家藏万卷。为诗好用人所未见之新事。《隋书·经籍志》著录有集三十卷，明人张溥辑有《王左丞集》。存诗三十余首。

春怨①
四时如湍水②，飞奔竞回复③。
夜鸟响嘤嘤④，朝光照煜煜⑤。
厌见花成子，多看笋为竹⑥。
万里断音书，十载异栖宿。
积愁落芳鬓⑦，长啼坏美目⑧。

君去在榆关^⑨，妾留住函谷^⑩。

惟对昔邪房，如见蜘蛛屋。

独与响相酬，还将影自逐^⑪。

象床易毡簟^⑫，罗衣变单复。

几过度风霜，犹能保茕独^⑬。

【注释】

①这是一首乐府诗，属杂曲歌辞。这首诗写的是思妇的愁绪。丈夫远在万里，独宿已达十载，百无聊赖中，看惯了花结实、笋成竹，唯有回声、孤影相伴。全诗从多个角度概括四时流转、日夜交替之速，以凸显思妇生活的孤凄与单调。多用对仗，工整端丽。

②湍水：急流的水。

③回复：回环往复。

④嘤嘤：鸟鸣声。

⑤煜煜：明亮貌。

⑥厌见花成子，多看笋为竹：谓看惯了由春到夏的节气变迁。

⑦积愁落芳鬓：谓长期积累的忧愁使得双鬓斑白。

⑧长啼：长时间的哭泣。

⑨榆关：泛指北方边塞。

⑩函谷：函谷关。

⑪独与响相酬，还将影自逐：谓回答问话的只有回声，跟随自己的只有影子。

⑫象床易毡簟（diàn）：谓寒暑相易。象床，象牙装
　饰的床。冬铺毡，夏铺簟。

⑬茕独（qióng）：谓孤身一人。

夜愁①

檐露滴为珠，池水合成璧②。

万行朝泪泻，千里夜愁极。

孤帐闭不开，寒膏尽复益③。

谁知心眼乱，看朱忽成碧④。

【注释】

①这首诗一名《夜愁示诸宾诗》，写一位女子夜中的愁
　绪。首先以幽凉静谧的环境相烘托，其次以紧闭不
　开的"孤帐"、频频添益的"寒膏"相印证，最终以
　"看朱忽成碧"一句表明此愁已使人心眼俱乱。全诗
　描写细致，与题目高度切合。"看朱成碧"衍化为成
　语，为后世沿用。如唐武则天《如意娘》："看朱成
　碧思纷纷，憔悴支离为忆君。"

②池水合成璧：谓池水殊无波澜，如一块美玉。

③寒膏：灯油。

④看朱忽成碧：谓愁绪深重，使人出现幻觉，将红色
　看成绿色。

捣衣①

足伤金管遽②，多怆缇光促③。

露团池上紫^④，风飘庭里绿。

下机鹜西眺^⑤，鸣砧遽东旭^⑥。

芳汗似兰汤^⑦，雕金辟龙烛。

散度《广陵》音，掺写《渔阳》曲^⑧。

别鹤悲不已，离鸾断还续^⑨。

尺素在鱼肠，寸心凭雁足^⑩。

【注释】

①这是一首乐府诗。此诗写思妇征人这一旧题材，由秋季风物转入捣衣一事，并从砧杵之声散发开来，以琴曲悲音、鸾鹤哀鸣相比拟，又联想至鱼雁传情。文字似较生硬，在同题材的诗歌中，并非佳作。

②金管：律管。古代以竹管十二代表十二个月，在管子里填上葭灰，盖上红绸布。等与某管相应的某月至时，这一支管里的灰就会飞扬出来。古人以此来测物候季节变化。

③缇（tí）光：日光。缇，橘红色。

④池上紫：谓池上紫萍。

⑤下机鹜西眺：谓辍织而引领西望。机，织布机。鹜，野鸭，这里形容伸长脖子眺望的样子。西，征人应在西边服役。

⑥鸣砧遽东旭：谓思妇连夜捣衣，倏忽已至天明。鸣砧，捣衣声。

⑦兰汤：有香气的沐浴水。

⑧散度《广陵》音，掺写《渔阳》曲：即"度《广陵

散》音，写《渔阳掺》曲"。前句用了嵇康的典。
嵇康临刑前弹奏了一首名为《广陵散》的琴曲。后
句用了祢衡的典。祢衡被曹操贬为鼓吏，他用打鼓
的桴擂出《渔阳掺挝》，震惊四座。

⑨别鹤悲不已，离鸾断还续：谓夫妻分隔两地，悲伤
不已，似断还续。别鹤、离鸾，分飞的鸟，以喻离
居之人。

⑩尺素在鱼肠，寸心凭雁足：谓书信往来，传达情意。
鱼、雁，均为借以寄信的工具。

为人有赠①

碧玉与绿珠，张卢复双女②。
曼声古难匹③，长袂世无侣④。
似出凤凰楼⑤，言发潇湘渚⑥。
幸有褰裳便⑦，含情寄一语。

【注释】

①这是一首代别人作的赠美人的诗。开篇两句以古时
著名的四位美人作比拟，随之就美人之歌舞泛泛写
来，表达了对美人的无限赞美与倾慕。

②碧玉与绿珠，张卢复双女：谓美人姿容恰如古时的
四位美人。碧玉，宋汝南王妾。绿珠，晋石崇妾。
张女，乐府有曲名《张女引》。卢女，即卢姬，魏
武帝时宫女，年七岁入宫，善鼓琴。

③曼声：柔缓的长声。

④长袂：长袖，谓美人善舞。《韩非子·五蠹》："长袖
　善舞，多财善贾。"

⑤凤凰楼：泛指宫苑中的楼阁。

⑥潇湘渚：潇湘二水中的小洲。

⑦褰裳：撩起衣服，谓男女相交游。《诗经·郑风·褰
　裳》："子惠思我，褰裳涉溱。"

张率

张率（475—527），字士简，吴郡吴县（今江苏苏州）
人。少颖悟，善属文，日为诗一篇。历任著作佐郎、秘书
丞，出为新安太守。曾作《待诏赋》，为梁武帝称赏。《隋
书·经籍志》著录有文集三十八卷，又有《文衡》十五卷，
均已佚。今存诗二十余首。

对酒①

对酒诚可乐，此酒复能醇。

如华良可贵②，如乳更非珍③。

何以留上客，为寄掌中人④。

金樽清复满，玉椀呕来亲⑤。

谁能共迟暮，对酒及芳辰⑥。

君歌当来罢，却坐避梁尘⑦。

【注释】

①这是一首乐府诗，属相和歌辞相和曲，原为魏武帝
　所制。唐吴兢《乐府古题要解》云："曹魏乐奏武帝

所赋'对酒歌太平'，其旨言王者德泽广被，政理
人和，万物咸遂。若梁范云'对酒心自足'，则言
但当为乐，勿殉名自欺也。"这首诗主旨正与范作
相同，写畅饮高歌的欢乐场景，倡导及时行乐，不
问世事。"如华良可贵"两句比拟恰切，向为人所称
道。宋长白《柳亭诗话》谓："乳字易拟，华字未经
人道。"

②如华：谓佳酿芳香如花。

③如乳：谓美酒色泽如乳。

④掌中人：谓女子身姿轻盈，可立于掌中舞蹈。

⑤玉椀（wǎn）：玉制的酒器。

⑥芳辰：美好的时光。

⑦却坐避梁尘：谓歌者歌声清越，可激起梁尘飞舞，
　须离座以避之。

徐悱

徐悱（？—525），字敬业，东海郯（今山东郯城）人。
历任著作佐郎、洗马中舍人、晋安内史，早卒。妻刘令娴
为刘孝绰之妹，有才名。夫妇二人常互相赠答，以致情意。
今存诗四首。

对房前桃树咏佳期赠内①
相思上北阁，徙倚望东家②。
忽有当轩树，兼含映日花。
方鲜类红粉③，比素若铅华④。

更使增心意，弥令想狭邪⑤。
无如一路阻，脉脉似云霞⑥。
严城不可越⑦，言折代疏麻⑧。

【注释】

①这是宦游在外的诗人寄给妻子刘令娴的诗。诗人在登高眺望故乡之时，无意中望见了一株灼灼桃花，红红白白的颜色，仿佛妻子妆饰用的铅粉，愈发勾起了诗人对妻子的思念。然而道路阻隔，会面不可期，唯有折下一枝桃花，聊表诗人的衷肠了。全诗感情深挚，自然流畅，殊无斧凿痕迹。

②东家：东方，诗人故乡所在。

③方：比拟。

④铅华：即铅粉。

⑤狭邪：指诗人的家。

⑥脉脉似云霞：谓凝望故乡而不得亲近，恰如云霞之邈远。

⑦严城：守备森严的城池。

⑧言折代疏麻：谓折桃花以代神麻，寄托久别的情思。《楚辞·九歌·大司命》："折疏麻兮瑶华，将以遗兮离居。"

费昶

费昶，生卒年无考，江夏（今湖北武汉）人。南朝梁时人，官新田令。善为乐府，题材以闺怨为主，诗风靡艳。其《鼓吹曲》尝得武帝赞赏，谓其"才气新拔，有足嘉异"。《隋书·经籍志》著录有集三卷，已佚。今存诗十余首。

春郊望美人①

芳郊拾翠人②，回袖掩芳春③。
金辉起步摇，红采发吹纶④。
扬扬盖顶日⑤，飘飘马足尘。
薄暮高楼下，当知妾姓秦⑥。

【注释】

①这首诗写诗人于春游时偶然望见美人，从衣饰、车马等角度展现美人的丰姿与身份的尊贵，最后以传说中的秦罗敷相比拟，言有尽而意无穷。

②拾翠人：指春日郊游的女子。拾翠，谓拾取翠鸟羽毛插发。三国魏曹植《洛神赋》："或采明珠，或拾翠羽。"

③回袖：长袖。

④吹纶：一种轻薄的丝织品。

⑤扬扬：色彩鲜明炫目貌。

⑥当知妾姓秦：以《日出东南隅行》中的秦氏女罗敷作比拟。

采菱①

妾家五湖口②，采菱五湖侧。

玉面不关妆，双眉本翠色③。

日斜天欲暮，风生浪未息。

宛在水中央④，空作两相忆。

【注释】

①这是一首乐府诗，属清商曲辞江南弄。此诗以采菱女的口吻，自道身份，自矜美貌，复言天色将暮，风生浪起，伊人一水相隔，含蓄地表达了与情人相离、忧愁而又无可奈何的情绪。全诗造语天然，颇有民歌朴素清新的风韵。

②五湖：吴越地区的湖泊。

③玉面不关妆，双眉本翠色：谓采菱女并不施妆，以素面示人。

④宛在水中央：可望而不可即貌。《诗经·秦风·蒹葭》："溯游从之，宛在水中央。"

姚翻

姚翻，南朝梁诗人，生平不详。

同郭侍郎采桑①

雁还高柳北②，春归洛水南。

日照茱萸领③，风摇翡翠参④。

桑间视欲暮，闺里遽饥蚕⑤。

相思君助取⑥，相望妾那堪。

【注释】

①这是一首和诗，写采桑女劳作的场景。开篇交代了
采桑的时令、地点，随后写采桑女的容饰，以下转
入情事，写采桑女与情人之间相思、相望的深挚
情愫。

②高柳：地名，在今山西阳高。

③茱萸领：锦领。茱萸，古锦名。晋陆翙《邺中记》：
"锦有大登高，小登高，……大茱萸，小茱萸，……
工巧百数，不可尽名也。"

④簝：同"簪"。

⑤遽：匆忙。

⑥助取：协助。

刘令娴

刘令娴，生卒年无考，南朝梁时人，刘孝绰第三妹，
世称"刘三娘"，徐悱妻，彭城（今江苏徐州）人。文才清
拔，闻名当世。徐悱早卒，刘令娴为作祭文，辞甚凄怆。
诗多写闺怨，今存八首。

答外诗①二首

花庭丽景斜，兰牖轻风度②。

落日更新妆，开帘对春树。

鸣鹂叶中响，戏蝶花间鹜③。

调琴本要欢，心愁不成趣④。

良会诚非远，佳期今不遇⑤。

欲知幽怨多，春闺深且暮。

【注释】

①此二首为刘令娴与丈夫徐悱相赠答的诗。外，乃旧时女子对丈夫的称呼。第一首又名《春闺怨》。开篇六句写庭中春和景明，花树绚烂，鸟鸣蝶舞，本是赏心取乐之时，却因丈夫的远游，心生愁绪，独坐深闺，直到天色向晚，空辜负了满庭春光。全诗以春景之热闹衬托芳心之寂寞，以此抒发对丈夫的思念，对重逢佳期的期待。第二首又名《咏佳人》。首四句列举传说中的美人，极言其容色，随后言揽镜自视，己之容貌不如彼之艳好。末四句紧承丈夫赠诗"方鲜类红粉，比素若铅华"句而来，谓其诗将自己比作映日桃花，殊不敢当。全诗嗔中含情，娇态横生。

②兰牖（yǒu）：闺房窗户的美称。

③骛：竞飞。

④成趣：成其佳趣。

⑤良会诚非远，佳期今不遇：谓与丈夫重逢的日子的确不远了，但并不是今天。

　　东家挺奇丽^①，南国擅容辉^②。
　　夜月方神女^③，朝霞喻洛妃^④。
　　还看镜中色，比艳似知非。
　　摛词徒妙好，连类顿乖违^⑤。

智夫虽已丽⑥，倾城未敢希⑦。

【注释】

①东家：谓宋玉东邻家子。

②南国：旧时为南方多美人。三国魏曹植《杂诗》："南国有佳人，容华若桃李。"

③夜月方神女：谓神女堪以夜月相比拟。方，比。战国楚宋玉《神女赋》："其少进也，皎若明月舒其光。"

④朝霞喻洛妃：谓以朝霞比拟洛水之神宓妃。曹植《洛神赋》："远而望之，皎若太阳升朝霞。"

⑤摛词徒妙好，连类顿乖违：此处指徐悱赠诗而言，谓其诗文辞佳妙，而比拟未妥，此为自谦之词。连类，连缀同类事物。

⑥智夫虽已丽：谓佳人已有配偶。智夫，疑为"智琼"。晋干宝《搜神记》："魏济北郡从事掾弦超，字义起，以嘉平中夜独宿，梦有神女来从之，自称天上玉女，东郡人，姓成公，名智琼，早失父母，天帝哀其孤苦，遣令下嫁从夫。……如此三四夕，一旦，显然来游……遂为夫妇。"

⑦希：求。

何思澄

何思澄（约479—约532），字元静，东海郯（今山东郯城）人。少聪慧，好学，工辞赋。与族人何逊、何子朗并称"东海三何"。历任南康王侍郎、江州刺史、安成王参军兼记室、武陵王中录事参军。有集五卷，已佚。今存诗三首。

拟古①

故交不可忘，犹如兰桂芳。

新知虽可悦，不异茱萸香②。

妾有《凤雏曲》，非为《陌上桑》③。

荐君君不御④，抱瑟自悲凉。

【注释】

①这首诗拟的是三国魏曹植《浮萍篇》中的片段，即"茱萸自有芳，不若桂与兰；新人虽可爱，无若故人欢"四句。该诗以弃妇的口吻，将情人偶然遇合的新知比作茱萸，自比为兰桂，自谓空有荐君之意，而只得抱瑟悲叹。"抱瑟"句紧承上文曲名之隐喻而来，平淡而近自然。全诗比喻佳妙，深得温柔敦厚之旨。

②不异茱萸香：茱萸香气浓烈，而格调不高。

③妾有《凤雏曲》，非为《陌上桑》：谓自己的心意在与君子欢好，并无拒绝之意。《凤雏曲》，古曲名，又名《凤将雏》，蕴好合之义。《陌上桑》，写罗敷拒绝太守共载事。两句化出自应璩《百一诗》其八："为作陌上桑，反言凤将雏。"

④御：谓情人的眷顾。

吴均

作者简介见本书第 229 页。以下所选诗不见于宋刻本。

梅花落①

隆冬十二月，寒风西北吹。

独有梅花落，飘荡不依枝。

流连逐霜彩，散漫下冰澌②。

何当与春日，共映芙蓉池③。

【注释】

①这是一首乐府诗。《梅花落》本汉横吹曲，相传为李
延年所制。这首诗写梅花为寒风吹落，并无伤悼凋
零之意，反极力描绘其轻灵飘逸的姿态，复幻想物
候迁易，梅花能与芙蓉共赏。全诗想象瑰丽，趣致
天成。

②冰澌：冰凌。

③芙蓉：指荷花。

妾安所居①

贱妾先有宠，蛾眉进不迟②

一从西北丽③，无复城南期④。

何因暂艳逸？岂为乏妍姿⑤？

徒有黄昏望，宁遇青楼时。

惟惜应门掩⑥，方余永巷悲⑦。

匡床终不共⑧，何由横自私⑨？

【注释】

①这是一首乐府诗，属杂曲歌辞。这首宫怨诗，以弃妇的口吻，写失宠的疑惑与怅惘。

②贱妾先有宠，蛾眉进不迟：谓自己先得宠幸，而不久之后便又有美貌女子进前。

③丽：匹配。

④期：欢好之约。

⑤何因暂艳逸，岂为乏妍姿：谓失宠岂是因为自己的美貌是虚假的。暂，通"渐"，欺诈。

⑥应门：古代宫苑的正门。

⑦永巷：囚禁宫人之所。

⑧匡床：安适的大床。

⑨横：放纵。

徐勉

徐勉（466—535），字修仁，东海郯（今山东郯城）人。博通经史，善属文。起家国子生，历任西阳王萧子明侍郎、吏部尚书、太学博士、中书令，与范云并称贤相。谥简肃。南朝梁王僧孺《詹事徐府君集序》谓其诗文"质不伤文，丽而有体"。今存诗八首。

采菱曲①

相携及嘉月②，采菱渡北渚③。

微风吹棹歌④，日暮相容与⑤。

采采不能归⑥，望望方延伫。

倘逢遗佩人^⑦，预以心相许。

【注释】

①这是一首乐府诗，属清商曲辞江南弄。这首诗写采
　菱女对爱情的渴求。前四句写采菱的场景，女子与
　伙伴驾舟采菱，微风习习，吹送船歌，营造出悠闲
　自适的环境；五六句写采菱女劳作到日暮而延伫不
　归，末句交代因由，乃是愿与"遗佩人"相逢，以
　心相许。全诗状写少女情态，细致传神。

②嘉月：美好的时节。

③北渚：北面的小洲。《楚辞·九歌·湘夫人》："帝子
　降兮北渚，目眇眇兮愁予。"

④棹（zhào）歌：船歌。

⑤容与：徘徊。

⑥采采：采了又采。

⑦遗佩人：谓心上人。《楚辞·九歌·湘君》："捐余玦
　兮江中，遗余佩兮醴浦。"

卷七

梁武帝萧衍

萧衍（464—549），字叔达，南兰陵郡（今江苏常州）
人。出身世家，父萧顺之是齐高帝的族弟。初仕南齐，中
兴二年（502），接受齐和帝"禅位"，建立南梁政权，在位
四十八年，有政绩。晚年于"侯景之乱"中被囚至死，谥

武，庙号高祖。梁武帝通音律，善书法，爱好诗赋，广招文学之士，推动了梁代文学的兴盛。今存诗八十余首，多为乐府诗。明人辑有《梁武帝御制集》。

捣衣①

驾言易水北②，送别河之阳。
沉思惨行镳③，结梦在空床④。
既寤丹绿谬⑤，始知纳素伤⑥。
中州木叶下⑦，边城应早霜。
阴虫日惨烈⑧，庭草复云黄⑨。
金风徂清夜⑩，明月悬洞房。
裛裛同宫女，助我理衣裳。
参差夕杵引⑪，哀怨秋砧扬。
轻罗飞玉腕，弱翠低红妆⑫。
朱颜色已兴，眄睐色增光⑬。
捣以一匪石⑭，文成双鸳鸯⑮。
制握断金刀⑯，薰用如兰芳⑰。
佳期久不归，持此寄寒乡。
妾身谁为容？思君苦入肠⑱。

【注释】

①这是一首乐府诗，写思妇秋来捣帛裁衣寄与远游丈夫的一系列活动。此诗以伤别开篇，承以节令变易，捣衣、裁衣、薰衣、寄衣顺次写来，套用了同类题材作品的普遍程式。全诗文情并茂，构思绵

密。明陆时雍《古诗镜》谓其"清响绝出"。

②驾言：驾车出行。言，语助词。

③行镳（biāo）：奔驰的马。镳，马衔。

④结梦：做梦。

⑤丹绿谬：谓愁思萦结，使人眼花，错看红绿。

⑥纨素伤：谓在外的丈夫短少寒衣。伤，损。

⑦中州：谓思妇所在的中原地区。

⑧阴虫：秋虫。

⑨云：语助词。

⑩金风：指秋风。旧时将五行与五方、四时相连类，
　　西方为秋而主金，故秋风又称金风。

⑪参差夕杵引：谓夜晚时分，捣衣杵此起彼伏地扬起
　　又落下。

⑫弱翠低红妆：谓女子们俯头劳作，轻盈的头饰垂下。
　　弱，轻盈貌。翠，翠羽制成的头饰。

⑬眄睇（miǎndì）：目光流转。

⑭一匪石：指捣衣砧，暗示心意坚定。《诗经·邶
　　风·柏舟》："我心匪石，不可转也。"

⑮文：绣出花样。

⑯断金刀：指裁衣刀，暗示夫妇同心。《周易·系辞
　　上》："二人同心，其利断金。"

⑰如兰芳：指薰衣的香料，承上文而言。《周易·系辞
　　上》："同心之言，其臭如兰。"

⑱思君苦入肠：谓相思之苦摧折肝肠。

代苏属国妇①

良人与我期，不谓当过时②。
秋风忽送节③，白露凝前基④。
怆怆独凉枕⑤，搔搔孤月帷⑥。
或听西北雁，似从寒海湄⑦。
果衔万里书，中有生离辞。
惟言长别矣⑧，不复道相思⑨。
胡羊久剽夺⑩，汉节故支持⑪。
帛上看未终⑫，脸下泪如丝。
空怀之死誓⑬，远劳同穴诗⑭。

【注释】

①苏属国，指汉代名臣苏武。苏武曾任典属国。这首诗模拟苏武妻子的口吻，写得知此生与丈夫再无会期时的绝望心情。苏武妻与丈夫相别时，曾约定归期，未料过时而不返，秋至，长空过雁，带来西北书信，方知已无会期，纵使怀着"之死矢靡它"的信念，"死则同穴"也终究成了奢望。全诗多用对偶，词句工丽。清俞樾《春在堂诗编》谓该诗"缠绵悱恻"。

②过时：谓愆期不返。

③送节：季节更替。

④前基：前阶。

⑤怆怆：悲伤貌。

⑥搔搔：忧愁貌。搔，通"慅"。

⑦寒海湄：指苏武牧羊的北海边。

⑧长别矣：谓此生再无会期。

⑨不复道相思：因为心知不能再会，再言相思，徒劳无益。

⑩胡羊久剽夺：谓器重苏武的於靬王死后，匈奴北面的丁令部落将其赏赐给苏武的牛羊盗走。《汉书·苏武传》："单于弟於靬王弋射海上。武能网纺缴，檠弓弩，於靬王爱之，给其衣食。三岁余，王病，赐武马畜、服匿、穹庐。王死后，人众徙去。其冬，丁令盗武牛羊，武复穷厄。"

⑪汉节故支持：谓苏武无论何时不忘持节。《汉书·苏武传》："武既至海上，廪食不至，掘野鼠去草实而食之。仗汉节牧羊，卧起操持，节旄尽落。"

⑫帛上：谓书信上的文字。

⑬之死誓：谓至死不变心的誓言。《诗经·鄘风·柏舟》："之死矢靡它，母也天只，不谅人只。"

⑭同穴诗：谓《诗经·王风·大车》"死则同穴"句。

古意①　二首

飞鸟起离离②，惊散忽差池③。

嗷嘈绕树上④，翩翩集寒枝。

既悲征役久，偏伤垄上儿⑤。

寄言闺中妾⑥，此心讵能知？

不见松萝上，叶落根不移⑦。

【注释】

①这组组诗共两首，皆为模拟古人诗意所作。第一首写征夫久戍不归，见飞鸟犹能栖于寒枝之上，自己却不能与妻子团聚。最后向妻子表白心意，希望她能明白自己始终不渝的眷恋之情。第二首似是妻子的答诗，写春来见堂前芳草荣发，蛱蝶双双，思妇却不能忘忧，反生悲感，而仍以表白心意作结，谓无论相聚或分离，此心终不移。两诗各以飞鸟、芳草起兴，夹以自叙，委婉言情，含义隽永。

②离离：分明的样子。

③差池：参差不齐貌。

④嗷嘈：鸟鸣喧嚷貌。

⑤垄上儿：征夫自谓。

⑥闺中妾：指征夫的妻子。

⑦叶落根不移：谓对妻子的心意不会改变。

当春有一草，绿花复垂枝。
云是忘忧物，生在北堂陲①。
飞飞双蛱蝶②，低低两差池。
差池低复起，此芳性不移③。
飞蝶双复只④，此心人莫知。

【注释】

①云是忘忧物，生在北堂陲：谓种植于北堂的萱草可使人忘忧。《诗经·卫风·伯兮》："焉得谖草，言树

之背。"《毛传》："谖草令人忘忧。背，北堂也。"

②蛱（jiá）蝶：即蝴蝶。

③此芳性不移：谓自己心性不变更。

④飞蝶双复只：谓夫妇相聚又分离。

皇太子萧纲

萧纲（503—551），字世谱，小字六通，南兰陵（今江苏常州）人，梁武帝第三子。幼封晋安王，因长兄萧统早卒故，中大通三年（531）继立为太子。太清三年（549），梁武帝于"侯景之乱"中被囚饿死，萧纲即位，大宝二年（551）为侯景所囚，旋被害，谥简文。入主东宫后，广召文学之士，以徐摛、庾肩吾为代表，倡为"宫体"，多丽情，风格轻艳纤靡。《隋书·经籍志》著录有文集八十五卷，后散佚，后世多有辑本。

新成安乐宫①

遥看云雾中，刻桷映丹红②。

珠帘通晓日，金华拂夜风③。

欲知声管处④，来过安乐宫。

【注释】

①这首诗在《玉台新咏》中属《代乐府三首》之第一首。这是一首乐府诗，属相和歌辞瑟调曲。这首诗从多个角度凸显了宫苑的华丽。开篇以远眺的视角，将宫苑虚化为云雾缥缈中的一点耀目的红色；

三四句则细化到局部，状写官苑之华贵昼夜不同的表现形态；最末点出笙歌的来源，暗示官苑中的奢靡生活。全诗章法独特，构思巧妙。

②刻桷（jué）：雕刻有花纹的椽子。

③金华：装饰用的金质的花朵。

④声管：谓鼓吹歌唱之声。

双桐生空井①

季月双桐井②，新枝杂旧株。

晚叶藏栖凤，朝花拂曙乌③。

还看西子照④，银床系辘轳⑤。

【注释】

①这首诗在《玉台新咏》中属《代乐府三首》之第二首。这是一首乐府诗，属相和歌辞平调曲。晋陆机《猛虎行》有"渴不饮盗泉水，热不息恶木阴"句，又魏明帝《猛虎行》有"双桐生空井，枝叶自相加"句，盖为诗题所本。全诗写月下梧桐景致，渲染出一种幽深静谧的氛围。

②季月：每季的最末一月。

③曙乌：乌鸦喜于梧桐上筑巢。

④西子照：指月光。

⑤床：井栏。

楚妃叹①

幽闺情脉脉，漏长宵寂寂。
草萤飞夜户②，丝虫绕秋壁③。
薄笑未为欣，微叹还成戚。
金簪鬓下垂，玉箸衣前滴④。

【注释】

①这首诗在《玉台新咏》中属《代乐府三首》之第三
首。这是一首乐府诗，属相和歌辞吟叹曲。楚妃为
楚庄王妃樊姬。全诗写宫中女子长夜寂寞，听秋虫
哀鸣，独自垂泪。

②草萤：旧有"腐草为萤"之说。《礼记·月令》："季
夏之月，……腐草为萤。"

③丝虫：指蜘蛛。

④玉箸（zhù）：谓眼泪双垂，如玉制的筷子。

春宵①

花树含春丛，罗帷夜长空。
风声随筱韵②，月色与池同。
彩笺徒自襞③，无信往云中④。

【注释】

①这组诗在《玉台新咏》中题为《和湘乐王三韵二
首》，共有两首，是和湘东王萧绎的诗。"三韵"是
诗体的一种，每首六句，隔句用韵，首句入韵不入

韵均可。这首题为"春宵"的诗，写女子春夜思念情人，诗寓情于景，含蓄委婉。

②筱（xiǎo）韵：风吹竹子的声响。

③襞（bì）：折叠。

④云中：泛指边关。

冬晓①

冬朝日照梁，含怨下前床。

帐襞竹叶带②，镜转菱花光③。

会时无人见，何用早红妆④。

【注释】

①这首诗在《玉台新咏》中是题为《和湘东王三韵二首》之第二首，写冬日清晨，一女子因无法与情人会面而懒于梳妆，委婉道出心中愁怨。

②竹叶带：绘有竹叶花纹的带子。

③菱花光：古代镜子背面多雕刻有菱花花纹。

④红妆：这里指化妆。

秋闺夜思①

非关长信别②，讵是良人征。

九重忽不见③，万恨满心生。

夕门掩鱼钥④，宵床悲画屏。

迥月临窗度，吟虫绕砌鸣⑤。

初霜陨细叶，秋风驱乱萤。

故妆犹累日⑥，新衣裁未成。
欲知妾不寐，城外捣衣声。

【注释】

①这是一首乐府诗，属杂曲歌辞。这首诗写一位深宫
女子因忽然失宠而生发出的满怀幽怨。开篇先交代
了心中"万恨"的缘起，乃是因为"九重"不见，
随后写秋夜景物，暗示女子惆怅难眠，末四句写女
子因失宠而懒于妆饰，而城外的捣衣声隐隐传来，
让她自觉不如捣衣女子，尚能为远征的丈夫寄去寒
衣。全诗通过秋夜静谧、凄凉的环境烘托女子内心
感受，笔法细致入微。

②长信别：谓班婕妤之失宠。班婕妤被诮后自请往长
信宫侍奉太后。

③九重：指帝王。

④鱼钥：鱼形的锁。鱼夜不闭目，古人以之为锁形，
取警醒之意。

⑤砌：台阶。

⑥故妆犹累日：谓女子多日不曾重新梳妆修饰自己。

艳歌曲①
云楣桂成户②，飞栋杏为梁③。
斜窗通蕊气④，细隙引尘光。
裁衣魏后尺⑤，汲水淮南床⑥。
青骊暮当返⑦，预使罗裾香。

【注释】

①这是一首乐府诗，属相和歌辞瑟调曲。这首诗写闺中女子等待丈夫归家的欣喜心情。前四句极力铺陈居处环境的华丽，烘托喜庆的气氛；后四句写女子为丈夫的归来所做的一系列准备，忙碌而雀跃的形象跃然纸上。

②云楣：绘有云气纹样的横梁。

③飞栋：形容屋梁之高。

④蕊气：花香。

⑤魏后尺：谓新尺寸。魏后之尺度较古尺为长。

⑥淮南床：形容井床之精致。《乐府诗集·舞曲歌辞三·淮南王篇》："后园凿井银作床，金瓶素绠汲寒浆。"

⑦青骊：谓丈夫的坐骑。

咏舞①

可怜初二八②，逐节似飞鸿③。
悬胜河阳伎④，暗与淮南同⑤。
入行看履进⑥，转面望鬟空。
腕动苕华玉⑦，衫随如意风。
上客何须起，《啼乌》曲未终⑧。

【注释】

①这首诗写美人之舞。开篇先泛写美人如飞鸿之曼妙的姿态，引传说中的著名舞者以相比；随后分别描写美人舞动中的履、鬟、腕、衫，以点带面，给人

以目不暇接之感；最末谓一曲未终，请嘉宾少待，暗示更精彩的表演还在后面。全诗表现手法细致精巧，风格柔靡轻艳。

②二八：十六岁。

③逐节：依节拍舞蹈。

④河阳伎：石崇的歌舞伎。石崇之金谷园建在河阳。

⑤淮南：淮南之地的舞蹈。汉张衡《舞赋》："昔客有观舞于淮南者。"

⑥入行：乐曲演奏第一遍。行，乐章。

⑦苕华玉：美玉名。《竹书纪年》："癸命扁伐山民，山民进女于桀二人，曰琬曰琰。后爱二人。女无子焉，斲其名于苕华之玉。"

⑧《啼乌》曲：即《乌夜啼》，乐府清商曲辞名。

美人晨妆①

北窗向朝镜②，锦帐复斜萦③。
娇羞不肯出，犹言妆未成。
散黛随眉广④，燕脂逐脸生⑤。
试将持出众⑥，定得可怜名。

【注释】

①这首诗写美人晨起妆饰的情景，突出刻画了美人的娇羞情态，诗人的爱慕之情溢于字里行间。

②向朝：清晨。

③萦：系。

④散黛随眉广：谓以黛画眉。

⑤燕脂：即"胭脂"。

⑥持出众：带到众人面前。

⑦可怜：可爱。

邵陵王萧纶

　　萧纶（约507—551），字世调，小字六真，南兰陵（今江苏常州）人，梁武帝第六子。少颖悟博学，封邵陵王，多次坐事免官削爵，旋又复爵。"侯景之乱"中率军征讨，进位司空，为梁元帝所忌，遣兵以逼之，至于汝南，终为西魏所败，旋被害，谥忠壮。今存诗八首，多为宫体。

车中见美人①

关情出眉眼②，软媚着腰肢。

语笑能娇媺③，行步绝逶迤④。

空中自迷惑⑤，渠傍会不知⑥。

悬念犹如此，得时应若为⑦。

【注释】

①这首诗歌咏诗人由车中望见的美人，极言其眉眼身姿、语笑行步之美，具有迷惑人心的力量。

②关情：牵动感情。

③娇媺（měi）：即"娇美"。

④逶迤（wēiyí）：缓慢行走貌。

⑤空中：车中诗人自谓。

⑥渠傍：车旁，指美人。渠，车轮的外圈。

⑦悬念犹如此，得时应若为：谓只是悬想美人便如此
神魂颠倒，若真能得到她，又是怎么样呢？若为，
怎样。

湘东王萧绎

萧绎（508—554），字世诚，小字七符，南兰陵（今江
苏常州）人，梁武帝第七子，封湘东王，历任会稽太守、江
州刺史、荆州刺史。"侯景之乱"中，派王僧辩率兵大败侯
景，收复建康，于天正元年（552）在江陵即帝位，改元承
圣。承圣三年（554），为西魏所败，被害，后被追尊为元
帝。爱好文学，好藏书，有《金楼子》十五篇。明人辑有
《梁元帝集》。

登颜园故阁①

高楼三五夜②，流影入丹墀③。
先时留上客④，夫婿美容姿。
妆成理蝉鬓⑤，笑罢敛蛾眉。
衣香知步近，钏动觉行迟⑥。
如何舞馆乐，翻见歌梁悲⑦。
犹悬北窗幌，未卷南轩帷⑧。
寂寂空郊暮，非复少年时。

【注释】

①颜园，殆湘东王近臣颜协之园。这首诗写女子月夜

追思当年荣宠情景，慨叹时移世易，青春不再。

②三五夜：农历十五月圆之夜。

③丹墀（chí）：宫殿前红色的台阶，形容台阶之华美。

④上客：贵宾。

⑤蝉鬓：古代妇女的一种两鬓薄如蝉翼的发式。

⑥钏（chuàn）：即镯子。

⑦如何舞馆乐，翻见歌梁悲：谓如何当时歌舞之乐，旋成今日之悲凉。翻，反而。

⑧犹悬北窗幌，未卷南轩帷：谓各处装饰都未曾变更，而良辰不再。

夜游柏斋①

烛暗行人静，帘开云影入。

风细雨声迟，夜短更筹急②。

能下班姬泪③，复使倡楼泣④。

况此客游人，中宵空伫立。

【注释】

①这首诗写客游在外，深夜不寐，听风雨更漏之声生起缠绵的愁绪。

②更筹：夜间计时用的竹签。

③班姬：即班婕妤。

④倡楼：谓倡家女子。

武陵王萧纪

萧纪（508—553），字世询，又字大智，南兰陵（今江苏常州）人，梁武帝萧衍第八子。幼封武陵王，历任宁远将军、扬州刺史、益州刺史。"侯景之乱"中，于蜀称帝，改元天正，后为梁元帝将樊猛所杀。有文集八卷，已佚。今存诗六首。

同萧长史看妓①

燕姬奏妙舞，郑女发清歌②。
回羞出慢脸，送态入嚬蛾③。
宁殊值行雨④，讵减见凌波⑤。
想君愁日暮，应羡鲁阳戈⑥。

【注释】

①这首诗写观赏歌舞伎表演的情景。"萧长史"指萧介，萧纪任扬州刺史时，以介为府长史。前四句泛写歌舞伎的曼妙姿态与姣好容貌，后四句则以传说中的美女相譬喻，并极力形容对歌舞伎的倾慕之情：多希望能一直观赏她的表演，可惜天色将暮，若是能挥起鲁阳公的退日之戈便好了。

②燕姬奏妙舞，郑女发清歌：谓美女善歌舞。燕姬、郑女，燕郑两地之女貌美。

③嚬（pín）蛾：蹙起的眉头。

④宁殊值行雨：谓与美女相逢，正如楚襄王梦神女。殊，不同。值，逢。行雨，借指巫山神女。

⑤凌波：借指洛神。三国魏曹植《洛神赋》："凌波微步，罗袜生尘。"

⑥鲁阳戈：谓鲁阳公挥戈退日事。《淮南子·览冥训》："鲁阳公与韩构难，战酣日暮，援戈而挥之，日为之反三舍。"

闺妾寄征人①

敛色金星聚②，萦悲玉箸流③。

愿君看海气④，忆妾上高楼。

【注释】

①这是一首思妇诗，写闺中女子思念丈夫，登高楼远眺，希望丈夫在他乡能多瞻望海市蜃楼的奇景，从而想到故乡的妻子正在高楼上遥遥相望。全诗造语新奇，章法高妙。

②金星：喻双目。

③萦悲：含悲。玉箸（zhù）：指眼泪成串垂落如玉制的筷子。

④海气：谓海上的雾气凝结成的楼台幻景。

昭明太子萧统

萧统（501—531），字德施，小字维摩，南兰陵（今江苏常州）人，梁武帝长子。天监元年（502）立为太子，未即位而卒，谥昭明，世称"昭明太子"。爱好文学，广召文学之士，所编《文选》三十卷，是我国最早的一部诗文总集。明人辑有《昭明太子集》。

长相思①

相思无终极②，长夜起叹息。
徒见貌婵娟③，宁知心有忆。
寸心无以因④，愿附归飞翼⑤。

【注释】

①这是一首乐府诗，属杂曲歌辞。这首诗以自叙的口吻，寥寥数笔，将思妇的愁绪简要地表现出来，并未交代具体的事因，自然生发出一种低徊不尽的缠绵之美。

②相思无终极：相思没有尽头。三国魏曹植《赠白马王彪》：“相思无终极，秋风发微凉。”

③婵娟：美好貌。

④因：依附。

⑤愿附归飞翼：谓愿将寸心附于归鸟之翼，即希望思念的人能早日归来。

简文帝萧纲

即“皇太子萧纲”，作者简介见本书第255页。

怨歌行①

十五颇有余，日照杏梁初②。
蛾眉本多嫉③，掩鼻特成虚④。

持此倾城貌，翻为不肖躯⑤。
秋风吹海水，寒霜依玉除⑥。
月光临户驶⑦，荷花依浪舒⑧。
望檐悲双翼⑨，窥沼泣王馀⑩。
苔生履处没⑪，草合行人疏。
裂纨伤不尽⑫，归骨恨难祛⑬。
早知长信别，不避后园舆⑭。

【注释】

①这是一首乐府诗，属相和歌辞楚调曲。这首诗咏班
婕妤被谗失宠事。前六句写失宠的经过，之后则着
重描写幽居中的凄凉心境，最末写班婕妤自悔当初
正身履礼，以忠言谏君，终不若以巧言令色邀宠
者，从中可见出怨尤之深。

②杏梁：杏木所制的屋梁。

③蛾眉本多嫉：谓班婕妤因美色而遭到新进美人的嫉
妒。《楚辞·离骚》："众女嫉余之蛾眉兮，谣诼谓余
以善淫。"

④掩鼻特成虚：谓众女歪曲事实，设计陷害他人。《韩
非子·内储说下》："魏王遗荆王美人，荆王甚悦之。
夫人郑袖知王悦爱之也，……因谓新人曰：'王甚
悦爱子，然恶子之鼻。子见王，常掩鼻，则王长幸
子矣。'于是新人从之。每见王，常掩鼻。王谓夫
人曰：'新人见寡人常掩鼻，何也？'对曰：'不知
也。'王强问之，对曰：'顷尝言恶闻王臭。'王怒

曰：'劓之。'"

⑤不肖躯：不堪的人。不肖，不似，这里指不堪为君王所用的人。

⑥玉除：玉制的台阶。

⑦驶：流动。

⑧舒：舒展。

⑨双翼：成双的鸟。

⑩王馀：比目鱼的别称，相传为越王鲙鱼剩下的一半，抛入水中，只有单面，故称"王馀"。

⑪苔生履处没：谓之前留下的行迹所在都生了青苔，表明已经很久没人来过了。

⑫裂纨伤不尽：谓自伤被弃，如秋来纨扇被纳入箧中，不再使用。裂纨，指团扇。汉班婕妤《怨诗》："新裂齐纨素，鲜洁如霜雪。裁为合欢扇，团团似明月。"

⑬归骨：即归葬。

⑭早知长信别，不避后园舆：谓早知将自往长信宫中侍奉太后，最初则应奉承君王的心意，同意与君王共载。《汉书·班婕妤传》："成帝游于后庭，尝欲与婕妤同辇载，婕妤辞曰：'观古图画，贤圣之君皆有名臣在侧，三代末主乃有嬖女，今欲同辇，得无近似之乎？'上善其言而止。"

春日①
年还乐应满②，春归思复生。

桃含可怜紫，柳发断肠青。
落花随燕入，游丝带蝶惊③。
邯郸歌管地，见许欲留情④。

【注释】

①这是一首思妇诗。开篇写腊尽春回，本应是一年中最欢乐的时光，思妇却忧思重重；桃红柳绿，看在思妇眼中，却是令人肠断的景象，成对的燕子蝴蝶，更是触目惊心。而这时淹留在外的丈夫，是否已沉迷于嘈嘈弦歌、如云美女之中，早忘却了家中等待的人呢？全诗寓哀情于乐景之中，表情含蓄婉转。

②年还：新的一年开始。

③游丝：空中飘荡的蛛丝。

④许：处。

咏内人昼眠①

北窗聊就枕，南檐日未斜。
攀钩落绮障②，插捩举琵琶③。
梦笑开娇靥，眠鬟压落花。
簟文生玉腕④，香汗浸红纱。
夫婿恒相伴，莫误是倡家。

【注释】

①这首诗写妻子昼眠时的娇态。前四句写睡前的活动，

随后写睡梦中的姿态，因场面太过香艳，以至于使人误会她是倡家女子，最末两句则予以澄清，言夫婿一直在旁边陪伴她。清陈祚明《采菽堂古诗选》谓"梦笑开娇靥"四句"纤曲尽态"。

②攀钩落绮障：攀着帘钩，把帐幔放下来。

③插揬（liè）举琵琶：插好拨子，把琵琶挂起来。揬，拨子。

④簟（diàn）文生玉腕：因为睡得久了，手腕上现出了竹席的纹路。

春夜看妓①

蛾眉渐成光②，燕姬戏小堂③。
朝舞开春阁，铃盘出步廊④。
起龙调节奏⑤，却凤点笙簧⑥。
树交临舞席，荷生夹妓航⑦。
竹密无分影，花疏有异香。
举杯聊转笑，欢兹乐未央⑧。

【注释】

①这首诗写春夜筵席上观赏歌舞伎表演的场景。

②蛾眉：指新月。

③燕姬：燕地的女子，善歌舞。

④铃盘：歌舞伎身上佩戴的铃铛。

⑤起龙：龙笙开始演奏。龙，龙笙。

⑥却凤：停止演奏龙笙。汉许慎《说文解字》："笙，

十三簧，象凤之身也。"

⑦妓航：载有歌舞伎的船。

⑧乐未央：即"长乐未央"，谓欢乐不尽。

卷八

萧子显

　　萧子显（489—537），字景阳，南兰陵（今江苏常州）人，南朝齐高帝萧道成孙，历任中书郎、侍中、吏部尚书，出为吴兴太守，卒于任上。子显博学多才，尤长于史学，撰有《后汉书》、《晋史草》、《南齐书》等多部史学著作，今仅存《南齐书》。有文集二十卷，已佚。今存诗十八首。

日出东南隅行①

大明上迢迢②，阳城射凌霄③。

光照窗中妇，绝世同阿娇④。

明镜盘龙刻，簪羽凤凰雕⑤。

逶迤梁家髻⑥，冉弱楚宫腰⑦。

轻纨杂重锦，薄縠间飞绡⑧。

三六前年暮，四五今年朝⑨。

蚕园拾芳茧，桑陌采柔条。

出入东城里，上下洛西桥。

忽逢车马客⑩，飞盖动襜袑⑪。

单衣鼠毛织，宝剑羊头销⑫。

丈夫疲应对，御者辍衔镳⑬。

柱间徒脉脉，垣上几翘翘^⑭。
女本西家宿^⑮，君自上宫要^⑯。
汉马三万匹，夫婿仕嫖姚^⑰。
鞶囊虎头绶^⑱，左珥凫卢貂^⑲。
横吹龙钟管^⑳，奏鼓象牙箫。
十五张内侍，十八贾登朝^㉑。
皆笑颜郎老，尽讶董公超^㉒。

【注释】

① 这首诗是对汉乐府《日出东南隅行》的拟作，主旨、章法趋同，略去了围观行人的反应。辞藻绮艳，对仗工丽，用典繁多。

② 大明：指太阳。

③ 阳城：春秋时楚国封邑，这里泛指贵族所居。战国楚宋玉《登徒子好色赋》："嫣然一笑，惑阳城，迷下蔡。"

④ 阿娇：指汉武帝陈皇后。

⑤ 簪羽：泛指插发的头饰。

⑥ 梁家髻：即"堕马髻"，相传为东汉外戚梁冀的妻子所创。

⑦ 楚宫腰：泛指女子的细腰。《韩非子·二柄》："楚灵王好细腰，而国中多饿人。"

⑧ 縠（hú）：有皱纹的纱。

⑨ 三六前年暮，四五今年朝：谓女子的年龄在十八与二十之间。

⑩车马客：身份尊贵的人。

⑪襜轺（chānyáo）：有车帷的轻便小车。

⑫羊头销：一种钢刀。《淮南子·修务训》："苗山之铤，羊头之销。"

⑬辍衔镳（biāo）：谓停下车马。

⑭几翘翘：屡次翘首以望。

⑮女本西家宿：女子自谓已嫁为人妇，且丈夫相貌出众。汉应劭《风俗通》："俗说齐人有女，二人求之。东家子丑而富，西家子好而贫。父母疑不能决，问其女，定所欲适。……女便两袒，怪问其故。云：'欲东家食，西家宿。'"

⑯上宫要：谓"车马客"提出约会的要求。《诗经·鄘风·桑中》："期我乎桑中，要我乎上宫。"

⑰嫖姚：官名。汉代霍去病曾为嫖姚校尉。

⑱鞶（pán）囊虎头绶：绣有虎头的、盛放印绶的革囊。汉班固《与窦宪笺》："固于张掖县受赐所服物虎头绣鞶囊一双。"

⑲左珥鳬卢貂：左边插戴着野鸭头上毛做的冠饰。珥，插戴。

⑳龙钟管：指笛子。龙钟，竹名。

㉑十五张内侍，十八贾登朝：谓丈夫如张辟彊、贾谊一样，都是少年时便成就了功名。张内侍，指张辟彊，张良之子，十五岁时为侍中。贾登朝，指贾谊，十八岁时以诵诗书称郡中，文帝以为博士。《汉书·叙传下》："矫矫贾生，弱冠登朝。"

㉒皆笑颜郎老，尽讶董公超：谓人们看见女子的丈夫
年少得志，都嘲笑那些如颜驷老于郎署的人，又都
惊讶于他的才干超拔竟能使他年少而居此高位，一
如董贤故事。颜郎，指颜驷，汉文帝时即为郎官，
三世不遇，年老时为武帝擢为会稽都尉。董公，指
董贤，汉哀帝宠臣，二十二岁官至大司马。匈奴单
于来朝，惊讶于董贤的年少，以此询问翻译，哀帝
令翻译回答："大司马年少，以大贤居位。"

代美女篇①

邯郸暂辍舞，巴姬请罢弦②。
佳人淇洧上③，艳赵复倾燕。
繁秾既为李④，照水亦成莲⑤。
朝沽成都酒⑥，暝数河间钱⑦。
余光幸未借，兰膏空自煎⑧。

【注释】

①这是一首乐府诗，属杂曲歌辞。这首诗征引各种与
古代美人相关的典故，衬托美人的绝妙歌舞、浓淡
相宜，塑造出一位艳光倾城的美女形象。
②邯郸暂辍舞，巴姬请罢弦：谓善歌舞的邯郸、巴地
女子，在诗中美女的歌舞技艺下相形见绌，自请停
止歌舞。
③淇洧（wěi）：淇水与洧水的并称，代指郑地。
④繁秾：谓美女姿色繁艳秾丽。

⑤照水亦成莲：谓美女亭亭玉立，临水相照影，如水中莲花，清新淡雅。

⑥成都酒：用卓文君当垆卖酒事。

⑦河间钱：用河间姹女数钱事。《后汉书·五行志》载桓帝初童谣："车班班，入河间。河间姹女工数钱。"

⑧余光幸未借，兰膏空自煎：谓美女长夜独宿。这里反用《史记》"东壁余光"事，谓美女不需要向他人借光。《史记·樗里子甘茂列传》："臣闻贫人女与富人女会绩，贫人女曰：'我无以买烛，而子之烛光幸有余，子可分我余光，无损子明，而得一斯便焉。'"兰膏，用泽兰子制成的灯油。

王筠

王筠（481—549），字元礼，一字德柔，琅琊临沂（今山东临沂）人，出自琅琊高门王氏一族。初为参军，迁太子舍人、尚书殿中郎、掌东宫记室。为昭明太子萧统所器重，授尚书吏部郎，迁太子中庶子。后历任司徒左长史、度支尚书、明威将军、永嘉太守等职，官至太子詹事。于当时有诗名，其诗为沈约、谢朓所赏。其诗以五言为多，总体风格清新自然，明媚婉转。《梁书》、《南史》本传著录其诗文集，称百卷，《隋书·经籍志》著录为四十九卷，明人辑有《王詹事集》。

秋夜① 二首

九重依夜馆②，四壁惨无晖。

招摇顾西落③，乌鹊向东飞。
流萤渐收火④，络纬欲催机。
尔时思锦字⑤，持制行人衣。
所望丹心达⑥，嘉客傥能归⑦。

【注释】

①这两首诗是组诗《和吴主簿六首》中的第三、四首。
　"吴主簿"指吴均。二诗为思妇代言，通过状写秋天
　的景物，抒写秋夜思妇的愁怀。前一首写制衣欲达
　丹心，后一首写含愁而辍织，遥相呼应。
②九重：指天。
③招摇：北斗第七星摇光，这里指北斗。
④收火：熄灭光亮。
⑤尔时：彼时。
⑥丹心：谓思念丈夫的诚心。
⑦嘉客：指丈夫。

露华初泥泥①，桂枝行栋栋②。
杀气下重轩③，轻阴满四屋④。
别宠增修夜⑤，远征悲独宿。
愁萦翠羽眉，泪满横波目⑥。
长门绝往来⑦，含情空杼轴⑧。

【注释】

①泥泥：沾润貌。《诗经·小雅·蓼萧》："蓼彼萧斯，

零露泥泥。"

②楝楝（sù）：同"簌簌"，拟声词。

③杀气：阴寒肃杀之气。

④轻阴：微阴的天色。

⑤别宠增修夜：谓与所爱之人分别，使黑夜显得更加漫长。宠，爱。修，长。

⑥横波：谓女子美目，眼波流动如水。

⑦长门：泛指妇女独居之所。

⑧空杼轴：谓因思念过度而辍织。杼轴，代指织布机。

刘孝绰

刘孝绰（481—539），本名冉，字孝绰，小字阿士，彭城（今江苏徐州）人。少颖异，擅文学。官至吏部尚书，因事为人所劾，迁临贺王长史，寻受秘书监。明人张溥辑有《刘秘书集》。今存其诗七十首，多长篇，风格秾丽。

夜听妓赋得《乌夜啼》①

鹍弦且辍弄②，《鹤操》暂停徽③。

别有《啼乌曲》，东西相背飞④。

倡人怨独守⑤，荡子游未归。

若逢生离唱，长夜泣罗衣。

【注释】

①这首诗作于歌舞筵席上，咏《乌夜啼》曲。前四句从曲名《乌夜啼》中的鸟名入手，以"鹍弦"、"鹤

操"相映衬，说明了曲子抒写离别的本意。后四句
进一步阐发曲子中所蕴含的离愁别怨，假设若在离
别的当口演唱，定使人长夜泣下，证明曲子确有感
发的力量。

②鹍（kūn）弦：用鹍鸡筋制成的琵琶弦。

③《鹤操》：指琴曲《别鹤操》。

④东西相背飞：鸟儿分飞，以喻离别。

⑤倡人：这里指嫁作良人妇的倡家女子。

<h2 style="text-align:center">赋得遗所思①</h2>

遗簪雕玟瑁②，赠绮织鸳鸯。
未若华滋树，交枝荡子房③。
别前秋已落，别后春更芳④。
所思不可寄，唯怜盈袖香⑤。

【注释】

①这首诗以《楚辞·九歌·山鬼》"折芳馨兮遗所思"
一句为题，写的是游子在外欲寄礼物与所思之人表
达情意，拣定了门前的花树一枝，却终未能如愿，
只能独自低回怅惘。诗旨与《古诗十九首·庭中有
奇树》一篇趋同，而以"玟瑁簪"、"鸳鸯绮"等珍
好之物衬托花枝的可贵，则为诗人的发明。

②遗簪雕玟瑁：即"遗雕玟瑁簪"。

③荡子：游子自谓。

④别前秋已落，别后春更芳：谓与所思之人离别前，

彼树花叶尽落；离别之后，复又逢春发芽，花叶
繁茂。

⑤唯怜盈袖香：谓花枝不能寄出，只能藏在怀袖中。

刘遵

刘遵（488—535），字孝陵，彭城（今江苏徐州）人，曾为萧纲书记，纲为太子后，除遵中庶子，卒于官。遵工校雠之学，尝为纲编《东宫四部目录》。以文才见赏于纲，纲称其"文史该富"、"辞章博赡"，并为其编订文集。今诗存九首。诗风绮丽，而诗格卑弱。

繁华应令①

可怜周小童②，微笑摘兰丛。
鲜肤胜粉白，慢脸若桃红③。
挟弹雕陵下④，垂钩莲叶东⑤。
腕动飘香麝⑥，衣轻任好风。
幸承拂枕选⑦，得奉画堂中⑧。
金屏障翠被，蓝帊覆薰笼⑨。
本知伤轻薄⑩，含词羞自通⑪。
剪袖恩虽重，残桃爱未终⑫。
蛾眉讵须嫉⑬，新妆递入宫⑭。

【注释】

①这首诗乃应皇太子萧纲令所作，歌咏的是晋代有名的美童周小史。诗题或取自三国魏阮籍《咏怀》

"昔日繁华子"一首。前八句写周小史的美貌丰姿，既有静态的描写，又有"挟弹"、"垂钩"等动作的衬托；后十句写其入宫被宠幸的经过，着重刻画精致华贵的寝具，周小史羞怯的娇态，并征引有关娈童的故实，以渲染荣宠之盛。

②周小童：即周小史。

③慢脸：美好的脸。慢，同"曼"。

④雕陵：栗林名。《庄子·山木》："庄周游乎雕陵之樊。"

⑤垂钩：垂钓。

⑥香麝：麝香的香气。

⑦拂枕：谓侍奉枕席。

⑧画堂：宫中绘饰华丽的殿堂。

⑨帊（pà）：同"帕"，覆盖物品的巾。薰笼：放在香炉上的笼子，一般为竹制，可熏香、熏衣被等。

⑩伤：太，过于。

⑪含词羞自通：羞于讲出心中的话。

⑫剪袖恩虽重，残桃爱未终：指君王对娈童的宠爱。剪袖，即"断袖"。《汉书·佞幸传》："（董贤）为人美丽自喜，哀帝望见，悦其仪貌。……常与上卧起。尝昼寝，偏藉上袖，上欲起，贤未觉，不欲动贤，乃断袖而起。其恩爱至此。"残桃，即"余桃"。《韩非子·说难》："（弥子瑕）与君游于果园，食桃而甘，不尽，以其半啖君。君曰：'爱我哉！忘其口味，以啖寡人。'"

⑬讵：岂。

⑭递：顺次地，一个接一个地。

庾肩吾

庾肩吾（487—550），字子慎，新野（今河南新野）人。初为萧纲常侍，与刘孝威等十人并称"高斋学士"，官至度支尚书。"侯景之乱"中投萧绎，卒后，元帝萧绎为作墓志。为诗重声律，工雕琢，于唐代格律诗的出现有推动之功，此为胡应麟、王夫之等人称道。《隋书·经籍志》载其集为十卷，明人张溥收辑其诗为《庾度支集》。

南苑看人还①

春花竞玉颜②，俱折复俱攀。

细腰宜窄衣，长钗巧挟鬟。

洛桥初度烛③，青门欲上关④。

中人应有望⑤，上客莫前还⑥。

【注释】

①诗题一作《南苑还看人》。这首诗写观看士女游南苑归来的场景。南苑，刘宋以后的游集之地。

②春花竞玉颜：谓春花盛放，与游春女子的容颜相映生辉。

③度烛：点燃烛火。

④青门：长安城东出南头第一门，又名霸城门。因门色青，故称为青门。

⑤中人：犹内人。

⑥莫：同"暮"。

送别于建兴苑相逢①

相逢小苑北，停车问苑中。
梅新杂柳故，粉白映纶红②。
去影背斜日，香衣临上风③。
云流阶渐黑④，冰开池半通。
去马船难驻，《啼乌》曲未终。
眷然从此别⑤，车西马复东。

【注释】

①这是一首赠别诗。建兴苑，梁代宫苑，位置在秣陵
　县建兴里。全篇多景语，刻画细致。明陆时雍《古
　诗镜》谓"三四句最饶风味"。

②纶：女子的佩巾。

③上风：风吹来的方向。

④云流阶渐黑：谓台阶为云影所蔽。

⑤眷然：依恋的样子。

刘孝威

　　刘孝威（496—548），名不详，字孝威，刘孝绰之第六
弟，彭城（今江苏徐州）人。官至中庶子，"侯景之乱"中，
随司州刺史柳仲礼出围城，以疾卒于安陆。孝威与徐摛、
庾肩吾等并称"高斋十学士"，所为诗亦"宫体"之类，以
五言诗见称于时。今存诗六十首，见明人张溥《汉魏六朝

百三名家集》中所收《刘孝仪孝威集》。

奉和湘东王应令冬晓①
姜家边洛城②，惯识晓钟声。
钟声犹未尽，汉使报应行③。
天寒砚冰冻④，心悲书不成。

【注释】

①这首诗是应湘东王萧绎令所作，组诗原有两首，此
为第二首。此诗写女子送别丈夫时的悲戚心情。晓
钟之声本为寻常事物，而此日之钟声不同，钟鸣则
良人应行，故入耳惊心。清陈祚明《采菽堂古诗
选》谓："小篇纤纤，体情能细。"

②边：靠近。

③汉使：这里指传达使命的官员。

④砚冰：砚水结成的冰。

徐君倩

徐君倩，生卒年无考，字怀简，东海郯（今山东临沂）
人。曾任湘东王咨议参军。聪颖好学，诗轻艳，好声色，
善为巧变新声，人多讽习之。

共内人夜坐守岁①
欢多情未极，赏至莫停杯②。
酒中喜桃子③，粽里觅杨梅④。

帘开风入帐，烛尽炭成灰。
勿疑鬓钗重，为待晓光催⑤。

【注释】

①这首诗写诗人与妻子一同守岁的情景。于丰盛的酒食肴馔之后，夫妇二人坐在一处，静待新年曙光的到来。全诗造语清新可喜，营造出了温馨的闺房氛围。

②赏：玩赏。

③酒中喜桃子：疑为桃子所浸的果酒。

④粽里觅杨梅：当为包有杨梅干果的粽子。

⑤勿疑鬓钗重，为待晓光催：谓妻子守岁垂头，并不是因为钗饰过重，乃是强忍困倦，等待天光来临的缘故。

鲍泉

鲍泉（？—约550），字润岳，东海（今江苏镇江）人，南朝梁时人。博涉史籍，善属文。曾为郢州刺史萧方诸长史。"侯景之乱"中，城陷被杀。精通《仪礼》，著有《新仪》四十卷。

南苑看游者①

洛阳小苑地，车马盛经过②。
缘沟驻行幰③，傍柳转鸣珂④。
履高含响佩⑤，袜轻半隐罗。
浮云无处所⑥，何用转横波。

【注释】

①这首诗写士女春游。全诗采取旁观者的视角,以局部刻画带出整体,描绘出一幅车马熙攘、环佩叮咚的春游盛景。

②盛:多。

③行幰(xiǎn):车辆。幰,车幔。

④鸣珂:玉制的马饰,行动时发出声响。

⑤履高:谓履底高。

⑥无处所:无定止。战国楚宋玉《高唐赋》:"风止雨霁,云无处所。"

刘缓

刘缓,生卒年无考,字含度,平原高唐(今山东德州)人。南朝梁诗人。少以才学闻名,曾任湘东王记室,名高一府。尝谓:"不须名位,所须衣食;不用身后之誉,惟重目前知见。"大同六年(540),湘东王出为江州刺史,缓随府至江州,卒于任。《隋书·经籍志》著录有文集四卷,已佚。今存诗八首。

敬酬刘长史咏名士悦倾城①

不信巫山女②,不信洛川神。

何关别有物③,还是倾城人。

经共陈王戏④,曾与宋家邻⑤。

未嫁先名玉⑥,来时本姓秦⑦。

粉光犹似面,朱色不胜唇。

遥见疑花发⑧，闻香知异春。
钗长逐鬟髪⑨，袜小称腰身⑩。
夜夜言娇尽，日日态还新。
工倾荀奉倩⑪，能迷石季伦。
上客徒留目，不见正横陈⑫。

【注释】

①这是一首和诗，"刘长史"为刘之遴，为湘东王长
史。这首诗所歌咏的是一位倾国倾城的美人。前八
句征引各种故实，极力夸饰美人的绝艳之姿。随后
转入体貌、服饰等局部描写。末四句又以故实相衬
托，并以露骨的性暗示作结。清陈祚明《采菽堂古
诗选》谓该诗"妖艳之极"。

②不信：不实。

③别有物：其他的事物。

④经共陈王戏：曾与陈思王曹植诗中所言之玉女相戏。
三国魏曹植《远游篇》："仙人翔其隅，玉女戏其
阿。"经，曾。

⑤宋家邻：谓宋玉之东邻女。战国楚宋玉《登徒子好
色赋》："楚国之丽者，莫若臣里，臣里之美者，莫
若臣东家之子。"

⑥未嫁先名玉：吴王夫差的女儿名玉，未嫁而卒。晋
干宝《搜神记》："吴王夫差小女名曰紫玉，年十八，
才貌俱美。童子韩重，年十九，有道术，女悦之，
私交信问，许为之妻。重学于齐鲁之间，临去，属

其父母使求婚。王怒，不与女。玉结气死。"

⑦本姓秦：谓美貌如秦氏罗敷。

⑧遥见疑花发：谓美人姿色艳丽，远看疑为春花盛放。

⑨髲（bì）：假发。

⑩袜（mò）：抹胸。

⑪荀奉倩：三国魏时人。名粲，字奉倩，因丧妻故，悲恸不已，岁余亦死。

⑫石季伦：即石崇，字季伦，西晋富豪。

⑬横陈：谓美人横卧。

邓铿

邓铿，生卒年不详，南郡当阳（今湖北当阳）人，南朝梁时人。平西将军邓元起之子。

和阴梁州杂怨诗①

别离虽未久，遂如长别离。

丛桂频销叶②，庭树几攀枝③。

君言妾貌改，妾畏君心移。

终须一相见，并得两相知④。

【注释】

①这是一首和诗。"阴梁州"为阴子春，普泰年间为梁州刺史。这首诗写思妇沉浸于相思之中，虽别离未久，却度日如年，悬想与丈夫相见情景，担心自己容颜老去，丈夫心意转移，在畏惧与期待中左右为

难。该诗感情深挚，语言流畅，楚楚动人。

②销叶：落叶。

③庭树几攀枝：取《古诗十九首·庭中有奇树》折枝寄远意。

④终须一相见，并得两相知：谓会期终至，当可互通心意。战国楚宋玉《九辩》："愿一见兮道余意，君之心兮与余异。"

庾信

庾信（513—581），字子山，小字兰成，江陵（今湖北荆州）人。南朝梁诗人庾肩吾之子。幼聪敏，博涉群书。初为梁昭明太子东宫侍读。昭明太子卒，萧纲继为太子，与父肩吾出入东宫禁闼，恩隆莫比。后出使西魏，值梁亡，信滞留长安，遂仕于兹。周孝闵帝代魏，复仕周，官至骠骑大将军、开府仪同三司，世称"庾开府"。仕梁时诗风绮艳，留滞北方后，转入沉郁清刚一脉，正唐杜甫所谓"庾信文章老更成"（《戏为六绝句》）也。《隋书·经籍志》著录有集二十一卷，已佚。今存最早刊本为朱承爵刊本《诗集》四卷。

奉和咏舞①
洞房花烛明，燕余双舞轻②。
顿履随疏节③，低鬟逐《上声》④。
步转行初进，衫飘曲未成。
鸾回镜欲满，鹤顾市应倾⑤。

已曾天上学，讵似世中生⑥？

【注释】

① 简文帝有《咏舞诗》二首，这首当为和作。此诗歌咏筵席上所观赏的舞蹈，从节奏、舞步、舞姿等多个角度刻画了舞蹈的曼妙，最末两句极力夸饰，谓此舞奇绝，直使人惊为仙品。

② 燕：同"宴"。

③ 疏节：缓慢的节奏。

④《上声》：古曲《上声歌》的简称。

⑤ 鹤顾市应倾：谓此舞使人如追随吴王白鹤之舞般倾城而动。汉赵晔《吴越春秋》："（吴王）乃舞白鹤于吴市中，令万民随而观之。"

⑥ 讵似世中生：谓此舞不似人世所有。

七夕①

牵牛遥映水，织女正登车。

星桥通汉使，机石逐仙槎②。

隔河相望近，经秋离别赊。

愁将今夕恨，复著明年花③。

【注释】

① 这首诗咏七夕牛女事，征引相关典故，将牛女故事拓展开来，引人玄想；复以一河相隔之近，一夕相聚之短，牵出一岁久别之幽恨，并将其物化为"明

年花"，可谓善从旧题中翻出新意。

②星桥通汉使，机石逐仙槎（chá）：谓汉代大臣张骞乘仙槎遇牛女事。南朝梁宗懔《荆楚岁时记》："汉武帝令张骞使大夏，寻河源，乘槎经月而至一处，见城郭如州府，室内有一女织，又见一丈夫牵牛饮河。骞问曰：'此是何处？'答曰：'可问严君平。'织女取楮机石与骞而还。"星桥，即鹊桥。汉使，指张骞。机石，即楮机石，支织机之石。

③愁将今夕恨，复著明年花：谓今夕之离恨，复又著于明年之春花。秋去春来，年年如是。

刘邈

刘邈，生卒年不详，彭城（今江苏徐州）人。南朝梁时人。今存诗四首。

万山见采桑人①

倡妾不胜愁②，结束下青楼③。
逐伴西蚕路④，相携南陌头⑤。
叶尽时移树⑥，枝高乍易钩⑦。
丝绳挂且脱⑧，金笼写复收⑨。
蚕饥日已暮，讵为使君留⑩。

【注释】

①这首诗咏采桑女。开篇交代采桑女身份，乃是一位嫁为良人妇的倡家女。随后六句写采桑女辛苦劳作

的场景。最末两句写采桑女以日暮归家饲蚕为借口，拒绝使君约会的邀请，与乐府旧题《陌上桑》故事相接，而笔触较为隐晦，上文之"移树"、"易钩"、"挂且脱"、"写复收"亦显得别有深意。

②倡妾：采桑女自称，盖曾为倡家。

③结束：装束整齐。

④西蚕路：通往西郊蚕宫的路。《南史·宋孝武帝纪》："冬十一月甲子，立皇后蚕宫于西郊。"

⑤南陌头：泛指采桑的地点。《乐府诗集·杂歌谣辞·河中之水歌》："莫愁十三能织绮，十四采桑南陌头。"

⑥移树：换一棵树。

⑦钩：采桑用的工具。

⑧丝绳：系桑笼的绳子。

⑨写：同"卸"，卸下。

⑩使君：指调戏采桑女的男子。

徐陵

徐陵（507—583），字孝穆，东海郯（今山东郯城）人。南朝梁诗人徐摛之子。少颖异好学，博涉史书，工诗赋。仕梁，历任东宫学士、通直散骑常侍等职，尝出使北朝，值"侯景之乱"，滞留北方，后随贞阳侯萧渊明南归。入陈后，历任尚书左仆射、中书监、左光禄大夫、太子少傅，封建昌县侯，卒谥章。诗文为当时所宗，与庾信并称，风格纤弱绮靡。编《玉台新咏》十卷。明人辑有《徐孝穆集》。

和王舍人送客未还闺中有望①

倡人歌吹罢，对镜览红颜。

拭粉留花称②，除钗作小鬟③。

绮灯停不灭④，高扉掩未关。

良人在何处？惟见月光还。

【注释】

①这是一首和作。"王舍人"名王褒，曾任太子舍人。这首诗写宴会结束后，丈夫出门送客，妻子在闺中拭去红粉，换上家常的妆饰，留灯不熄，掩门不锁，等待丈夫归来，却只见月光于门外流转。全诗截取一极短小的生活片段，以一系列行动的描写，将叙事时间拉长，生动地展现了妻子期待与丈夫一同温存叙话的焦急心情。

②花称：即花胜，古代妇女的一种妆饰，以剪彩贴面。

③除钗作小鬟：谓将钗饰除去，另换简单的发式。

④停：谓继续燃灯。

王筠

作者简介见本书第 276 页。

咏灯檠①

百华耀九枝②，鸣鹤映冰池③。

朱光本内照④，丹花复外垂。

流辉悦嘉客，翻影泣生离。

自销良不悔⑤，明白愿君知。

【注释】

①这是一首咏物诗，歌咏的对象是灯架。前四句从物
体的外在形态上入手，后四句则将物体拟人化，赋
予它人的思想感情，使它的光辉像是对嘉宾的取
悦，使它投下的影子像是为别离而悲泣。全诗比喻
巧妙，蕴意深远。灯檠（qíng），灯台，烛台。

②九枝：一干九枝的烛灯。

③鸣鹤：谓灯架以鸣鹤为形。

④内照：光照室内。

⑤自销：谓自损。

刘孝绰

作者简介见本书第 278 页。

古意①

燕赵多佳丽，白日照红妆。
荡子十年别，罗衣双带长②。
春楼怨难守，玉阶空自伤③。
复此归飞燕，衔泥绕曲房。
差池入绮幕④，上下傍雕梁。
故居犹可念⑤，故人安可忘？
相思昏望绝⑥，宿昔梦容光。
魂交忽在御⑦，转侧定他乡。

徒然顾枕席，谁与同衣裳？
空使兰膏夜，炯炯对繁霜^⑧。

【注释】

①这是一首思妇诗。写思妇与丈夫阔别十年，容颜瘦损，春来自伤自悼之余，望见飞燕尚能成双，愈增悲感，不免暗自质问丈夫，莫非故人尚不如故居之可恋？夜来良人入梦，醒来后唯余枕席。全诗意旨、句法多承袭自乐府古辞，语意缠绵，文辞婉丽。

②罗衣双带长：衣带长，谓腰身瘦损。

③玉阶空自伤：谓思妇于玉阶之上伫立凝望。

④差池：不齐貌。

⑤可念：犹可爱、可恋。

⑥昏望绝：谓黄昏伫立，心中绝望。汉司马相如《长门赋》："日黄昏而望绝兮，怅独托于空堂。"

⑦在御：谓夫婿在侧，情好绸缪。《诗经·郑风·女曰鸡鸣》："琴瑟在御，莫不静好。"

⑧炯炯：双目不闭貌。

庾肩吾

作者简介见本书第 282 页。

和徐主簿望月^①
楼上徘徊月，窗中愁思人。

照雪光偏冷，临花色转春②。

星流时入晕③，桂长欲侵轮④。

愿以《重光曲》⑤，承君歌扇尘。

【注释】

①这是一首和作，"徐主簿"或为徐摛。开篇便以"窗中"一句，交代了望月的主体，乃是一位心怀愁思的人。随后转入对月光的描写，并以月色笼罩下的雪、花，想象中的流星、月桂相映衬。全诗端整工丽，清王夫之《古诗评选》谓"临花色转春"一句"真近体佳句"。

②春：暖。

③晕：月亮周围的光晕。

④侵：及，至。

⑤《重光曲》：汉明帝为太子时乐人所作的歌咏日月的歌诗。

阴铿

阴铿（约511—约563），字子坚，武威姑臧（今甘肃武威）人。幼聪颖，工诗赋，博涉史传。初仕梁，任湘东王法曹行参军。入陈，官至晋陵太守、员外散骑常侍。为诗善五言一体，佳作多为状写山水者，善写新体诗，讲求声韵，风格清新流丽，与何逊并称"阴何"。对后世有较大影响。《隋书·经籍志》有集一卷，已佚。今存诗三十余首。

侯司空宅咏妓①

佳人遍绮席②，妙曲动鹍弦③。
楼似阳台上④，池如洛水边。
莺啼歌扇后，花落舞衫前。
翠柳将斜日，偏照晚妆鲜⑤。

【注释】

①这是一首歌咏众歌舞伎的诗。"侯司空"为侯安都，陈代名将，拥陈文帝即位后，进位司空。开篇两句交代了歌舞伎所处的场合，随后征引故典，将筵席所在的楼台池馆比作传说中的巫山洛水，轻歌曼舞的佳人们也便成了神仙一流的人物，复将啼莺、落花衬托歌舞之美。最末两句写景，柳映斜阳，红翠缤纷，使得佳人的妆容愈发鲜亮夺目。全诗风格流丽，句法秀隽。

②绮席：华美丰盛的筵席。

③鹍（kūn）弦：用鹍鸡筋制作的琵琶弦。

④阳台：巫山神女来往之所。

⑤偏：特地。

侍宴赋得竹①

夹池一丛竹②，青翠不惊寒。
叶酝宜城酒③，皮裁薛县冠④。
湘川染别泪⑤，衡岭拂仙坛⑥。
欲见葳蕤色⑦，当来兔苑看⑧。

【注释】

①这是一首咏物诗，歌咏的对象是竹子。该诗以隶事示巧，代表了当时诗坛的一种风气。

②夹池：沿池边而生。

③叶酝（yùn）宜城酒：谓竹叶可以酿酒。宜城酒，古代襄州宜城（今湖北宜城）所产的美酒。酝，酝酿。晋张华《轻薄篇》："苍梧竹叶青，宜城九酝酒。"

④皮裁薛县冠：谓竹皮可以制冠。薛县冠，汉高祖为亭长时用竹皮制的冠。《汉书·高帝纪》："高祖为亭长，乃以竹皮为冠，令求盗之薛治之，时时冠之。"

⑤湘川染别泪：谓舜之二妃于湘水泪染竹斑事。南朝梁任昉《述异记》："湘水去岸三十许里有相思宫、望帝台。舜南巡而葬于苍梧之野，尧之二女娥皇、女英追之不及，相与恸哭，泪下沾竹，竹上为之班班然。"

⑥衡岭拂仙坛：谓湘中竹随风拂拭石床事。衡岭，衡山。晋罗含《湘中记》："邵陵高平县有文竹山，上有石床，四面绿竹扶疏，常随风委拂此床。"

⑦葳蕤（wēiruí）：长而下垂的样子。汉东方朔《七谏》："便娟之修竹兮，寄生乎江潭。上葳蕤而防露兮，下泠泠而来风。"

⑧兔苑：汉梁孝王所建园囿，在今河南商丘。汉枚乘《梁王兔园赋》："修竹檀栾，夹池水。"

裴子野

裴子野（469—530），字几原，河东闻喜（今山西闻喜）人，南朝梁著名史家。少颖悟好学，善属文，精于史学。初仕齐，任江夏王参军。入梁后，任尚书比部郎、著作郎，转鸿胪卿，领步兵校尉。卒于官，谥贞子。所著《宋略》，为当世所重。今存诗三首，诗风朴素，不尚骈俪。

咏雪①

飘飖千里雪，倏忽度龙沙②。

从云合且散，因风卷复斜。

拂草如连蝶③，落树似飞花。

若赠离居者④，折以代瑶华⑤。

【注释】

①这首诗歌咏的是动态的雪，描摹了雪花飞舞的姿态，并以蝶、花相比拟，进而联想到折枝寄远的传统，使得全诗从单纯的咏物层面脱离开来，引发人有关思妇征人的联想，意境愈加隽永。

②龙沙：泛指塞外荒僻之地。

③连蝶：并飞之蝶。

④离居者：与所思之人分居两地者。

⑤瑶华：传说中的仙花。《楚辞·九歌·大司命》："折疏麻兮瑶华，将以遗兮离居。"

庾信

作者简介见本书第289页。

昭君辞①

拭泪辞戚里②，回顾望昭阳③。
镜失菱花影，钗除却月梁④。
围腰无一尺⑤，垂泪有千行。
绿衫承马汗，红袖拂秋霜。
别曲真多恨，哀弦须更张⑥。

【注释】

①这首诗歌咏昭君故事，写昭君辞别汉宫，容颜憔悴，一路风尘辛苦，和着马上琵琶的哀音。"绿衫"、"红袖"的绮靡，与"马汗"、"秋霜"的苍凉形成了鲜明的对比，象征着汉家妃与胡地妾身份的迥异。全诗格调清新流畅，感情深挚。

②戚里：帝王外戚居住的地方，这里指昭君的亲人。

③昭阳：汉宫名。

④却月梁：一种钗饰。

⑤围腰：即腰围。

⑥更张：重新张设。

结客少年场行①

结客少年场②，春风满路香。
歌撩李都尉③，果掷潘河阳④。
隔花遥劝酒，就水更移床⑤。
今年喜夫婿，新拜羽林郎⑥。
定知刘碧玉，偷嫁汝南王⑦。

【注释】

①这是一首乐府诗，属杂曲歌辞。唐吴兢《乐府古题要解》谓此题言"轻生重义，慷慨以立功名也"。这首诗写王孙公子轻衣肥马、醇酒美妇、宴笑无方的生活。

②结客少年场：于年轻人集会的场所交友。

③歌撩李都尉：欢场的歌声曼妙，可以撩逗如李延年那样善歌的人。李都尉，指李延年，曾被封为协律都尉。

④果掷潘河阳：欢场中的少年美貌如掷果盈车的潘岳。潘河阳，即潘岳，曾官河阳令。南朝宋刘义庆《世说新语》刘孝标注引《语林》："安仁至美，每行，老妪以果掷之满车。"

⑤床：坐榻。

⑥羽林郎：汉代所置禁军官名。

⑦定知刘碧玉，偷嫁汝南王：谓王孙新得美妾。刘碧玉，汝南王妾。汝南王，指晋代汝南王司马亮。这里用以象征王孙贵族。

卷九

东飞伯劳歌①

东飞伯劳西飞燕，黄姑织女时相见②。
谁家女儿对门居，开华发色照里闾③。
南窗北牖挂明光④，罗帏绮帐脂粉香。

女儿年岁十五六，窈窕无双颜如玉。
三春已暮花从风，空留可怜谁与同⑤。

【注释】

①这是一首乐府古辞，一说为萧衍所作。这首诗以分
飞的鸟与离居的牛女起兴，写正当盛年的深闺少
女，春暮惜花，不愿辜负韶光，渴望得到心上人怜
爱的情怀。清王夫之《古诗评选》谓该诗"托体虽
艳，其风神音旨，英英遥遥，固已笼罩百代"。

②黄姑：即牵牛星。

③里闾：即乡里。

④牖（yǒu）：窗户。明光：谓日光。

⑤可怜：可爱，这里指少女。

河中之水歌①

河中之水向东流，洛阳女儿名莫愁。
莫愁十三能织绮，十四采桑南陌头。
十五嫁为卢家妇，十六生儿字阿侯。
卢家兰室桂为梁，中有郁金苏合香②。
头上金钗十二行，足下丝履五文章③。
珊瑚挂镜烂生光④，平头奴子提履箱⑤。
人生富贵何所望⑥，恨不早嫁东家王。

【注释】

①这是一首乐府古诗，一说为萧衍所作。这首诗歌咏

的主人公是一位名叫莫愁的女子，全篇以东流之水起兴，极力夸饰莫愁富贵奢靡的生活，末两句突然笔锋一转，以莫愁自叙的口吻，言富贵如此，本应殊无怨望，唯恨未能早嫁所慕之人，虽贫贱亦足乐也。可见她嫁作卢家妇，生活虽极富足，却并不惬意。明陆时雍《诗镜总论》谓该诗"亦古亦新，亦华亦素"、"风格浑成，意象独出"。

②郁金苏合香：两种皆为西域传来的香料。

③五文章：如"五"字古体"乂"纵横交错的花纹。

④烂：绚烂。

⑤平头奴子：不戴冠巾的仆人。

⑥望：怨望。

⑦东家王：指王昌。晋习凿齿《襄阳耆旧传》："王昌，字公伯，为东平相，散骑常侍，早卒。其妻乃任城王曹子文女。"

越人歌①并序

楚鄂君子皙者②，乘青翰之舟③，张翠羽之盖，榜枻越人悦之④，棹楫而越歌⑤，以感鄂君，欢然举绣被而覆之。其词曰：

今夕何夕兮⑥，搴舟中流⑦。

今日何日兮，得与王子同舟！

蒙羞被好兮⑧，不訾诟耻⑨。

心几烦而不绝兮⑩，得知王子⑪。

山有木兮木有枝，心悦君兮君不知⑫！

【注释】

①这是一首春秋时期的楚地越人民歌,最早见于汉刘向《说苑·善说》。楚鄂君子修初至封地,举行舟游盛会,驾舟的越人用歌声表达了对鄂君的爱慕之情,子修深为所感,遂与之交欢。宋朱熹以为"其义鄙亵不足言",然于"六艺"中所谓兴者,"亦有契焉"。(《诗传遗说》)所指正是"山有木兮木有枝"两句。

②楚鄂君子脩:子脩,汉刘向《说苑》作"子皙",春秋时期楚国令尹,楚灵王同母弟。

③青翰:一种刻绘鸟形、涂以青色的舟。

④榜枻(yì):船桨,这里谓驾船。

⑤棹楫(jí):船桨,这里指划船。棹,长桨。楫,短桨。

⑥今夕何夕兮:谓今夜是何夜,赞美该夜是良辰。《诗经·唐风·绸缪》:"今夕何夕,见此良人。"

⑦搴(qiān)舟中流:于中流驾舟。中流,河流中央。

⑧蒙羞被好:害羞地接受恩好。

⑨不訾(zī)诟耻:不思羞耻。訾,思。

⑩烦而不绝:忧愁不绝。

⑪得知王子:得与王子相知。

⑫山有木兮木有枝,心悦君兮君不知:谓山有木、木有枝乃众所周知之事,而我心爱悦君子,君子却不知。

司马相如

司马相如(约前179—前118),字长卿,蜀郡成都（今四川成都）人，西汉辞赋家。少年好读书，学击剑。初，以赀为郎，侍景帝为武骑常侍。景帝不好辞赋，值梁孝王来朝，遂称病免官，客游梁地，作《子虚赋》。孝王死，相如归蜀，依临邛令王吉，于宴会中得遇卓王孙之新寡女文君，并与之私奔，沽酒为业。时武帝好辞赋，召相如，作《上林赋》，任为郎，多次出使远夷。后拜文园令。晚年免官，居茂陵。司马相如的文学成就主要在于辞赋，号为"辞宗"、"赋圣"。《汉书·艺文志》著录赋作二十九篇，《隋书·经籍志》有集一卷。明人张溥辑有《司马文园集》。

琴歌^① 二首并序

司马相如游临邛^②，富人卓王孙有女文君新寡，窃于壁间窥之，相如鼓琴，歌以挑之，曰：

凤兮凤兮归故乡，遨游四海求其凰^③。
时未通遇无所将^④，何悟今夕升斯堂^⑤。
有艳淑女在此方，室迩人遐毒我肠^⑥。
何缘交颈为鸳鸯^⑦？

【注释】

①《琴歌》共有两首，又名《凤求凰》，乃司马相如对卓文君表达恋慕之情时所作。第一首自比为凤，将文君比为凰，自谓空怀瑾瑜，未获知音，幸得此夕遇此淑女，又奈何其间重重阻碍，虽只一壁之隔，却似远在天边，不由中心摧伤。第二首进一步提出

与文君交好的愿望，并建议趁夜私奔，希望文君能感知这一番拳拳之心，莫使人徒然伤悲。两诗以赋为主，兼用比兴，语言直白，感情炽烈。

②临邛（qióng）：治所在今四川邛崃。

③凰：传说中的雌鸟，凤的配偶。

④时未通遇：时运未通达，未得良遇。

⑤升斯堂：登此堂上。

⑥室迩（ěr）人遐毒我肠：室近而人远，使我心伤。迩，近。遐，远。毒，伤。

⑦何缘：怎样。

皇兮皇兮从我栖①，得托字尾永为妃②。
交情通体心和谐，中夜相从知者谁③。
双兴俱起翻高飞④，无感我心使予悲⑤。

【注释】

①皇：同"凰"。

②得托字尾永为妃：谓望能与之交欢，永远为配。字尾，同"孳尾"，谓交配。《尚书·尧典》："鸟兽孳尾。"妃，配。

③中夜相从知者谁：谓半夜相从私奔，无人知晓。

④双兴：双双振起高飞。

⑤无感我心使予悲：若不能感知我心，则使我伤悲。予，我。

乌孙公主

乌孙公主（约前140—前87），江都王刘建之女，名细君，沛（今江苏沛县）人。元封六年（前105），汉武帝为联合乌孙以抗匈奴，将其以公主身份嫁与乌孙王昆莫。昆莫卒后，改嫁昆莫之孙岑陬，生一女。后病卒。今存诗一首。

歌诗① 并序

汉武元封中②，以江都王女细君为公主③，嫁与乌孙昆弥④。至国，而自治室宫，岁时一再会，言语不通，公主悲愁，自作歌曰：

> 吾家嫁我兮天一方，远托异国兮乌孙王。
> 穹庐为室兮毡为墙⑤，以肉为食兮酪为浆⑥。
> 常思汉土兮心内伤，愿为飞黄鹄兮还故乡。

【注释】

①这首诗最早见于《汉书·西域传》，写细君公主远嫁乌孙，言语不通，生活习俗难以适应，因而思念故土，恨不能化作黄鹄飞还。全诗饱含怨愤，直抒胸臆，具有较强的艺术感染力。

②元封：汉武帝年号，前110年至前105年。

③江都王：江都易王刘非之子刘建。

④乌孙昆弥：乌孙国王。乌孙，西域国名，在今新疆伊犁河谷。昆弥，又称"昆莫"，乌孙国王称号。

⑤毡：毛毡。

⑥酪：乳类。

童谣歌

详见本书第64页"汉时童谣歌"。

汉成帝时童谣歌①二首并序

汉成帝赵皇后名飞燕，宠幸冠于后宫，常从帝出入。时富平侯张放亦称佞幸②，为期门之游③。故歌云"张公子时相见"也。飞燕娇妒，成帝无子，故云"啄皇孙"、"华而不实"。王莽自云代汉者德土④，色尚黄，故云"黄雀"。飞燕竟以废死，故"为人所怜"者也。

燕燕尾殿殿⑤，张公子⑥，时相见。
木门仓琅根⑦，燕飞来，啄皇孙⑧。

【注释】

①此童谣共两首，始见于《汉书·五行志》，以生动的譬喻，叙写了飞燕得宠、毒害皇嗣，最终被废而死的过程，对飞燕的悍妒、成帝的荒淫、后宫斗争的残酷进行了犀利的批评与辛辣的讽刺。

②富平侯张放：大司马张安世曾孙，汉成帝男宠。

③期门之游：谓皇帝微行。期门，官名，汉武帝时置，掌执兵扈从护卫。武帝喜微行，多与西北六郡良家子能骑射者期约在殿门会合，故称。

④德土：五德之一。旧五德终始说以五行相生相克附会王朝命运，谓土胜者为德土。土，五行之一，五

色中黄色属土。

⑤燕燕尾殿殿：燕子张开尾巴。燕燕，燕子，指赵皇
后飞燕。殿殿，《汉书》作"涎涎"，小鸟张尾貌。

⑥张公子：指张放。

⑦木门仓琅（láng）根：宫门上的青铜铺首及铜环，
谓飞燕入宫受宠。仓琅根，铺首衔环。铜色青，故
云"仓琅"，仓，同"苍"。

⑧啄皇孙：谓赵氏姐妹戕害皇子。

桂树华不实①，黄雀巢其颠②。
昔为人所羡，今为人所怜③。

【注释】

①桂树华不实：谓汉代火德而无嗣。桂树赤色，像火；
华不实，只开花不结果，此指无子。

②黄雀巢其颠：谓王莽代汉，自谓土德。黄雀色黄，
像土；巢其颠，谓取而代之。

③昔为人所羡，今为人所怜：谓赵氏姐妹昔时地位煊
赫，为人所羡，而今伏辜，又为人所怜。

汉桓帝时童谣歌① 二首

大麦青青小麦枯，谁当获者妇与姑②，丈夫何
在西击胡③。
吏买马，君具车④。请为诸君鼓咙胡⑤。

【注释】

①这两首为汉桓帝时童谣，始见于《后汉书·五行志》。汉桓帝刘志（132—167），东汉第十一位皇帝，本初元年（146）即位，在位二十一年，期间外戚擅权，宦官专断，一生荒淫无道，沉湎女色。第一首写桓帝初，为抵抗凉州诸羌的入侵，朝廷发兵极多，劳动力匮乏，妇女操劳农事，官吏亦需"买马"、"具车"。第二首以乌鸦起兴，指控掌权者工于聚敛，贪欲无穷，百姓深受其害。

②谁当获者妇与姑：妇女们去收割麦子。获，收割。妇与姑，媳妇与婆婆，指家中的妇女。

③击胡：打击入侵的羌人。

④吏买马，君具车：谓征调延及有俸禄的人。

⑤鼓咙胡：鼓动喉咙，把话咽住，谓不敢高声语。

城上乌①，尾毕逋②。
公为吏，儿为徒③。
一徒死，百乘车④。
车班班，至河间⑤。
河间姹女工数钱⑥。
以钱为室金为堂⑦，石上慊慊舂黄粱⑧。
梁下有悬鼓，我欲击之丞卿怒⑨。

【注释】

①城上乌：谓居高位而贪财、不与下共之人。乌鸦是

贪婪的鸟，故引以为比。

②尾毕逋（bū）：尾巴尽秃，谓没有好下场。毕，全。逋，欠。

③公为吏，儿为徒：谓父亲做了军吏，儿子又被征丁。

④一徒死，百乘车：谓一人死于战争，复有百辆车前往战场。

⑤车班班，至河间：谓桓帝驾崩，众人前往河间迎立灵帝刘宏。刘宏为河间孝王刘开曾孙。班班，形容车辆众多。

⑥河间姹女工数钱：谓灵帝之母董太后贪财。河间姹女，指董太后。

⑦以钱为室金为堂：谓董太后好聚金以为堂。《后汉书·皇后纪》："（董太后）始与朝政，使帝卖官求货，自纳金钱，盈满堂室。"

⑧石上慊慊春黄粱：谓董太后虽聚敛大量财富，心中仍有不足，使人春黄粱以食。

⑨梁下有悬鼓，我欲击之丞相怒：谓董太后使灵帝卖官鬻爵，忠良之士心中愤懑，欲击鼓求见丞相，丞相亦为谀佞之人，遂怒而拦阻。

张衡

作者简介见本书第 65 页。

四愁诗①

一思曰②：我所思兮在太山③，欲往从之梁甫艰④。

侧身东望涕沾翰⑥。
美人赠我金错刀⑥，何以报之英琼瑶⑦。
路远莫致倚逍遥⑧，何为怀忧心烦劳！

【注释】

①这首诗始见于南朝梁萧统《文选》，是一首较早的七言诗，模仿的是《离骚》"香草美人"的寄托，借怀人之名，抒发不得志的愤懑。四章重沓吟唱，更换"所思"所在的地点、"欲往从之"的路途中存在的阻隔、相赠的信物，表达的是同一种情感，又借鉴了《诗经》的章法。《文选》该诗前有小序："张衡不乐，久处机密，阳嘉中，出为河间相。时国王骄奢，不遵法度，又多豪右并兼之家。衡下车，治威严，能内察属县，奸猾行巧劫，皆密知名。下吏收捕，尽服擒。诸豪侠游客，悉惶惧逃出境，郡中大治，争讼息，狱无系囚。时天下渐弊，郁郁不得志，为《四愁诗》，屈原以美人为君子，以珍宝为仁义，以水深雪雾为小人。思以道术相报，贻于时君，而惧谗邪不得以通。"清沈德潜《古诗源》谓该诗"心烦纡郁，低徊情深"。

②思：即为"愁"，愁出于思。

③太山：即泰山。

④梁甫：泰山下的一座小山。

⑤翰：羽毛，借指衣襟。

⑥金错刀：刀环为黄金镀过的佩刀。

⑦英琼瑶：美玉。

⑧倚：通"猗"，语助词。

二思曰：我所思兮在桂林①，欲往从之湘水深②。
侧身南望涕沾襟。
美人赠我琴琅玕③，何以报之双玉盘。
路远莫致倚惆怅，何为怀忧心烦怏！

【注释】

①桂林：郡名，今属广西。

②湘水：即湘江。

③琴琅玕（lánggān）：美石装饰的琴。

三思曰：我所思兮在汉阳①，欲往从之陇阪长②。
侧身西望涕沾裳。
美人赠我貂襜褕③，何以报之明月珠。
路远莫致倚峙嵋，何为怀忧心烦纡④！

【注释】

①汉阳：郡名，西汉称天水郡，汉明帝改为汉阳，在
　今甘肃。

②陇阪：天水有大阪，称为"陇阪"。阪，山坡。

③襜褕（chānyú）：直襟的短衣。

④烦纡：烦愁郁结。

四思曰：我所思兮在雁门①，欲往从之雪纷纷②。
侧身北望涕沾巾。
美人赠我锦绣段③，何以报之青玉案④。
路远莫致倚增叹⑤，何为怀忧心烦惋⑥！

【注释】

①雁门：郡名，秦置，在今山西省北部。

②纷纷：雪盛貌。

③锦绣段：成段的锦绣。

④青玉案：青玉所制的放食器的小几。

⑤增叹：一再叹息。

⑥烦惋（wǎn）：烦郁叹恨。

秦嘉

作者简介见本书第 67 页。

赠妇诗①

暧暧白日②，引曜西倾③。
啾啾鸡雀，群飞赴楹。
皎皎明月，煌煌列星。
严霜凄怆，飞雪覆庭。
寂寂独居，寥寥空室。
飘飘帷帐，荧荧华烛。
尔不是居④，帷帐焉施？
尔不是照，华烛何为？

【注释】

①这是秦嘉赠给在母家养病的新婚妻子的诗。全诗寓情于景，将离居的凄凉心境展现得纤毫毕至。频繁地运用叠音词，使得诗歌声韵缠绵跌宕，给人以萦纡不尽之感。

②暧暧（ài）：昏暗不明貌。

③引曜：辉映。

④尔不是居：你不在这里居住。

魏文帝曹丕

曹丕（187—226），字子桓，沛国谯（今安徽亳州）人。曹操第二子，曹植同母兄，以其兄曹昂早卒故，立为嗣子。幼聪敏，文武兼习。延康元年（220），曹操卒，继位为丞相、魏王。十月，迫汉帝禅位，自立为帝，改元黄初，迁都洛阳。在位六年间，曾两度率军伐吴，皆无功而返。卒后谥为文皇帝。曹丕爱好文学，提出"文以气为主"，将文学的地位上升到"经国之大业，不朽之盛事"的层面上，在文学批评史上有着重要的地位。《隋书·经籍志》著录有集二十三卷，并《典论》五卷，《列异传》三卷，已佚。明人张溥辑有《魏文帝集》。

燕歌行^① 二首

秋风萧瑟天气凉，草木摇落露为霜②。
群燕辞归雁南翔，念君客游多思肠。
慊慊思归恋故乡③，君何淹留寄他方。

贱妾茕茕守空房④，忧来思君不敢忘，
不觉泪下沾衣裳。
援琴鸣弦发清商，短歌微吟不能长。
明月皎皎照我床，星汉西流夜未央。
牵牛织女遥相望，尔独何辜限河梁⑤。

【注释】

①这二首为乐府诗，属相和歌辞平调曲，始见于《宋书·乐志》，是现存较早的、较完整的七言诗。唐吴兢《乐府古题要解》云：“‘秋风萧瑟天气凉’、‘别日何易会日难’二篇，言时序迁换而行役不归，佳人怨旷无所诉也。”前一首以秋景入手，写秋来思妇的愁绪，赋比兼用，语言清丽。清吴乔《围炉诗话》以为“唐人歌行之祖”。后一首写思妇两昼一夜的活动，从前一天寄语浮云、零泪如雨、歌诗自宽，到夜里披衣出户、仰观星月，再到第二天天明听禽鸟哀鸣，顺次写来，细碎含蓄，饱含哀怨之情致。

②秋风萧瑟天气凉，草木摇落露为霜：谓秋来天气转凉，草木凋零，露水化作严霜。《楚辞·九辩》：“悲哉秋之为气也，萧瑟兮草木摇落而变衰。”

③慊慊（qiàn）：心有不足貌。

④茕茕（qióng）：孤独无依的样子。

⑤尔独何辜限河梁：你们有何罪过，被桥梁隔开？这里以牛女喻离居的夫妇。辜，罪。

别日何易会日难，山川悠远路漫漫。
郁陶思君未敢言①，寄声浮云往不还。
涕零雨面毁容颜②，谁能怀忧独不叹。
展诗清歌聊自宽③，乐往哀来摧肺肝。
耿耿伏枕不能眠，披衣出户步东西，
仰看星月观云间。
飞鸧晨鸣声可怜④，留连顾怀不能存⑤。

【注释】

①郁陶：忧愁貌。

②雨面：泪流满面。

③展诗：吟诗。《楚辞·九歌·东君》："翾飞兮翠曾，展诗兮会舞。"

④飞鸧（cāng）：灰鹤。

⑤顾怀：眷顾怀恋。《楚辞·九歌·东君》："长太息兮将上，心低佪兮顾怀。"

曹植

作者简介见本书第 109 页。

妾薄命行①

日月既是西藏，更会兰室洞房。
花灯步障舒光②，皎若日出扶桑，
促樽合坐行觞。
主人起舞娑盘③，能者穴触别端④。

腾觚飞爵阑干⑤，同量等色齐颜。

任意交属所欢，朱颜发外形兰⑥。

袖随礼容极情，妙舞仙仙体轻⑦。

裳解履遗绝缨⑧，俯仰笑喧无呈⑨。

览持佳人玉颜，齐接金爵翠盘。

手形罗袖良难⑩，腕弱不胜珠环，

坐者叹息舒颜。

御巾裹粉君傍⑪，中有霍纳都梁⑫。

鸡舌五味杂香⑬，进者何人齐姜⑭，

恩重爱深难忘。

召延亲好宴私，但歌杯来何迟。

客赋《既醉》言归，主人称露未晞⑮。

【注释】

①这是一首乐府诗，属杂曲歌辞。原有两首，《玉台新咏》所选为第二首。唐吴兢《乐府古题要解》谓："盖恨宴私之欢不久。如梁简文'名都多丽质'，伤良人不返，王嫱远聘，卢姬嫁迟。"这首诗写长夜宴饮，欢歌达旦，恨良辰之易逝，与题义并无关联。全诗句句叶韵，文辞富于华采。

②步障：用来遮蔽风尘或视线的一种屏风。

③娑盘：即婆娑，盘旋舞动貌。

④能者穴触别端：谓舞者舞蹈绰约多姿。能者，善舞者。穴触，谓侧身与其他舞者想触碰。别端，谓端立而正面观众。

⑤腾觚（gū）飞爵阑干：谓酒器交错纵横。腾觚，举起酒杯。觚，一种青铜制的酒器。阑干，横斜貌。

⑥形兰：谓外貌如兰。

⑦仙仙：轻盈貌。《诗经·小雅·宾之初筵》：“舍其坐迁，屡舞仙仙。”

⑧裳解履遗绝缨：解开衣裳，脱下鞋子，散开冠缨，谓醉饮而不拘礼节。

⑨无呈：犹“无程”，没有法度。

⑩手形罗袖良难：谓手纤小，难以透过罗袖看出形状。

⑪裛（yì）粉：即衣香。裛，香气熏染。

⑫霍纳都梁：均为香料名。

⑬鸡舌：即丁香。

⑭齐姜：春秋时齐国姜姓为大姓，这里泛指贵族妇女。

⑮客赋《既醉》言归，主人称露未晞（xī）：谓宾主各赋诗言志，客人欲归，而主人犹未尽欢。《诗经·大雅》有《既醉》篇，客人赋此诗，言已醉饱，欲归去。《诗经·秦风·蒹葭》有“白露未晞”，主人赋此诗，言露水未干，夜路难行，不如继续痛饮。

鲍照

作者简介见本书第 179 页。

行路难① 四首

中庭五株桃，一株先作花。
阳春妖冶二三月，从风簸荡落西家②。

西家思妇见之惋，零泪沾衣抚心叹。
初送我君出户时，何言淹留节回换③。
床席生尘明镜垢④，纤腰瘦削发蓬乱。
人生不得恒称意，惆怅徙倚至夜半。

【注释】

①这是一组乐府诗，属杂曲歌辞，原有十八首，《玉
台新咏》所选依次为第八、第九、第一、第三首。
《行路难》一题之本意，乃世路艰难及离愁别绪，多
以"君不见"开头。组诗的主题，乃是人世间的种
种忧患，以及因之而生的愤懑情绪。"中庭五株桃"
一首，写春来思妇见落花而心伤，念及当初送良人
时，不谓季节更易而尚不得归。"刬蘖染黄丝"一
首，写弃妇回忆情人与己初交好时，信誓旦旦，而
红颜衰老，便转相弃置，遂将信物返还。"奉君金
卮之美酒"一首，写时光易逝，需及时行乐。"璇
闺玉墀上椒阁"一首，写被豢养的贵族妇女虽生活
奢靡，心中却思恋往日情人，难以为乐。组诗哀怨
凄怆，峭拔跌宕，句法错综变化，与文情相应。明
杨慎《升庵诗话》谓："鲍明远《行路难》壮丽豪
放，若决江河，诗中不可比拟，大似贾谊《过秦
论》。"

②簸荡：飘荡。

③回换：变换。

④明镜垢：明镜重尘，谓懒于梳妆。

剉蘗染黄丝①，黄丝历乱不可治②。
昔我与君始相值③，尔时自谓可君意④。
结带与我言⑤，死生好恶不相置⑥。
今日见我颜色衰，意中错漠与先异⑦。
还君玉钗玳瑁簪，不忍见之益悲思⑧。

【注释】

①剉蘗（cuòniè）染黄丝：谓锉黄蘗作染料染丝。剉，同"锉"。蘗，黄蘗，又称黄柏，茎可作黄色染料。

②历乱：纷乱。

③相值：相遇。

④可君意：令你满意。

⑤结带：衣带相结，谓订约。

⑥死生好恶不相置：谓无论生死好恶，不相弃置。

⑦错漠：冷落淡漠。

⑧益悲思：增添悲感。

奉君金卮之美酒①，玳瑁玉匣之雕琴。
七彩芙蓉之羽帐，九华葡萄之锦衾②。
红颜零落岁将暮，寒光宛转时欲沉③。
愿君裁悲且灭思④，听我抵节行路吟⑤。
不见柏梁铜雀上⑥，宁闻古时清吹音⑦？

【注释】

①金卮（zhī）：金制的酒器。

②葡萄：古锦纹样之一。晋陆翙《邺中记》："锦有大
登高，小登高……蒲桃文锦，斑文锦，工巧百数，
不可尽名也。"

③时欲沉：谓岁时将暮。

④裁悲且灭思：谓消减悲愁，泯灭情思。

⑤抵节：击节。

⑥柏梁铜雀：俱为台名。柏梁台，汉武帝所建。铜雀
台，曹操所建。

⑦清吹：清越的管乐。

璇闺玉墀上椒阁①，文窗绣户垂罗幕。
中有一人字金兰，被服纤罗蕴芳藿②。
春燕差池风散梅，开帷对影弄禽爵③。
含歌揽泪不能言④，人生几时得为乐？
宁作野中双飞凫，不愿云间别翅鹤⑤。

【注释】

①璇（xuán）闺玉墀上椒阁：指贵妇的居处之地。璇
闺，女子闺房的美称。椒阁，贵妇的居所，墙壁以
椒末涂饰，取温暖芬芳之意。

②芳藿：即藿香。

③禽爵：即"禽雀"。爵，同"雀"。

④揽泪：收泪。

⑤宁作野中双飞凫，不愿云间别翅鹤：谓宁可贫贱而
双栖，不愿富贵而独宿。别翅鹤，独宿的鹤。

沈约

作者简介见本书 207 页。

八咏^① 二首

望秋月，秋月光如练。

照耀三爵台^②，徘徊九华殿^③。

九华玳瑁梁，华榱与璧珰^④。

以兹雕丽色，持照明月光。

凝华入黼帐^⑤，清辉悬洞房。

先过飞燕户，却照班姬床^⑥。

桂宫袅袅落桂枝^⑦，露寒凄凄凝白露。

上林晚叶飒飒鸣^⑧，雁门早鸿离离度。

湛秀质兮似规^⑨，委清光兮如素。

照愁轩之蓬影^⑩，映金阶之轻步。

居人临此笑以歌，别客对之伤且慕。

经衰圃，映寒丛。

凝清夜，带秋风。

随庭雪以偕素，与池荷而共红。

临玉墀之皎皎，含霜霭之濛濛。

辂天衢而徒步，轹长汉而飞空^⑪。

隐岩崖而半出，隔帷幌而才通。

散朱庭之弈弈^⑫，入青琐而玲珑。

闲阶悲寡鹄，沙洲怨别鸿^⑬。

文姬泣胡殿^⑭，昭君思汉宫。

余亦何为者，淹留此山东^⑮。

【注释】

① 南齐隆昌元年（494），沈约出任东阳太守，尝登玄畅楼，赋《八咏诗》，共八首，每首之题目又可合成一首完整的五言诗。《玉台新咏》所选为组诗中的前两首。第一首题为《登台望秋月》，是一首咏月抒怀之作。全诗以赋法贯串首尾，将秋月与楼台、人物合写，动静结合，层次井然，句式错综多变，富于跳宕的音乐美。第二首题为《会圃临春风》，歌咏春风，渐渐转入人事，最终归于思妇征人的主题。全诗情辞绮靡，工于铺陈，以五言为主，间以杂言，节奏和谐，琅琅上口。

② 三爵台：传说中的仙台。

③ 九华殿：汉宫殿名。汉刘歆《西京杂记》卷一："汉掖庭有月影台、云光殿、九华殿、开襟阁、临池观，不在簿籍，皆繁华窈窕之所栖宿焉。"

④ 华榱（cuī）与璧珰：刻绘精细的屋椽与屋椽头的玉饰。汉司马相如《上林赋》："华榱璧珰，辇道缅属。"

⑤ 黼（fǔ）帐：图案华丽的帐子。

⑥ 先过飞燕户，却照班姬床：这里泛指贵族女子的居处之地。飞燕、班姬，指赵飞燕与班婕妤。

⑦ 桂宫：月宫。

⑧ 上林：泛指皇家宫苑。

⑨ 规：正圆之器。

⑩ 蓬影：思妇蓬头之影。

⑪辗（lìn）天衢而徒步，轹（lì）长汉而飞空：谓月轮在天衢、河汉上奔驰。辗、轹，车轮碾过。

⑫弈弈：通"奕奕"，光彩闪耀貌。

⑬闲阶悲寡鹄，沙洲怨别鸿：谓离居者望月而生悲感。寡鹄、别鸿，皆为独宿之鸟。

⑭文姬：指蔡文姬，名蔡琰。东汉时人，蔡邕之女。匈奴入侵时被掳，嫁与匈奴人，育有二子，后为曹操赎回，并嫁与董祀。

⑮淹留此山东：诗人自谓在东阳做官。山东，指东阳郡。

临春风，春风起春树。
游丝暖如网①，落花雾似雾。
先泛天渊池②，还过细柳枝③。
蝶逢飞摇飏，燕值羽参池。
扬桂旆④，动芝盖⑤。
开燕裾，吹赵带⑥。
赵带飞参差，燕裾合且离。
回簪复转黛，顾步惜容仪。
容仪已炤灼⑦，春风复回薄⑧。
氛氲桃李花，青楄含素萼⑨。
既为风所开，复为风所落。
摇绿蒂，抗紫茎。
舞春雪，杂流莺。
曲房开兮金铺响⑩，金铺响兮妾思惊。

梧桐未阴,淇川始碧⑪。

迎行雨于高唐,送归鸿于碣石⑫。

经洞房,响纨素。

感幽闺,思帏薄⑬。

想芳园兮可以游,念兰翘兮渐堪摘⑭。

拂明镜之冬尘,解罗衣之秋襞⑮。

既铿锵以动佩,又氤氲而流麝⑯。

始摇荡以入闱,终徘徊而缘隙。

鸣珠帘于绣户,散芳尘于绮席。

是时怅思妇,安能久行役?

佳人不在兹⑯,春风为谁惜?

【注释】

①暧(ài):遮蔽貌。

②天渊池:池名,在建康之芳林苑中。

③细柳:汉代地名,在今陕西咸阳。

④桂旆(qí):即"桂旗"。《楚辞·九歌·山鬼》:"乘赤豹兮从文狸,辛夷车兮结桂旗。"汉王逸注:"结桂与辛夷以为车旗,言其香絜也。"

⑤芝盖:即车盖,形如灵芝,故称。

⑥开燕裾,吹赵带:谓吹动舞者的衣带。燕赵美女善歌舞,故称。

⑦焆(zhāo)灼:光耀。

⑧回薄:盘旋环绕。

⑨柎(fū):花萼之足。

⑩金铺：金饰的铺首。

⑪梧桐未阴，淇川始碧：谓夫妻二人分隔两地，而两地皆为春景。

⑫碣（jié）石：海畔之山。

⑬帏�（luán）：帷幕。

⑭兰翘：即兰花。

⑮襞（bì）：衣服上的褶裥。

⑯氤氲（yīnyūn）而流麝：谓衣香弥散。

⑰佳人不在兹：谓所思之人不在此处。

吴均

作者简介见本书第 229 页。

行路难① 二首

君不见上林苑中客，冰罗雾縠象牙席②。

尽是得意忘言者③，探肠见胆无所惜④。

白酒甜盐甘如乳⑤，绿觞皎镜华如碧⑥。

少年持名不肯尝，安知白驹应过隙⑦。

博山炉中百和香⑧，郁金苏合及都梁。

逶迤好气佳容貌⑨，经过青琐历紫房。

已入中山冯后帐⑩，复上皇帝班姬床。

班姬失宠颜不开，奉箒供养长信台⑪。

日暮耿耿不能寐⑫，秋风切切四面来。

玉阶行路生细草，金炉香炭变成灰。

得意失意须臾顷，非君方寸逆所裁⑬。

【注释】

①吴均《行路难》原有五首,《玉台新咏》所选依次为第五首与第一首。"君不见上林苑中客"一首,将得意者与失意者的情形相对比,着意表现人生无常,不由心意所主。"洞庭水上一株桐"一首,将制成琵琶之梧桐,与深山桂树相对比,谓人生须力争上游,求取富贵功名,不能默默无闻,老死深山。

②雾縠(hú):如雾般轻薄的纱。

③得意忘言:谓已领会意旨,则不再需要表意之言词。《庄子·外物》:"言者所以在意,得意而忘言。"

④探肠见胆:谓敞开心扉。

⑤甜盐:指白糖。

⑥华:这里指酒花。

⑦白驹应过隙:谓人生短暂。《庄子·知北游》:"人生天地之间,若白驹之过隙,忽然而已。"

⑧博山炉:香炉名,炉盖形似传说中的海中名山博山,故称。

⑨好气:香气。

⑩中山冯后:谓中山太后冯媛。冯媛为汉元帝妃,入宫初为长使,后升为美人,永光二年(前42),生子刘兴,封为婕妤。建昭二年(前37),元帝封刘兴为信都王,封冯媛为昭仪。元帝崩后,刘兴封为中山王,冯媛称为中山太后。此处指得宠的女子。

⑪奉帚供养长信台:谓班婕妤失宠后自请供养太后于长信宫。奉帚,谓持帚洒扫。

⑫耿耿不能寐：烦忧重重，不能入睡。《诗经·邶
　风·柏舟》："耿耿不寐，如有隐忧。"
⑬逆所裁：预先安排。逆，预先。

洞庭水上一株桐，经霜触浪困严风①。
昔时擢心耀白日②，今旦卧死黄沙中。
洛阳名工见咨嗟③，一剪一刻作琵琶。
白璧规心学明月，珊瑚映面作风花④。
帝王见赏不见忘，提携把握登建章⑤。
掩抑摧藏《张女弹》，殷勤促柱《楚明光》⑦。
年年月月对君子，遥遥夜夜宿未央⑧。
未央彩女弃鸣箎⑨，争见拂拭生光仪。
茱萸锦衣玉作匣，安念昔日枯树枝⑩。
不学衡山南岭桂，至今千年犹未知⑪。

【注释】

①严风：寒风。

②擢心：发芽。

③名工：手艺高超的工匠。

④白璧规心学明月，珊瑚映面作风花：谓以名贵材料
　作琵琶上的装饰。

⑤建章：汉宫名，汉武帝时建。

⑥掩抑摧藏《张女弹》：谓琵琶乐音低沉顿挫。《张女
　弹》，乐府曲名。

⑦《楚明光》：古曲名。

⑧未央：汉宫名。

⑨彩女弃鸣篪（chí）：谓宫女见琵琶心喜，而弃置了篪。彩女，指宫女。篪，管乐器名。

⑩枯树枝：谓未被加工以前的梧桐。

⑪不学衡山南岭桂，至今千年犹未知：告诫世人莫学深山桂树，千年寂寞而无人知。

庾信

作者简介见本书第289页。

燕歌行①

代北云气昼夜昏②，千里飞蓬无复根③。

寒雁嗈嗈渡辽水④，桑叶纷纷落蓟门⑤。

晋阳山头无箭竹⑥，疏勒城中乏水源⑦。

属国征戍久离居⑧，阳关音信绝复疏⑨。

愿得鲁连飞一箭，持寄思归燕将书⑩。

渡辽本自有将军⑪，寒风萧萧生水纹。

妾惊甘泉足烽火⑫，君讶渔阳少阵云⑬。

自从将军出细柳⑭，荡子空床难独守。

盘龙明镜饷秦嘉⑮，辟恶生香寄韩寿⑯。

春分燕来能几日，二月蚕眠不复久。

洛阳游丝百丈连，黄河春冰千片穿。

桃花颜色好如马⑰，榆荚新开巧似钱⑱。

葡萄一杯千日醉，无事九转学神仙⑲。

定取金丹作几服，能令华表得千年⑳。

【注释】

①这首诗作于梁元帝承圣二年（553）前后。《周书·王褒传》："褒曾作《燕歌行》，妙尽关塞苦寒之状。（梁）元帝及诸文士并和之，而竟为凄切之词。"庾信也应参与了当时的唱和活动。这首诗写边塞苦寒景象，兼写征人思妇之思。全诗笔力雄健苍凉，转换有法。清刘熙载《艺概》谓此诗为"开唐初七古"之作。

②代北：古地名，泛指代州以北地区，在今山西、河北北部一带。

③飞蓬：枯萎后断根随风飞舞的蓬草。

④噰噰（yōng）：雁和鸣声。

⑤蓟（jì）门：古地名，在今北京。

⑥晋阳山头无箭竹：用战国时赵襄子得天使竹书事，谓戍地缺少兵器。《史记·赵世家》记载，晋知伯率韩、魏攻赵，赵襄子退保晋阳，有天使送来两节竹子，内书灭知伯日期。晋阳，在今山西太原西南。箭竹，一种竹子，高而坚韧，可制箭。

⑦疏勒城中乏水源：用汉明帝时耿恭守疏勒城事，谓戍地缺水。据《后汉书·耿恭传》，耿恭守疏勒，匈奴来攻，于城下将水源截断，"恭于城中穿井十五丈不得水，……恭仰叹曰：'闻昔贰师将军拔佩刀刺山，飞泉涌出；今汉德神明，岂有穷哉。'乃整衣服向井再拜，为吏士祷。有顷，水泉奔出，众皆称万岁。"疏勒，西域城名，在今新疆喀什。

⑧属国：指苏武。

⑨阳关：古关名，在今甘肃敦煌，因位于玉门关以南，故称。

⑩愿得鲁连飞一箭，持寄思归燕将书：用鲁仲连箭射劝燕将降书入围城事，谓守将书信难以寄出。《史记·鲁仲连邹阳列传》："燕将攻下聊城，聊城人或谗之燕，燕将惧诛，因保守聊城，不敢归。齐田单攻聊城岁余，士卒多死而聊城不下。鲁连乃为书，约之矢以射城中……燕将见鲁连书，泣三日，犹豫不能自决。欲归燕，已有隙，恐诛；欲降齐，所杀虏于齐甚众，恐已降而后见辱。喟然叹曰：'与人刃我，宁自刃。'乃自杀。"鲁连，即鲁仲连，战国时齐人，著名谋士。

⑪渡辽本自有将军：汉昭帝时任范明友为渡辽将军。

⑫甘泉足烽火：谓烽火直通宫苑。《汉书·匈奴传》载，汉文帝时，匈奴侵入代郡，"烽火通于甘泉、长安。"

⑬渔阳少阵云：谓边境并无战事。渔阳，古地名，在今北京密云西南。阵云，厚积如兵阵的云，古人以为交战之兆。

⑭将军出细柳：谓将军出营。细柳，汉文帝时，将军周亚夫屯军之地。

⑮盘龙明镜饷秦嘉：谓秦嘉寄明镜与妻事。汉秦嘉《重报妻书》："间得此镜，既明且好，形观文彩，世所稀有，意甚爱之，故以相与。"盘龙，铜镜后的盘龙装饰。饷，馈赠。

⑯辟恶生香寄韩寿：谓贾氏偷香赠与韩寿事。《晋
书·贾充传》载，贾充女爱慕司空掾韩寿，窃取晋
武帝所赐的奇香赠与韩寿。辟恶生香，可辟除恶气
的麝香。

⑰桃花颜色好如马：桃花马，一种毛色白中带红点
的马。

⑱榆荚新开巧似钱：榆荚形小而圆，似钱。

⑲九转：指炼丹术。转，提炼。

⑳能令华表得千年：谓丁令威化鹤集于华表事。晋干
宝《搜神记》："辽东城门有华表柱，忽有一白鹤集
柱头，时有少年，举弓欲射之，鹤乃飞，徘徊空中
而言曰：'有鸟有鸟丁令威，去家千岁今来归。城郭
如故人民非，何不学仙冢垒垒。'遂高上冲天。今
辽东诸丁，云其先世有升仙者，不知名字。"

乌夜啼①

促柱繁弦非《子夜》②，歌声舞态异《前溪》③。
御史府中何处宿④？洛阳城头那得栖⑤。
弹琴蜀郡卓家女⑥，织锦秦川窦氏妻⑦。
讵不自惊长泪落，到头啼乌恒夜啼。

【注释】

①这是一首乐府诗，属清商曲辞。唐吴兢《乐府古题
要解》谓此调乃南朝宋临川王刘义庆所制："宋元嘉
中，徙彭城王义康于豫章郡。义庆时为江州，相见

而哭。文帝闻而怪之，召还宅。义庆大惧，妓妾闻乌夜啼，叩斋阁云：'明日应有赦。'及旦，改南兖州刺史，因作此歌。故其和云：'笼葱窗不开，夜夜望郎来。'"这首诗写女子中夜不寐，听到乌啼产生种种联想，自伤身世，不由流下眼泪。开篇将乌啼与《子夜》《前溪》二曲相比，随后征引与乌鸦相关典故，继而转入人事，写独宿女子愁怀，暗示女子心事，而仍以乌啼作结，给人以无可奈何之感。全诗章法、格律已近七律，清李兆元《律诗拗体》以此诗为"律诗滥觞"，"平仄渐调而粘联未密"。

②《子夜》：即《子夜歌》，晋曲名。《宋书·乐志》："《子夜歌》者，有女子名子夜，造此声。"

③《前溪》：古乐府吴声舞曲。《宋书·乐志》："《前溪歌》者，晋车骑将军沈充所制。"

④御史府中何处宿：用汉御史府柏树栖野乌事。《汉书·薛宣朱博传》："御史府吏舍百余区井水皆竭；又其府中列柏树，常有野乌数千栖宿其上，晨去暮来，号曰'朝夕乌'，乌去不来者数月。"

⑤洛阳城头那得栖：汉桓帝时童谣歌："城上乌，尾毕逋。"

⑥蜀郡卓家女：指四川巨富卓王孙之女卓文君。卓文君精通音律，善弹琴。司马相如曾弹《凤求凰》曲诱新寡的卓文君与之私奔。

⑦秦川窦氏妻：指窦滔妻苏惠。其夫窦滔镇守襄阳，苏氏将思念丈夫的诗词织在八寸锦缎上，并名之为

"璇玑图"。

徐陵

作者简介见本书第292页。

乌栖曲①

绣帐罗帷隐灯烛，一夜千年犹不足②。
唯憎无赖汝南鸡③，天河未落犹争啼④。

【注释】

①这是一首乐府诗，属清商曲辞西曲歌。这首诗写男
　女交好，恩爱缠绵，欢娱嫌夜短，不由埋怨司晨的
　雄鸡，为何过早地啼叫起来。全诗轻艳绮靡，趣致
　盎然。

②一夜千年犹不足：谓恨不得一夜长如千年。

③无赖汝南鸡：无聊的报晓雄鸡。无赖，多事而讨人
　嫌。汝南鸡，汝南所产之鸡，善于鸣叫。

④天河未落：银河尚未隐没，谓天色尚早。

杂曲①

倾城得意已无俦②，洞房连阁未消愁③。
宫中本造鸳鸯殿④，为谁新起凤凰楼。
绿黛红颜两相发⑤，千娇百念情无歇。
舞衫回袖向春风，歌扇当窗似秋月。
碧玉宫妓自翩妍⑥，绛树新声自可怜⑦。

张星旧在天河上⑧，从来张姓本连天。

二八年时不忧度，旁边得宠谁相妒？

立春历日自当新⑨，正月春幡底须故⑩。

流苏锦帐挂香囊，织成罗幌隐镫光。

只应私将琥珀枕，暝暝来上珊瑚床⑪。

【注释】

①这首诗是为张贵妃丽华所写，极力赞美她的绝世容色。《南史·后妃传》载："后主自居临春阁，张贵妃居结绮阁，龚、孔二贵嫔居望仙阁，并复道交相往来。……以宫人有文学者袁大舍等为女学士，后主每引宾客对贵妃等游宴，则使诸贵人及女学士与狎客共赋新诗，互相赠答，采其尤艳丽者以为曲调，被以新声，选宫女有容色者以千百数，令习而歌之。……其曲有《玉树后庭花》、《临春乐》等……大抵所归皆美张贵妃、孔贵嫔之容色。"该诗以四句为一节，分写楼阁之繁华、歌舞之艳丽，引出所歌咏之张姓美人及其得宠的情形。"张星旧在天河上"两句，直指张丽华而言，明谢榛《四溟诗话》以为"奉谀之辞"。全诗辞藻缛丽，四句一韵，格式整齐，代表了七言歌诗发展的新高度。

②无俦：无人能比。

③连阁：相连的楼阁。

④鸳鸯殿：汉未央宫殿名。

⑤相发：互相映衬。

⑥翩妍：身姿轻盈，容貌美丽。

⑦绛树：古代舞女名。三国魏曹丕《答繁钦书》："今之妙舞莫巧于绛树。"

⑧张星：星名，二十八宿之一。这里指代贵妃姓氏。

⑨历日：节候。

⑩正月春幡底须故：谓正月立春幡。春幡，古代于立春日挂于树梢的小旗，以示迎春之意。

⑪只应私将琥珀枕，暝暝来上珊瑚床：谓贵妃受宠侍寝。暝暝，天黑貌。

卷十

古绝句

古绝句，亦称"古绝"，与南朝时的绝句体式类似，而时代较古，是一种五言二韵的诗体，格律较为自由。绝句的概念始于南朝宋，至梁代时已经相当盛行，文人集会时常常用以命题。

古绝句①四首

藁砧今何在②？山上复有山③。
何当大刀头④？破镜飞上天⑤。

【注释】

①这四首绝句属杂曲歌辞，作者不可考。"绝句"一体始于南朝宋，与"连句"相对，四句为一首，不

再续下，故称"绝句"或"断句"。这四首的写作时间在晋以前，而体式与绝句相似，故称为"古绝句"。"藁砧今何在"一首，以联想、拆字、谐音的形式表达了一位女子对丈夫的思念，此即宋严羽《沧浪诗话》所谓"僻辞隐语"。"日暮秋云阴"一首，以江水之深象征女子与思慕的男子之间关山阻隔，女子唯有通过信物向思慕的男子表达情意。"菟丝从长风"一首，以菟丝的柔韧象征爱情的坚贞不渝。清张荫嘉《古诗赏析》评曰："此首表相思也，两句比例，一句折落，一句点题，意极醒豁，而仍未说尽，故佳。""南山一桂树"一首，以桂树所栖鸳鸯，象征美好的爱情。全诗意旨、词句与《孔雀东南飞》"东西植松柏"八句相类。

②藁（gǎo）砧：指丈夫。藁，干草。砧，砧板。干草须用"铁"斩之，与"夫"谐音。

③山上复有山：谓丈夫外出。"山上山"合成一个"出"字。

④大刀头：言还家。大刀头上有刀环，与"还"谐音。

⑤破镜飞上天：言丈夫半月后还家。"镜飞天"与月形相像，"破镜"则为半月。

　　　　日暮秋云阴，江水清且深。
　　　　何用通音信？莲花玳瑁簪①。

【注释】

①莲花玳瑁簪：雕成莲花形的玳瑁簪。

菟丝从长风，根茎无断绝。
无情尚不离，有情安可别^①？

【注释】

①无情尚不离，有情安可别：谓菟丝无情，尚且不会
　因风吹断根茎，何况有情之人如你我，岂可相别？

南山一桂树，上有双鸳鸯。
千年长交颈^①，欢爱不相忘。

【注释】

①交颈：颈与颈相互依摩，比喻男女亲昵、相爱。

贾充

　　贾充（217—282），字公闾，平阳襄陵（今山西襄汾）
人，西晋重臣。曾协助司马氏刺杀魏帝曹髦，建立西晋，
并与司马氏结为姻亲。后历任车骑将军、散骑常侍、司空、
太尉等要职，封鲁郡公，势位煊赫，恃权乱政。死后追赠
太宰，初谥曰"荒"，后由晋武帝改谥为"武"。

与妻李夫人连句诗^① 三首
室中是阿谁^②？叹息声正悲。（贾充）
叹息亦何为？但恐大义亏^③。（李氏）

大义同胶漆，匪石心不移。（贾充）

人谁不虑终④？日月有合离⑤。（李氏）

我心子所达⑥，子心我所知。（贾充）
若能不食言⑦，与君同所宜⑧。（李氏）

【注释】

①这三首诗为贾充与元配李夫人的连句诗。连句，亦
　称"联句"，是一种多人合作的诗歌形式，人各一
　句或数句，连以成文。《晋书·贾充传》载："充前
　妻李氏，淑美有才行。……父丰诛，李氏坐流徙。
　后娶城阳太守郭配女，即广城君也。武帝践阼，李
　以大赦得还，帝特诏充置左右夫人，充母亦勒充迎
　李氏，郭槐怒，……乃为李筑室于永年里，而不往
　来。"从诗意来看，此连句或为李氏流徙前所做，
　贾充兴起，李氏继之，每人两句，如对话然，连缀
　成诗，表达了分别的苦痛与对爱情的笃守。

②室中是阿谁：室中为何人。此为贾充的问话。阿谁，
　谁人。

③但恐大义亏：谓只担心夫妻感情有亏缺。这是李氏
　的答话。大义，言夫妇之义。

④虑终：忧虑事情的结果，谓担心夫妻感情能否始终
　如一。

⑤日月有合离：谓日月尚有合离，况人事乎？

⑥达：理解。

⑦食言：不违背诺言。《尚书·汤誓》："尔无不信，朕

不食言。"

⑧与君同所宜：谓夫妻和顺欢好。

孙绰

孙绰（314—371），字兴公，太原中都（今山西平遥）人，东晋名士。少有逸志，好老庄，放游山水。曾任佐著作郎，太学博士，出为永嘉太守，入朝为廷尉卿。诗歌以玄言见长，风格恬淡。原有集二十五卷，已佚，明人辑有《孙廷尉集》。

情人碧玉歌① 二首
碧玉小家女，不敢攀贵德②。
感郎千金意③，惭无倾城色。

【注释】

①这二首为乐府诗，属清商曲辞吴声歌曲，一名《千金意》。《碧玉歌》，《古乐苑》以为宋汝南王所制，清费锡璜《汉诗总说》则以为"汉辞"："乐府所歌，多属汉人，识者自辨其气味。……《碧玉歌》，《乐苑》以为宋汝南王，而晋孙绰已有'情人碧玉歌'之语，然按其文，自是汉辞。"此二首写一位小家女儿面对爱情羞涩、胆怯而真挚的态度，声口毕肖，情致盎然。

②贵德：尊贵而有德之人，这里指碧玉的爱人。

③千金意：珍贵的情意。

碧玉破瓜时①，相为情颠倒②。
感郎不羞难③，回身就郎抱④。

【注释】

①破瓜：女子十六岁。"瓜"字可拆为两个八字，即
　二八之年，故称。

②颠倒：神思迷乱貌。

③感郎不羞难：感于郎君不使我难为情。

④回身就郎抱：转过身子依偎在郎君的怀抱。就，从。

王献之

王献之（344—386），字子敬，小字官奴，会稽山阴
（今浙江绍兴）人。东晋著名书法家，王羲之第七子。秉性
放达，风流为一时之冠。起家州主簿，出任吴兴太守，入
朝任中书令，时称"王大令"，卒谥宪。

情人桃叶歌① 二首
桃叶复桃叶，渡江不用楫②。
但渡无所苦③，我自迎接汝。

【注释】

①《桃叶歌》为王献之为爱妾桃叶所制，属清商曲辞
　吴声歌曲，原有四首，《玉台新咏》选两首。二诗表
　达了对侍妾的无限爱宠之情。或言"桃根"乃桃叶
　之妹（宋阮阅《诗话总龟》）。

②渡江不用楫：谓横波水急，可任船流，不必划桨。

③但渡无所苦：只管来渡，不必为难。苦，难。

桃叶复桃叶，桃叶连桃根。
相怜两乐事①，独使我殷勤②。

【注释】

①相怜两乐事：谓相爱使你我同乐。

②独使我殷勤：谓虽为同乐，然我之情意尤为恳切。

谢灵运

谢灵运（385—433），名公义，字灵运，小字客儿，会稽（今浙江绍兴）人，东晋名将谢玄之孙，袭封康乐公。入宋后，历任永嘉太守、临川内史等职。为人旷达，寄情山水。元嘉十年（433），以"叛逆"被诛。谢灵运颇以文才自许，尝谓："天下才有一石，曹子建独占八斗，我得一斗，天下共分一斗。"诗以歌咏山水为主，风格浏亮，语言精工，开创了山水诗派。南朝梁钟嵘《诗品》谓其"才高词盛，富艳难踪"。明人辑有《谢康乐集》。

东阳溪中赠答① 二首
可怜谁家妇，缘流洗素足②。
明月在云间，迢迢不可得③。

【注释】

①东阳溪，即东阳江，系钱塘江上游，在今浙江东阳、金华一带。二诗设为男女赠答，写一位乘舟顺流而下的男子与溪边濯足女子的对话，以譬喻的方式曲通情愫。女子的答诗紧扣男子问话，可谓神机巧思。明胡震亨《唐音癸签》谓"月堕"为"狎语比语"，并引唐李白《越女词》为证："东阳素足女，会稽素舸郎。相看月未堕，白地断肝肠。"正由谢诗衍生而来。

②缘流：顺流。

③明月在云间，迢迢不可得：此处以云间月喻该女子，谓相好之难甚于青天揽月。

可怜谁家郎，缘流乘素舸①。
但问情若为，月就云中堕②。

【注释】

①素舸（gě）：不加装饰的船。

②但问情若为，月就云中堕：只问你对我的爱慕如何，若果然真挚的话，云间月也会为你而堕。

近代西曲歌

近代西曲歌，指晋以来产生于长江中游地区的民歌，亦有文人的拟作。因出于荆、郢、樊、邓之间，故称"西曲"。题材以水上商贾生活及商人妇的离愁别绪为主，语言直率，风格明快；形式则以五言四句为最多。今存142首，收录于《乐府诗集·清商曲辞》一部中。《玉台新咏》选五首，这里选一首。

杨叛儿①

暂出白门前②，杨柳可藏乌③。
郎作沉水香④，侬作博山炉⑤。

【注释】

①《杨叛儿》本为童谣，为"杨婆儿"之讹。唐杜佑《通典》："齐隆昌时，女巫之子曰杨旻，少随母入内，及长，为太后所宠。童谣云：'杨婆儿，共戏来。'所歌语讹，遂成杨叛儿。"这首诗借童谣之题，写女子赴情郎白门黄昏之约，并将对方比作沉香，自比为香炉，香烟缭绕不相离，譬喻尖新。清张荫嘉《古诗赏析》："上二写景，却含欢可来就意；下二则置欢怀抱之隐语也。取象亦巧。"李白就此题此义，另衍作一篇，云："君歌杨叛儿，妾劝新丰酒。何许最关情，乌啼白门柳。乌啼隐杨花，君醉留妾家。博山炉中沉香火，双烟一气凌紫霞。"与古乐府并读之，愈见其妙。

②白门：即南朝宋建康城（今江苏南京）宣阳门。这里指幽会地点。

③杨柳可藏乌：谓黄昏时分，乌鸦归巢。

④沉水香：即沉香，一种木质香料，可沉于水中。

⑤侬：我。

近代吴歌

　　近代吴歌，是指晋以来流传于江南吴语地区的民歌。《晋书·乐志》："吴歌、杂曲，并出江南。东晋以来，稍有增广。其始皆徒歌，既而被之管弦。盖自永嘉渡江之后，下及梁、陈，咸都建业（今江苏南京），吴声歌曲起于此也。"吴歌的主题大多为恋爱、相思，语调缠绵婉转，颇具情致。《玉台新咏》选九首，这里选五首。

春歌①

朝日照北林②，初花锦绣色③。
谁能春不思，独在机中织。

【注释】

①这首诗是《子夜四时歌》中《春歌》的一首。《子夜四时歌》乃吴声歌曲名。吴声歌曲出于江南，东晋以来，尤其是南朝齐梁以降，发展繁盛，"其始皆徒歌，既而被之管弦"（《晋书·乐志》）。《子夜四时歌》现存七十五首，《春歌》、《夏歌》各计二十首，《秋歌》十八首，《冬歌》十七首。唐吴兢《乐府古题要解》谓其乃依《子夜歌》所作的"四时行乐之词"。这首诗写春光烂漫时闺中女子萌动的春心。

②朝日照北林：又见三国魏曹植《杂诗》："高台多悲

风，朝日照北林。”

③初花：新开的花。

夏歌①

郁蒸仲暑月②，长啸北湖边。

芙蓉如结叶，抛艳未成莲③。

【注释】

①这首诗是《子夜四时歌》中《夏歌》的一首。此诗
以夏日将开未开的芙蓉，比喻爱情在似有若无之间
的状态，与前二句燠热的天气、湖边的长啸相照
应，表现出一种骚动而难以排遣的情思。

②郁蒸：闷热的天气。

③未成莲：谐音“未成怜”。

秋歌①

秋风入窗里，罗帐起飘飏。

仰头看明月，寄情千里光②。

【注释】

①这首诗是《子夜四时歌》中《秋歌》的一首。此诗
写秋夜秋风入窗，引逗望月怀远之思。唐李白之
《静夜思》显然承袭了此诗的写法。

②寄情千里光：谓所思之人远在千里，借明月寄托
深情。

冬歌①

渊冰厚三尺②，素雪覆千里。
我心如松柏，君情复何似。

【注释】

①这首诗是《子夜四时歌》中《冬歌》的一首。此诗
　前二句写冬景，借喻环境之严酷艰难；后二句自谓
　纵严寒如此，我心如松柏，能耐岁寒，复问郎情何
　似，表现了对被弃的担忧。

②渊冰：深水潭所结之冰。

长乐佳①

红罗复斗帐，四角垂珠珰②。
玉枕龙须席③，郎眠何处床。

【注释】

①《长乐佳》古辞，作者不详，原有八首，《玉台新咏》
　所选为最末一首。此诗前三句极力夸饰床帐铺饰之
　精美，后一句方点明主旨，言寝具精好如此，而情
　郎不知眠于何处，徒留女子独守空床，则寝具亦复
　黯然失色，不足为宝。全诗未尝直抒胸臆，而怨尤
　之情溢于字句间。"红罗复斗帐"两句，显然承袭
　《孔雀东南飞》而来。

②珠珰：缀珠的饰物。

③龙须席：龙须草所编之席。晋郭璞《山海经注》：

"龙须也，似莞而细，生山石穴中，茎倒垂，可以为席。"

近代杂歌

杂歌并非专指某类歌谣，乃是是民间歌谣的泛称。《玉台新咏》所选的三首，属清商曲辞西曲歌。这里选一首。

青阳歌曲①
青荷盖绿水，芙蓉发红鲜。
下有并根藕，上生同心莲②。

【注释】

①这首诗又名《青阳度》，原有三首，《玉台新咏》所选为后一首。南朝陈智匠《古今乐录》谓其为"倚歌"，"悉用铃鼓，无弦有吹"。此诗运用双关修辞，"藕"谐音"偶"，"莲"谐音"怜"，以芙蓉之并根同心，象征夫妻两心相印。

②同心莲：莲的一种，又名合欢莲，常用来象征男女好合。

苏小小

苏小小，亦作苏小，南齐名妓，钱塘（今浙江杭州）人。相传色艺双绝，早卒。今西湖有苏小小墓。

钱塘苏小歌^①

妾乘油壁车^②，郎骑青骢马。
何处结同心？西陵松柏下^③。

【注释】

①这首诗属杂歌谣辞，以白描的手法，为幽会营造出
　了浪漫神秘的环境。清陆昶《历朝名媛诗词》谓该
　诗"幽婉而有顿宕，语气简古"。
②油壁车：一种车，车壁以油涂饰。
③西陵：陵墓名，在钱塘江之西。

谢朓

作者简介见本书第 198 页。

玉阶怨^①

夕殿下珠帘^②，流萤飞复息。
长夜缝罗衣，思君此何极！

【注释】

①这是一首乐府诗，属相和歌辞楚调曲。此诗为宫怨
　题材，写夜晚珠帘深锁，流萤隐而复现，营造出凄
　清的氛围；宫人不寐，赶制罗衣，以排遣对情人的
　酷烈相思。清沈德潜《古诗源》谓此诗"竟是唐人
　绝句，在唐人中为最上者"。
②下珠帘：将珠帘垂下。

金谷聚①

渠碗送佳人②，玉杯要上客。
车马一东西③，别后思今夕。

【注释】

①这是一首乐府诗，属杂曲歌辞。金谷，地名，晋石
　崇筑园于此，称金谷园，"金谷聚"代指王孙公子的
　聚会。此题与《王孙游》俱始自谢朓。这首诗写为
　友人饯别的情景，以酒器的珍稀奢华代写宴会的隆
　重，以聚会的欢乐、别后对此夕的怀念代写离愁别
　绪，造语淡而情自深。

②渠碗：砗磲制成的酒碗。砗磲，产于海洋中的贝类，
　其壳白皙如玉，为西域"七宝"之一。汉王粲《车
　渠碗赋》："侍君子之宴坐，览车渠之妙珍。"晋崔
　豹《古今注》："魏武帝以车渠为酒碗。"

③一东西：谓一旦各奔东西。

王孙游①

绿草蔓如丝②，杂树红英发。
无论君不归，君归芳已歇③。

【注释】

①这是一首乐府诗，属杂曲歌辞。《楚辞·招隐士》：
　"王孙游兮不归，春草生兮萋萋。"诗题盖本于此。
　此诗写暮春时节景色，以绿草红英喻女子之青春容

颜，表达了思妇等待情人归来的绝望心情。全诗融
情入景，清新流丽。

②蔓：蔓延生长。

③无论君不归，君归芳已歇：谓待君归时，春花已谢，
且不说根本不会归来。无论，不必说。

同王主簿《有所思》①
佳期期未归，望望下鸣机②。
徘徊东陌上，月出行人稀。

【注释】

①这首诗乃是对王融《有所思》的和作，属鼓吹曲辞。
此诗写思妇等待情人归来，不停引领瞻望，等到月
出时分，忍不住辍织而外出徘徊，望着渐少的行
人，心知情人大概是不会赴约了。字里行间，难掩
失落之情。清沈德潜《古诗源》谓："即景含情，怨
在言外。"

②望望：瞻望貌。